WALL STREET TITAN – DER BÖRSENHAI

EIN ALPHA-ZONE-ROMAN

ANNA ZAIRES

♠ MOZAIKA PUBLICATIONS ♠

Veröffentlicht von Mozaika Publications, einem Impressum von Mozaika LLC.

www.mozaikallc.com

Aus dem Amerikanischen von Grit Schellenberg

Lektorat: Fehler-Haft.de

Cover: Najla Qamber Designs

www.najlaqamberdesigns.com

Coverfoto: Wander Aguiar/Wander Book Club
www.wanderbookclub.com

e-ISBN: 978-1-63142-517-2

Druck ISBN-13: 978-1-63142-518-9

E_{mma}

»... UND DANN SAGTE DER TIERARZT, DASS MR. PUFFS nicht bereit dafür ist, und ich ...«

»Das reicht.« Kendall stellt ihr Glas Eistee mit einem solchen Schwung ab, dass die sechs Dollar teure Flüssigkeit über den Rand schwappt. Sie nimmt die Serviette, wischt das Verschüttete auf und starrt mich über ihren Teller mit dem halb gegessenen Buchweizencrêpe hinweg an.

»Was?« Ich blinzele meine beste Freundin an.

»Ist dir klar, dass du die letzte halbe Stunde über Mr. Puffs, Cottonball und Queen Elizabeth gesprochen hast?« Kendall beugt sich nach vorn, und ihre braunen Augen verengen sich. »Es ist Katze hin, Katze her, Tierarzt das.«

»Oh.« Ich erröte und schaue auf die Uhr an der Wand des Brunchrestaurants, in das Kendall mich geschleppt hat. Tatsächlich ist es fast dreißig Minuten her, seit wir hier sind – und ich habe in dieser Zeit nicht ein einziges Mal die Klappe gehalten. Verlegen blicke ich zurück zu Kendall. »Tut mir leid. Ich wollte dich nicht langweilen.«

»Nein, Emma.« Kendalls Tonfall ist übertrieben geduldig, als sie sich zurücklehnt und ihr glattes, dunkles Haar über die Schulter wirft. »Du hast mich nicht gelangweilt. Aber du hast mir etwas klargemacht.«

»Was?«

»Du, mein Liebling, bist offiziell eine Katzenlady.«

Meine Kinnlade klappt nach unten. »Was?«

»Ja. Eine echte Katzenlady.«

»Das bin ich nicht!«

»Nein?« Sie zieht eine perfekt geformte Augenbraue in die Höhe. »Dann lass uns die Fakten durchgehen. Wann war das letzte Mal, dass du dein Haar professionell gestylt hast?«

»Ähm …« Verlegen spiele ich mit dem roten Lockenwirrwarr auf meinem Kopf. »Vielleicht vor einem Jahr oder so?« Es war tatsächlich für Kendalls Party zu ihrem fünfundzwanzigsten Geburtstag, was bedeutet, dass es mindestens achtzehn Monate her ist, seit etwas anderes als ein Kamm das krause Durcheinander berührt hat.

»Richtig.« Kendall zerteilt den Crêpe mit der Anmut von Queen Elisabeth – meiner Katze, nicht der britischen Monarchin. Nachdem sie ihren Bissen gekaut hat, fragt sie: »Und dein letztes Date war wann?«

Ich muss wirklich nachdenken, um eins zu finden. »Vor zwei Monaten«, sage ich triumphierend, als die Erinnerung endlich wiederkommt. Ich schneide ein Stück meines eigenen Crêpes ab, stecke es mir in den Mund und murmele: »Das ist noch nicht so lange her.«

»Nein«, stimmt Kendall zu. »Aber ich rede von einem richtigen Date, nicht von einem Mitleidskaffee mit deinem 60-jährigen Nachbarn.«

»Roger ist keine sechzig. Er ist höchstens 49 Jahre alt.«

»Und du bist sechsundzwanzig. Ende der Geschichte. Weiche der Frage nicht aus. Wann hattest du das letzte Mal ein richtiges Date?«

Ich hebe mein Glas Wasser an und schütte es hinunter, während ich versuche, mich zu erinnern. Ich muss zugeben, Kendall hat mich damit überrumpelt. »Vielleicht vor einem Jahr?«, versuche ich es, obwohl ich mir ziemlich sicher bin, dass das fragliche Date – ein wirklich nicht erinnerungswürdiges Ereignis – weit vor Kendalls Geburtstagsfeier stattgefunden hat.

»Ein Jahr?« Kendall trommelt mit ihren taupefarbenen Nägeln auf dem Tisch. »Wirklich, Emma? Ein Jahr?«

»Was?« Ich versuche, das Erröten, das meinen Hals überzieht, zu ignorieren, und konzentriere mich darauf, den Rest meines Zweiundzwanzig-Dollar-Crêpes zu konsumieren. »Ich bin beschäftigt.«

»Mit deinen Katzen«, sagt sie spitz. »Allen dreien. Sieh es ein: Du bist eine Katzenlady.«

Ich schaue von meinem Teller auf und rolle mit den Augen. »Gut. Wenn du darauf bestehst, dann ja, ich bin eine Katzenlady.«

»Und das ist für dich in Ordnung?« Sie schaut mich ungläubig an.

»Was, soll ich verzweifelt von der Brooklyn Bridge springen?« Ich schiebe mir den letzten Bissen meines Crêpes in den Mund. Ich bin immer noch hungrig, aber ich habe nicht vor, noch etwas von der überteuerten Speisekarte zu bestellen. »Katzen zu mögen ist kein Verbrechen.«

»Nein, aber all seine freie Zeit damit zu verbringen, Katzenklos zu leeren, während man in New York City lebt, schon.« Kendall schiebt ihren eigenen leeren Teller weg. »Du bist im besten Alter, um dir einen Mann zu schnappen, und du verabredest dich überhaupt nicht.«

Ich atme gereizt aus. »Weil ich einfach keine Zeit habe – und außerdem, wer sagt, dass ich mir jemanden schnappen will? Mir geht es hervorragend allein.«

»Sagt sie – und macht das Gleiche, was jede andere Katzenlady über sich selbst sagt. Ehrlich, Emma, wann hattest du das letzte Mal Sex mit etwas anderem als deinem Vibrator?«

Kendall macht sich nicht die Mühe, ihre Stimme zu senken, als sie das sagt, und ich fühle, wie mein Gesicht wieder rot wird, als ein schwules Paar am Tisch neben uns herüberblickt und kichert.

Glücklicherweise vibriert Kendalls Prada-Täschchen, bevor ich antworten kann.

»Oh.« Sie runzelt die Stirn, als sie ihr Handy herausfischt und liest, was auch immer das Display anzeigt. Sie schaut auf und winkt dem Kellner. »Ich muss los«, sagt sie entschuldigend. »Mein Chef hatte gerade einen Durchbruch mit dem Design des Kleides, mit dem er zu kämpfen hatte, und er braucht mich, um ihm ein paar Models zu besorgen, pronto.«

»Kein Problem.« Ich bin an Kendalls unberechenbaren Job in der Modebranche gewöhnt. Ich ziehe meine EC-Karte hervor, sage: »Wir treffen uns bald wieder«, und nehme mein Handy heraus, um meinen Kontostand zu überprüfen.

DIE AUßENTEMPERATUR IST ETWAS ÜBER DEM Gefrierpunkt, und die U-Bahnstation, die ich brauche, ist etwa zehn Blocks vom Restaurant entfernt. Dennoch gehe ich, weil a) meine Hüften die Bewegung gut gebrauchen können und b) ich es mir nicht leisten kann, etwas anderes zu tun. Dieses Treffen hat mein Wochenendbudget so weit verkleinert, dass ich meinen Lebensmitteleinkauf auf Montag verschieben muss. Ich habe Kendall gesagt, dass sie aufhören soll, sich mit mir in teuren Cafés zu verabreden, aber ich hätte wissen müssen, dass sie einen Fünfundzwanzig-Dollar-Brunch nicht als teuer ansehen würde.

In New York City ist das praktisch kostenlos.

Ehrlich gesagt weiß Kendall nicht, wie angespannt meine Finanzen sind. Ich rede nicht gerne über mein Studentendarlehen. Sie denkt, dass ich in einer Kellerwohnung in Brooklyn lebe und Coupons ausschneide, weil ich einfach gerne Geld sparen möchte. Sie selbst verdient nicht gerade Millionen – als Assistentin eines aufstrebenden Modedesigners bekommt sie nicht viel mehr als ich mit meinem Job in der Buchhandlung und als Lektorin –, aber ihre Eltern zahlen den Großteil ihrer Rechnungen, so dass sie ihr ganzes Gehalt für Kleidung und anderen Luxus ausgibt.

Wenn sie nicht so eine gute Freundin wäre, würde ich sie hassen.

Als ich die U-Bahnstation betrete, stolpere ich fast über einen Obdachlosen, der auf der Treppe liegt. »Sorry«, murmele ich, und will schnell weitergehen, aber er grinst mich zahnlos an und hält mir eine braune Papiertüte hin.

»Das ist okay, kleine Lady«, lallt er. »Willst du einen Schluck? Du siehst so aus, als könntest du einen Drink gebrauchen.«

Erschrocken trete ich zurück. »Nein, danke. Ich möchte nichts.« Wie schrecklich sehe ich aus, dass mir Obdachlose Alkohol anbieten? Vielleicht *ist* wirklich etwas an Kendalls Katzenlady-Diagnose dran.

Schulterzuckend nimmt der Mann einen Schluck aus der braunen Tüte, und ich stürze die Treppe hinunter, bevor er mir anbietet, weitere Sachen mit mir zu teilen – wie die Münzen im Hut neben ihm.

Ich brauche dringend Geld, aber ich bin nicht *so* verzweifelt.

~

EINE LANGE ZUGFAHRT SPÄTER STEIGE ICH IN BAY Ridge, meiner Haltestelle in Brooklyn, aus der U-Bahn. In dem Moment, in dem ich nach draußen trete, trifft mich eine Windböe ins Gesicht.

Eine Windböe und etwas Nasses.

Schneeregen.

Großartig. Einfach großartig. Zähneknirschend halte ich den Kragen meines alten Wollmantels hoch und versuche, die beiden Ecken davon eng an meinem Hals zusammenzuhalten, während ich zu laufen beginne. Ich wohne nicht so weit von der U-Bahn entfernt – nur fünf Blocks –, aber es sind lange Blöcke, und ich verfluche jeden einzelnen von ihnen, als der eisige Regen zunimmt.

»Vorsicht«, fährt mich eine schwergewichtige Frau an, als ich sie anremple, und ich murmele automatisch eine Entschuldigung. Es ist nicht allein meine Schuld – man braucht zwei Leute, um gegeneinanderstoßen zu können –, aber es liegt nicht in meiner Natur, unhöflich zu sein.

Meine Großeltern haben mich gut erzogen.

Als ich endlich das Sandsteingebäude erreiche, in dem ich meine Kellerwohnung gemietet habe, fühle ich mich, als hätte ich den Mount Everest bestiegen. Mein Gesicht ist nass und gefroren, und trotz meiner

Bemühungen, meinen Mantel geschlossen zu halten, ist der Eisregen eingedrungen und hat mich von innen heraus ausgekühlt. Ich bin eine dieser Personen, die die obere Hälfte ihres Körpers warm haben müssen. Ich kann eisige Füße vertragen – die habe ich auch, da meine Turnschuhe nicht wasserdicht sind – aber ich kann es nicht ertragen, wenn mir kaltes Wasser den Hals hinunterläuft.

Wenn ich in dem Moment wütend auf Mr. Puffs war, als er meinen einzigen anständig aussehenden Schal zerrissen hat, ist das nichts im Vergleich zu dem, was ich jetzt fühle. Diese Katze wird jetzt einen ordentlichen Anschiss bekommen.

»Puffs!«, brülle ich, drücke die Tür auf und betrete meine Einzimmerwohnung. »Komm her, du böse Kreatur!«

Die Katze ist nirgendwo zu sehen. Stattdessen starrt mich Queen Elizabeth friedlich von meinem Bett aus an, leckt ihre Pfote und beginnt, sich zu säubern und jedes einzelne flauschige weiße Haar zu glätten. Cottonball liegt neben ihr und schläft auf meinem Kissen. Beide Katzen sehen warm, zufrieden und völlig sorgenfrei aus, und nicht zum ersten Mal verspüre ich irrationalen Neid auf meine Haustiere in mir aufsteigen.

Ich würde gerne den ganzen Tag schlafen und mich von jemandem füttern lassen.

Zitternd ziehe ich meinen nassen Mantel aus, hänge ihn an den Haken neben der Tür und schlüpfe aus meinen Turnschuhen. Dann gehe ich auf die Suche nach Mr. Puffs.

Ich finde ihn an seinem neuen Lieblingsplatz: im obersten Regal meines Schranks. Dort bewahre ich Hüte, Handschuhe, Schals und Taschen auf – nicht, dass ich viele davon hätte, weshalb es eine Tragödie von epischen Ausmaßen ist, wenn der böse Kater beschließt, eines dieser Teile zu zerschreddern, um Platz für seinen pelzigen Körper zu schaffen.

»Puffs, komm her.« Ich bin nicht gerade groß, also muss ich mich auf Zehenspitzen ausstrecken, um ihn zu ergreifen. Ich keuche von der Anstrengung und hebe ihn aus dem Regal. Der Kater wiegt solide fünfzehn Pfund, und wenn er mit seinen Pfoten in der Luft strampelt, fühlt er sich doppelt so schwer an. »Ich habe dir gesagt, dass du da nicht sitzen darfst.«

Ich setze ihn auf den Boden, und er starrt mich mit zusammengekniffenen Augen an, was mir sagt, dass es nur eine Frage der Zeit ist, bis er sich den Rest meiner Accessoires vornimmt. Wie seine Geschwister ist Mr. Puffs weiß und flauschig und die perfekte Verkörperung seiner persischen Rasse, aber genau hier endet die Ähnlichkeit. Es gibt nichts Ruhiges und Entspanntes an ihm. Ich bin mir nicht sicher, ob dieser Kater überhaupt schläft. Jemals. Es ist möglich, dass er ein Vampir ist, der sich tagsüber in einen riesigen Perser verwandelt.

Er ist mit Sicherheit böse genug dafür.

Gerade als ich ihn wieder anschreien will, weil er den Schal zerrissen hat, reibt er seinen Kopf an meiner nassen Jeans und schnurrt laut. Dann schaut er zu mir auf, und seine großen grünen Augen blinzeln unschuldig.

Ich schmelze. Oder vielleicht sind es die eisigen Tröpfchen, die an meiner Kleidung hängen, die schmelzen. Auf jeden Fall breitet sich ein warmes Gefühl in meiner Brust aus.

»Schon gut, komm her, du Stinker«, murmele ich und knie mich hin, um den Kater zu streicheln. Er schnurrt lauter und reibt seinen Kopf an meiner Hand, als wäre ich seine Lieblingsperson. Ich bin mir fast sicher, dass er mich absichtlich manipuliert – dieser Kater ist beängstigend intelligent – aber ich kann nicht anders, als darauf hereinzufallen.

Wenn es um meine Katzen geht, werde ich einfach schwach.

Die Streicheleinheiten gehen weiter, bis Mr. Puffs sich sicher ist, dass ich ihn nicht anschreien werde. Dann geht er zu den anderen Katzen auf mein Bett und rollt sich auf meinem Kissen neben Cottonball zusammen.

Ich seufze und schleppe mich ins Badezimmer, um heiß zu duschen. So sehr ich es auch hasse, das zuzugeben, Kendall hat recht.

Irgendwie bin ich im Laufe der Zeit zu einer echten Katzenlady geworden.

~

Während ich dusche, versuche ich, mich selbst

davon zu überzeugen, dass das nichts Schlimmes ist. Okay, meine Kleidung ist alt und ein wenig schäbig, und ich mache nichts mit meinen Haaren, außer sie zu waschen und gelegentlich ein wenig Gel zu benutzen. Und ja, ich habe drei Katzen. Na und? Viele Menschen lieben Tiere. Das ist ein positiver Charakterzug. Ich habe noch nie jemandem vertraut, der keine Haustiere mag. Das ist so unnatürlich wie Schokolade oder Eis zu hassen. Ich kann verstehen, dass man bei Tieren unterschiedliche Vorlieben haben kann – einige leider irregeführte Individuen bevorzugen zum Beispiel Hunde gegenüber Katzen – aber überhaupt keine Haustiere mögen? Da könnte man genauso gut ein Serienmörder sein.

Nichtsdestoweniger schmerzt etwas an dieser Katzenlady-Schublade ein wenig. Vielleicht liegt es daran, dass ich erst sechsundzwanzig bin. Wie Kendall schon sagte, sollte ich in meinen besten Jahren sein. Wenn ich jetzt schon als verschroben rüberkomme, was wird dann passieren, wenn ich fünfzig oder sechzig bin? Vielleicht verlängern sich meine datefreien Phasen von über einem Jahr auf ein Jahrzehnt, und ich wandere durch die Straßen, während ich Mützen aus Katzenhaar stricke und Selbstgespräche führe.

Nein, das ist lächerlich. Außerdem will ich keinen Mann. Das will ich wirklich nicht. Okay, gut, vielleicht will ich einen für den Sex – ich bin eine normale, gesunde Frau –, aber ich brauche niemanden, der mein Leben bestimmt und meine Zeit dominiert. Das ist mit

Janie passiert, meiner anderen besten Freundin vom College. Sie hat einen festen Freund, und jetzt sehe ich sie nicht mehr. Und sogar Kendall, die stolz darauf ist, unabhängig zu sein, verschwindet für Wochen, wenn sie jemanden datet. Meinen letzten ernsthaften Freund hatte ich in meinem Abschlussjahr am College, und ich wäre fast durchgefallen, weil er so viel Aufmerksamkeit brauchte – und das war, bevor ich die Katzen bekam. Nun, da Queen Elizabeth, Mr. Puffs und Cottonball in meinem Leben sind, kann ich mir nicht vorstellen, auch noch einen Mann hineinzuquetschen.

Und trotzdem … als ich aus der Dusche komme und mein Telefon in die Hand nehme, lässt mich irgendein Teufel auf meiner Schulter – ein winziger, stilvoller, der verdächtig wie Kendall aussieht – die Dating-App öffnen, bei der ich mich vor Monaten auf Janies Drängen hin angemeldet habe. Es ist dieselbe, über die sie ihren jetzigen Freund traf, der sie aus meinem Leben verschwinden ließ. Vor dem besagten Verschwinden, nachdem sie mich quasi gezwungen hatte, mir dort ein Profil einzurichten, habe ich ein paar Tage lang mit der App gespielt, da ich den Hauch einer Hoffnung hatte, einen netten, entspannten Kerl zu finden, der Katzen und lange Spaziergänge im Park mag. Nach etwa einem Dutzend Schwanzbildern habe ich es allerdings aufgegeben und aufgehört, mich einzuloggen.

»Du hast es nicht wirklich versucht«, hatte Janie frustriert gesagt, als ich ihr von den Bildern erzählt habe. »Ja, da sind ein paar Arschlöcher dabei, aber es gibt auch ein paar gute Jungs, wie meinen Landon.«

»Stimmt«, hatte ich geantwortet und höflich genickt. Kendall und ich sind beide der Meinung, dass Landon – diese oberflächliche Tratschtante mit dem höhnischen Dauerlächeln – ein Arschloch ist, aber das wollte ich Janie nicht sagen. Im Nachhinein betrachtet hätte ich vielleicht etwas sagen sollen, denn kurz nachdem Janie mich dazu gebracht hatte, dieses Profil zu erstellen, wurde sie in das schwarze Loch ihrer Beziehung gesaugt, und Kendall und ich haben sie seitdem nicht mehr gesehen.

Ich lege das Telefon auf das Bett und rücke meine Kissen zurecht, um eine Rückenlehne für mich zu schaffen – etwas, für das ich Cottonball und Mr. Puffs von einem Kissen scheuche und Queen Elizabeth zur Seite schiebe. Cottonball und Queen Elizabeth gehen recht freundschaftlich weg – Queen Elizabeth springt sogar vom Bett – aber Mr. Puffs wirft mir einen bösen Blick zu und schwingt seinen Schwanz bedrohlich von einer Seite zur anderen, bevor er sich neben meinen Füßen zusammenrollt. Ich weiß, dass er sich an diese Straftat erinnern und später Vergeltung suchen wird, aber im Moment habe ich einen bequemen Platz, um mir all die Schwanzbilder anzusehen, die zweifellos auf mich in der App warten.

Ich kuschele mich zwischen die Kissen, logge mich in mein Profil ein und überprüfe den Posteingang. Tatsächlich gibt es etwa dreihundert Nachrichten, von denen mindestens hundert Anhänge mit Penisbildern haben. Nur zum Spaß klicke ich mich durch ein paar von ihnen – einige haben auch wirklich eine nette Größe und Form – aber dann langweile ich mich und beginne, sie systematisch zu löschen. Ich weiß nicht, wie Männer auf die Idee gekommen sind, dass Schwanzbilder heiß sind, weil sie es ehrlich gesagt nicht sind. Ich habe nichts gegen Penisse, aber sie machen mich nicht an, es sei denn, sie hängen an einem Kerl, den ich mag. Bonuspunkte gibt es dann, wenn dieser Kerl zufällig mit Waschbrettbauch und schönen Brustmuskeln kommt, aber die Persönlichkeit ist das, was mir am wichtigsten ist.

Ich würde mich eher mit einem Hundertfünfzig-Kilo-Glatzkopf verabreden, der freundlich zu Tieren und alten Damen ist, als mit einem supermodelperfekten Arschloch mit einem riesigen Schwanz.

Es dauert fast eine Stunde, bis ich die meisten Nachrichten durchgegangen bin. Und gerade als ich auf der Zielgeraden bin – und fest davon überzeugt, dass ich nie wieder eine Dating-App benutzen werde –, sehe ich sie.

Eine einfache E-Mail ohne Anhang von einem Cartoon-Avatar eines Mannes mit einem rundem Gesicht und einem schüchternen Lächeln.

Fasziniert klicke ich auf die Nachricht, die ich erst vor drei Tagen bekommen habe.

Hallo, Emma, steht da. *Ich bin mir sicher, dass du das oft liest, aber ich finde dich wirklich süß, und ich liebe die Katzen auf deinem Foto. Ich habe selbst zwei Perser. Sie sind fett und schrecklich verwöhnt, aber ich liebe sie, und ich bin überzeugt, dass sie mich trotz des Zerkratzens aller meiner Möbel auch lieben. Abgesehen davon, dass ich Zeit mit ihnen verbringe, sind meine Hobbys das Entdecken von schrulligen Cafés in Brooklyn, Lesen (meist historische Romane) und Inlineskaten im Park. Oh, und ich arbeite in einer Buchhandlung, während ich Tiermedizin studiere. Hast du Lust, dich mit mir für einen Kaffee oder ein Abendessen zu treffen? Ich kenne ein schönes kleines Bistro in Park Slope. Bitte lasse mich wissen, ob das für dich in Frage käme.*

Vielen Dank,

Mark

Mein Puls rast vor Aufregung, und ich lese die Mail noch einmal, bevor ich zu seinem Profil gehe. Es gibt dort zwei aktuelle Bilder von Mark, die jeweils einen Kerl zeigen, der genau mein Typ zu sein scheint. Obwohl die Bilder verschwommen sind, ähneln sie seinem Cartoon-Avatar sehr stark. Sein rundliches Gesicht sieht freundlich aus, sein schiefes Lächeln ist schüchtern und selbstironisch, und auf einem Bild trägt er eine Brille, die ihm eine angenehm intellektuelle Ausstrahlung verleiht. Dem Profil nach ist er siebenundzwanzig Jahre alt, hat braune Haare und blaue Augen und lebt in Carroll Gardens, Brooklyn.

Er ist so perfekt, dass ich ihn von meiner geheimen Wunschliste streichen könnte.

Mit einem Grinsen im Gesicht antworte ich ihm, dass ich mich gerne mit ihm treffen würde, und springe dann vom Bett, um einen Freudentanz aufzuführen. Mein Haar fällt in krausen roten Locken in mein Gesicht, und meine Katzen sehen mich an, als wäre ich verrückt, aber das ist mir egal.

Kendall kann sich ihre Katzenlady-Schublade in ihren dürren kleinen Arsch schieben.

Ich habe ein echtes Date.

2

Marcus

»JA, DAS IST RICHTIG«, SAGE ICH UNGEDULDIG. »ICH möchte, dass sie immer ordentlich und gepflegt ist. Sie muss einen Sinn für Stil haben; das ist sehr wichtig. Eine Brünette wäre am besten, aber eine Blondine würde auch gehen, solange ihre Frisur konservativ ist. Sie darf nicht so aussehen, als wäre sie gerade aus dem *Playboy* gestiegen, verstanden?«

»Ja, natürlich, Mr. Carelli.« Die stylische Brünette vor mir überschlägt ihre langen Beine und schenkt mir ein höfliches Lächeln. Victoria Longwood-Thierry, Partnervermittlerin für die Wall-Street-Elite, ist genau das, was ich für meine zukünftige Frau im Sinn habe, außer dass sie in den Fünfzigern ist, verheiratet – und drei Kinder hat. »Was ist mit Hobbys und Interessen?«, fragt sie mit ihrer sorgfältig modulierten Stimme. »Was sollte Sie am besten machen?«

»Etwas Intellektuelles«, sage ich. »Ich will mit ihr außerhalb des Schlafzimmers reden können.«

»Natürlich.« Victoria macht sich eine Notiz auf ihrem Notizblock. »Was ist mit ihrem Beruf?«

»Der spielt für mich keine Rolle. Sie kann Anwältin oder Ärztin sein oder ihre ganze Zeit mit Wohltätigkeitsarbeit für Waisenkinder in Haiti verbringen – mir ist das egal. Sobald wir geheiratet haben, kann sie entweder zu Hause bei den Kindern bleiben oder ihre Karriere fortsetzen. Ich bin mit beiden Optionen einverstanden.«

»Das ist sehr tolerant von Ihnen.« Victorias Gesichtsausdruck ist unverändert, aber ich habe das Gefühl, dass sie mich heimlich auslacht. »Was halten Sie von Haustieren? Bevorzugen Sie Katzen oder Hunde?«

»Weder noch. Ich mag es nicht, Tiere im Haus zu haben.«

Victoria macht sich noch eine Notiz, bevor sie fragt: »Was ist mit ihrer Größe? Haben Sie eine Vorliebe?«

»Groß«, sage ich sofort. »Oder zumindest überdurchschnittlich.« Ich bin ein Meter achtzig groß, und kleine Frauen sehen für mich wie Kinder aus.

»Okay, gut.« Victoria schreibt es auf. »Was ist mit dem Körperbau? Athletisch oder schlank, nehme ich an?«

Ich nicke kurz und bündig. »Ja. Ich mag Fitness, und

ich möchte, dass sie gut in Form ist, damit sie mit mir mithalten kann.« Stirnrunzelnd schaue ich auf meine Patek-Philippe-Uhr und sehe, dass ich nur eine halbe Stunde Zeit habe, bevor der Markt öffnet. Ich wende meine Aufmerksamkeit wieder Victoria zu und sage: »Im Grunde genommen will ich eine kluge, elegante, stilvolle Frau, die sich um sich selbst kümmern kann.«

»Verstanden. Sie werden nicht enttäuscht werden, versprochen.«

Ich bin skeptisch, aber ich behalte mein Pokerface bei, als sie aufsteht und mich höflich aus ihrem Büro führt. Sie verspricht, mich innerhalb weniger Tage zu kontaktieren, schüttelt meine Hand, geht wieder hinein und hinterlässt eine Wolke aus teurem Parfum, die nicht allzu stark ist. Victoria Longwood-Thierry wäre nie so aufdringlich, ein starkes Parfum zu tragen – aber ich niese trotzdem, als ich zum Aufzug gehe.

Das muss ich der Liste hinzufügen: Die Kandidatin darf kein Parfum tragen, Punkt.

Als ich von Victorias Büro in West Village zurück in meinem Gebäude in der Park Avenue bin, kleben meine Programmierer und Händler an ihren Bildschirmen. Nur wenige von ihnen bemerken, dass ich in mein Eckbüro gehe. Normalerweise würde ich bei ihren Schreibtischen anhalten, um sie nach ihrem Wochenende zu fragen und ein Update über unsere Positionen zu erhalten, aber der Markt ist bereits geöffnet, und ich darf sie nicht ablenken.

Da zweiundneunzig Milliarden meiner Investoren

auf dem Spiel stehen, gibt es keinen Spielraum für Fehler.

Mein Büro ist riesig und hat einen tollen Blick auf die Wolkenkratzer der Park Avenue, aber ich halte nicht inne, um den Ausblick zu bewundern. Einst fühlte sich dieses Büro für ein rauflustiges Kind wie die Ankunft an der Spitze von Staten Island an, aber jetzt bin ich hungrig nach mehr. Erfolg ist meine Droge, und mit jedem neuen Erfolg brauche ich eine größere Dosis, um das Kribbeln zu spüren. Es geht nicht mehr um das Geld – zusätzlich zu meinem persönlichen Anteil an dem Fonds habe ich ein paar Milliarden in Immobilien und anderen passiven Investitionen untergebracht – sondern darum, zu wissen, dass ich es kann, dass ich dort erfolgreich sein kann, wo andere versagt haben. Die jüngste Volatilität der Märkte hat sowohl bei Hedgefonds als auch bei Investmentfonds zu Rekordverlusten geführt, aber Carelli Capital Management ist im oberen Preissegment angesiedelt und hat den Markt um über vierzig Prozent übertroffen. Stiftungen, Pensionskassen, vermögende Privatpersonen – sie alle stolpern übereinander, weil sie es so eilig haben, mit mir zu investieren, und ich will immer noch mehr.

Ich will alles, einschließlich einer Frau, die zu dem Leben passt, für das ich so hart gearbeitet habe.

Oberflächlich betrachtet sollte es einfach sein. Mit fünfunddreißig Jahren habe ich genug Geld, um die weibliche Bevölkerung von Manhattan für den Rest ihres Lebens mit Louis-Vuitton-Taschen und

Louboutin-Schuhen auszustatten, sehe nicht schlecht aus und trainiere täglich, um in Form zu bleiben. Letzteres tue ich mehr für meine Gesundheit als für mein Aussehen, aber die Frauen scheinen die Ergebnisse zu schätzen. Ich könnte jede Frau in einem Klub innerhalb weniger Minuten abschleppen, aber keine von ihnen ist das, was ich will.

Ich will Highclass. Ich will Eleganz.

Ich will eine Frau, die das genaue Gegenteil von derjenigen ist, die mich aufgezogen hat – deshalb Victoria Longwood-Thierry und ihr altes Geld.

Es war mein Freund Ashton, der mich zu ihr geführt hat. »Du weißt, dass die Art von Frau, die du willst, nicht in einer Bar rumhängt, oder?«, fragte er mich, als ich nach ein paar Bieren meine Ansprüche an eine Frau erwähnte. »Du redest hier von der amerikanischen Aristokratie, Mayflower und all dem Scheiß. Wenn du es ernst meinst damit, dir eine High-End-Pussy zu angeln, musst du mit der Freundin meiner Tante sprechen. Sie ist eine professionelle Partnervermittlerin, die mit Politikern und reichen Wall-Street-Jungs wie dir arbeitet. Sie wird dir genau das geben können, was du brauchst.«

Ich hatte gelacht und das Gespräch in eine andere Richtung gelenkt, aber die Idee hatte sich in meinem Kopf festgesetzt, und je mehr ich über die Freundin von Ashtons Tante nachforschte, desto faszinierter wurde ich. Es stellte sich heraus, dass Victoria mindestens zwei Hedgefonds-Manager, die ich kenne, verkuppelt hatte – einen mit einer Olympiaturnerin, den anderen mit einer Biologin aus Princeton, die einst als Model geglänzt hatte. Beim weiterem Graben erfuhr ich, dass beide Ehen bisher skandalfrei gehalten haben, und das hat mich mehr als alles andere davon überzeugt, der Partnervermittlerin eine Chance zu geben.

Ich beabsichtige, in meinem Privatleben so erfolgreich zu sein wie im Geschäft, und die richtige Art von Frau zu haben ist ein großer Bestandteil davon.

Ich setze mich an meinen glänzenden Schreibtisch aus Ebenholz, schalte meinen Bloomberg-Monitor ein und nehme einen Stapel Forschungsberichte in die Hand. Ich habe Victoria auf den Fall angesetzt, also habe ich die Frauenjagd aus dem Kopf und kann mich auf das konzentrieren, was wirklich wichtig ist: meine Arbeit und das Geld meiner Kunden zu verdienen.

Es ist schon zwanzig Uhr, als mein Telefon mit einer eingehenden Nachricht klingelt. Ich reibe mir die Augen, schaue von meinem Computerbildschirm auf und sehe, dass es eine Nachricht von Victoria ist.

Ich habe die perfekte Kandidatin für Sie, steht in der Nachricht. *Sie kann Sie morgen um 18.00 Uhr im Sweet Rush Café im Park Slope treffen. Wenn Sie das möchten, werde ich Ihnen weitere Details per E-Mail schicken. Emmeline lebt in Boston und ist nur für ein paar Tage in der Stadt.*

Ich runzele die Stirn, während ich auf mein Handy schaue. Achtzehn Uhr? Ich verlasse das Büro an einem Dienstag fast nie so früh. Und Boston? Wie soll ich diese Emmeline kennenlernen, wenn sie nicht in New York lebt?

Ich beginne, Victoria zu schreiben, dass ich es nicht schaffe, aber halte im letzten Moment inne. Das ist es, was ich wollte: dass Victoria mir eine Frau vorstellt, die ich allein nie treffen würde. Angesichts der Erfolgsbilanz der Partnervermittlerin kann ich einen Abend investieren, um zu sehen, ob es dort etwas gibt, was es wert ist, verfolgt zu werden.

Bevor ich meine Meinung ändern kann, schicke ich eine kurze Nachricht an Victoria, um dem Date zuzustimmen, und lenke meine Aufmerksamkeit wieder auf meinen Computerbildschirm.

Wenn ich das Büro morgen früher verlassen will, muss ich heute Abend noch ein paar Stunden arbeiten.

3

ICH HÜPFE FAST VOR AUFREGUNG, ALS ICH MICH DEM Sweet Rush Café nähere, wo ich Mark zum Abendessen treffen soll. Das ist das Verrückteste, was ich seit einer Weile getan habe. Zwischen meiner Abendschicht in der Buchhandlung und seinen Kursen an der Uni hatten wir keine Chance, mehr als einige wenige Textnachrichten auszutauschen, also habe ich nur ein paar verschwommene Bilder, an denen ich mich orientieren kann. Trotzdem habe ich ein gutes Gefühl dabei.

Ich habe das Gefühl, dass Mark und ich wirklich eine Verbindung haben könnten.

Ich bin ein paar Minuten zu früh, also bleibe ich an der Tür stehen und nehme mir einen Moment Zeit, um

Katzenhaare von meinem Wollmantel zu streichen. Der Mantel ist beige, was besser ist als schwarz, aber weißes Haar ist auf allem sichtbar, was nicht reinweiß ist. Ich denke, Mark wird es nicht allzu sehr stören – er weiß, wie stark Perser haaren –, aber ich möchte für unser erstes Date trotzdem repräsentativ aussehen. Es hat etwa eine Stunde gedauert, aber ich habe meine Locken dazu bekommen, sich halbwegs gut zu benehmen, und ich trage sogar ein wenig Make-up – etwas, was so häufig passiert wie ein Tsunami in einem See.

Ich atme tief durch, betrete das Café und schaue mich um, um zu sehen, ob Mark vielleicht schon da ist.

Das Bistro ist klein und gemütlich, mit den typischen Diner-Bänken, die im Halbkreis um eine Kaffeebar angeordnet sind. Der Geruch von gerösteten Kaffeebohnen und Backwaren ist köstlich und lässt meinen Magen vor Hunger knurren. Ich wollte mich nur auf den Kaffee beschränken, aber ich beschließe, mir auch ein Croissant zu kaufen; mein Budget sollte dafür ausreichen.

Nur wenige der Tische sind besetzt; wahrscheinlich, weil es ein Dienstag ist. Ich überfliege sie, weil ich nach jemandem suche, der Mark sein könnte, und bemerke einen Mann, der allein am entferntesten Tisch sitzt. Er schaut in meine entgegengesetzte Richtung, so dass ich nur den Hinterkopf sehen kann, aber sein Haar ist kurz und dunkelbraun.

Er könnte es sein.

Ich sammele meinen Mut und nähere mich dem Tisch. »Entschuldigung«, sage ich. »Bist du Mark?«

Der Mann dreht sich zu mir um, und mein Puls schießt in die Stratosphäre.

Die Person vor mir sieht überhaupt nicht aus wie die Bilder in der App. Sein Haar ist braun, und seine Augen sind blau, aber das ist die einzige Ähnlichkeit. Die harten Gesichtszüge des Mannes sind weder rund noch scheu. Vom stahlharten Kiefer bis zur falkenartigen Nase ist sein Gesicht völlig männlich, geprägt von einem Selbstbewusstsein, das an Arroganz grenzt. Ein Hauch von Schatten verdunkelt seine schlanken Wangen, so dass seine hohen Wangenknochen noch deutlicher hervorstechen, und seine Augenbrauen sind dicke dunkle Schrägstriche über seinen stechend hellen Augen. Selbst hinter dem Tisch sitzend, sieht er groß und kräftig aus. Seine Schultern sind in seinem maßgeschneiderten Anzug unglaublich breit, und seine Hände sind doppelt so groß wie meine.

Unmöglich, dass dies der Mark von der App ist, es sei denn, er hat seit der Aufnahme dieser Fotos einen ernsthaften Trainingsmarathon im Fitnessstudio eingelegt. War das möglich? Konnte sich ein Mensch so sehr verändern? Er hatte seine Größe nicht im Profil angegeben, aber ich hatte angenommen, dass das Auslassen bedeutete, dass er höhentechnisch wie ich eher unterdurchschnittlich war.

Der Mann, den ich ansehe, ist in keiner Weise

unterdurchschnittlich, und er trägt mit Sicherheit keine Brille.

»Ich bin … ich bin Emma«, stottere ich, als der Mann mich weiterhin anstarrt, wobei sein Gesicht hart und unergründlich ist. Ich bin mir fast sicher, dass ich den falschen Kerl erwischt habe, aber ich zwinge mich trotzdem, zu fragen: »Bist du zufällig Mark?«

»Ich ziehe es vor, Marcus genannt zu werden«, antwortet er zu meiner Überraschung. Seine Stimme ist ein tiefes männliches Rumpeln, das etwas primitiv Weibliches in mir anspricht. Mein Herz schlägt noch schneller, und meine Handflächen beginnen zu schwitzen, als er aufsteht und unverblümt sagt: »Du bist nicht das, was ich erwartet habe.«

»Ich?« *Was zum Teufel …?* Eine Welle der Wut verdrängt alle anderen Emotionen, während ich auf den unhöflichen Riesen vor mir starre. Dieses Arschloch ist so groß, dass ich mir den Hals verrenken muss, um zu ihm aufzuschauen. »Und was ist mit dir? Du siehst überhaupt nicht aus wie auf deinen Bildern!«

»Ich schätze, wir wurden beide irregeführt«, sagt er mit angespanntem Kiefer. Bevor ich antworten kann, deutet er auf den Tisch »Du kannst dich genauso gut hinsetzen und mit mir essen, Emmeline. Dann bin ich nicht umsonst den ganzen Weg hierhergekommen.«

»Ich heiße *Emma*«, korrigiere ich vor Wut kochend. »Und nein, danke. Ich werde einfach gehen.«

Seine Nasenlöcher beben, und er tritt nach rechts, um mir den Weg zu versperren. »Setz dich, *Emma*.« Er lässt meinen Namen wie eine Beleidigung klingen. »Ich werde mit Victoria reden, aber im Moment verstehe ich nicht, warum wir nicht wie zwei zivilisierte Erwachsene essen können.«

Die Spitzen meiner Ohren brennen vor Wut, aber ich rutsche in die Bank, anstatt eine Szene zu machen. Meine Großmutter hat mir von klein auf Höflichkeit beigebracht, und selbst als Erwachsene, die allein lebt, fällt es mir schwer, gegen das anzukämpfen, was sie mir beigebracht hat.

Sie würde es nicht gutheißen, wenn ich diesem Idioten mein Knie in die Eier rammen und ihm sagen würde, dass er sich verpissen soll.

»Danke«, sagt er und rutscht auf die Bank mir gegenüber. Seine Augen funkeln eisblau, während er die Speisekarte betrachtet. »Das war nicht so schwer, oder?«

»Ich weiß nicht, *Marcus*«, sage ich und betone extra den formellen Namen. »Ich bin erst seit zwei Minuten bei dir, und schon auf hundertachtzig.« Ich gebe die Beleidigung mit einem damenhaften, von meiner Großmutter genehmigten Lächeln ab, werfe meine Handtasche in die Ecke unserer Nische und nehme die Speisekarte, ohne mich zu bemühen, meinen Mantel auszuziehen.

Je eher wir essen, desto schneller kann ich hier herauskommen.

Ein tiefes Lachen erschreckt mich, und ich schaue auf. Zu meinem Entsetzen grinst der Idiot, und seine Zähne blitzen weiß in seinem leicht gebräunten Gesicht. Keine Sommersprossen, stelle ich eifersüchtig fest; seine Haut ist perfekt ebenmäßig, ohne auch nur ein einziges Muttermal auf seiner Wange. Er ist nicht im klassischen Sinn gutaussehend – seine Gesichtszüge sind zu grob dafür – aber er sieht schockierend gut aus, auf eine starke, rein männliche Art und Weise.

Zu meinem Entsetzen breitet sich eine Hitzewelle in meinem Unterleib aus, und meine inneren Muskeln ziehen sich zusammen.

Nein. Auf keinen Fall. Dieses Arschloch macht mich *nicht* an. Ich kann es kaum ertragen, ihm gegenüber am Tisch zu sitzen.

Ich knirsche mit den Zähnen, schaue in die Speisekarte und stelle mit Erleichterung fest, dass die Preise an diesem Ort tatsächlich angemessen sind. Ich bestehe immer darauf, bei Dates für mein eigenes Essen zu bezahlen, und jetzt, da ich Mark getroffen habe – Entschuldigung, *Marcus* –, würde ich es ihm auch zutrauen, mich an einen noblen Ort zu schleppen, wo ein Glas Leitungswasser mehr kostet als ein Patrón. Wie konnte ich mich bei dem Kerl so sehr irren? Offensichtlich hatte er gelogen, als er behauptet hat, in einer Buchhandlung zu arbeiten und ein Student zu sein. Zu welchem Zweck, weiß ich nicht, aber alles an dem Mann vor mir schreit Reichtum und Macht. Sein Nadelstreifenanzug schmiegt sich an seinen breitschultrigen Rahmen, als wäre er für ihn maßgeschneidert, sein blaues Hemd ist steifgebügelt, und ich bin mir ziemlich sicher, dass seine subtil karierte Krawatte von einem Designer ist, der Chanel wie ein Walmart-Label aussehen lässt.

Als mir alle diese Details auffallen, habe ich einen neuen Verdacht. Könnte mir jemand einen Streich spielen? Kendall vielleicht? Oder Janie? Sie kennen beide meinen Geschmack bei Männern. Vielleicht hat eine von beiden beschlossen, mich auf diese Weise zu einem Date zu locken – aber warum sie mich mit *ihm* zusammengebracht haben und er dem zustimmen würde, ist ein großes Rätsel.

Stirnrunzelnd schaue ich von der Speisekarte auf und betrachte den Mann vor mir. Er hat aufgehört zu grinsen und betrachtet mit gerunzelter Stirn die Speisekarte, was ihn älter aussehen lässt als die siebenundzwanzig Jahre, die auf seinem Profil angegeben sind.

Dieser Teil muss auch eine Lüge gewesen sein.

Meine Wut verstärkt sich. »Also, *Marcus*, warum hast du mir geschrieben?« Ich lege die Speisekarte auf den Tisch und starre ihn wütend an. »Besitzt du überhaupt Katzen?«

Er schaut auf, und sein Stirnrunzeln vertieft sich. »Katzen? Nein, natürlich nicht.«

Die Irritation in seinem Ton lässt mich alles über Großmutters Missbilligung darüber vergessen, ihm direkt in sein schlankes, hartes Gesicht zu schlagen. »Ist das eine Art Streich? Wer hat dich dazu angestiftet?«

»Verzeihung?« Seine dicken Augenbrauen heben sich in einem arroganten Bogen.

»Oh, hör auf, so zu tun, als seist du unschuldig. Du hast mich in deiner Nachricht angelogen, und du hast die Frechheit, mir zu sagen, dass *ich* nicht das bin, was du erwartet hast?« Ich spüre praktisch den Dampf, der aus meinen Ohren kommt. »*Du* hast *mich* angeschrieben, und ich war in meinem Profil völlig ehrlich. Wie alt bist du? Zweiunddreißig? Dreiunddreißig?«

»Ich bin fünfunddreißig«, sagt er langsam, und sein Stirnrunzeln kehrt zurück. »Emma, worüber redest ...«

»Das war's.« Ich nehme meine Handtasche am Henkel, rutsche von der Bank und stelle mich hin. Großmutter hin oder her, ich werde nicht mit einem Idioten essen gehen, der zugegeben hat, mich getäuscht zu haben. Ich habe keine Ahnung, was einen Kerl wie ihn dazu bringen würde, mit mir zu spielen, aber ich werde keine Witzfigur sein.

»Schönes Abendessen«, knurre ich, drehte mich um und gehe zum Ausgang, bevor er mir wieder den Weg versperren kann.

Ich habe es so eilig, fortzukommen, dass ich fast eine große, schlanke Brünette umrenne, die sich dem Café nähert, und den kleinen, pummeligen Typen, der ihr folgt.

arcus

ICH UMFASSE DEN RAND DES TISCHES UND BEOBACHTE, wie die kleine Rothaarige aus dem Restaurant stürmt, während ihr kurvenreicher Arsch von Seite zu Seite schwankt. Auch in diesem formlosen Wollmantel ist ihre kleine, üppige Gestalt unverwechselbar feminin … und eigenartig sexy. Ich habe kurvenreiche Frauen noch nie besonders gern gemocht, aber in dem Moment, als Emma auf mich zukam, drehten meine Hormone auf, und mein Schwanz wurde steinhart.

Wenn ich keinen Anzug getragen hätte, wäre es geradezu peinlich gewesen.

Meine ganzen gesellschaftlich praktischen Überlegungen verließen mich, sobald ich sie sah. Mit ihren wilden roten Locken und dem Sinn für den Stil der Heilsarmee war Emma so anders als die Bilder in meinem Kopf – und trotzdem so eigenartig anziehend, dass ich ihr direkt gesagt hatte, dass sie nicht das war, was ich erwartet hatte. Sobald die Worte meinen Mund verließen, wollte ich sie zurücknehmen, aber es war zu spät. Ihre hellgrauen Augen verengten sich, ihr Rosenknospenmund spannte sich an, und ihr wie Feuer leuchtendes Haar schien sich aufzublähen, als jede Locke vor Entrüstung zitterte. Dann erwiderte sie, dass *ich* anders aussehe als meine Bilder, und dann eskalierte die Situation. Ich erinnere mich nicht, wann ich das letzte Mal unhöflich zu einer Frau war, aber bei Emma war es, als wäre ich zu einem Höhlenmensch geworden.

Ich befahl ihr beinahe, sich zu mir zu setzen, und ging sogar so weit, meine Größe zu nutzen, um sie einzuschüchtern, damit sie meinem Befehl folgte.

Warum hat Victoria sie zu mir geschickt? Vorausgesetzt, sie hat es überhaupt getan. Jetzt, da mir nicht mehr das ganze Blut in die Leiste fließt, erscheint mir das Verhalten der Rothaarigen extrem seltsam. Ihre Anschuldigungen und das Geschwafel über Katzen ergeben keinen Sinn … es sei denn, es gab eine Art Missverständnis.

Scheiße.

Ich rutsche von der Bank, um der Frau zu folgen, aber bevor ich zwei Schritte machen kann, tritt eine große, elegante Brünette in meinen Weg. »Hi, Marcus«, sagt sie mit einem kühlen, anmutigen Lächeln. »Ich bin

Emmeline Sommers. Tut mir leid, dass ich zu spät bin.«

Noch bevor sie ihren Namen sagt, weiß ich, wer sie ist – und ich weiß, dass ich es so richtig vermasselt habe.

Das ist die Frau, von der Victoria gesprochen hat, diejenige, deren Datei ich nicht herunterladen konnte, bevor ich zu einem Notfall-Meeting mit meinen Portfoliomanagern gerufen wurde. Victoria hat mir heute Nachmittag Emmelines Fotos und Biografie geschickt, und wegen des Meetings und der U-Bahn, um den Berufsverkehr zu vermeiden, bin ich völlig unvorbereitet im Café aufgetaucht – etwas, was ich normalerweise nie tun würde. Ich dachte, dass es nicht schlimm wäre – ich würde Emmeline gegenüber einfach gestehen, dass ich unvorbereitet bin, und wir würden Spaß dabei haben, uns einfach so kennenzulernen – aber ich hatte nicht mit einer Frau gerechnet, die ähnlich hieß und durch einen bizarren Zufall auch wegen eines Blind Dates mit einem Kerl, der so hieß wie ich, ins Café gekommen sein musste. Wie hoch waren die verdammten Chancen *dafür*?

Ich starre die Brünette vor mir an und kann nicht glauben, dass ich Emma mit ihr verwechselt habe. Keine zwei Frauen könnten unterschiedlicher sein. Emmeline ist Prinzessin Diana, Jackie Kennedy und Gisele, alle zu einem atemberaubenden Paket zusammengeschnürt. Ich kann sie mir leicht in den gesellschaftlichen Funktionen und auf allen politischen Ereignissen vorstellen, die immer mehr zu meinem

Leben gehören. Sie wüsste, welche Gabel sie benutzen sollte und wie man mit Senatoren und Kellnern Smalltalk hält, während Emma … Nun, ich kann sehen, wie sie auf meinem Schwanz hüpft, und das war's auch schon.

Ich verdränge die pornografischen Bilder aus meinem Kopf und lächele die große Brünette an. »Kein Problem«, sage ich und strecke meine Hand aus, um die ihre zu schütteln. »Ich bin erst vor ein paar Minuten hier angekommen. Es ist mir ein Vergnügen, dich kennenzulernen.«

Emmelines Finger sind lang und schlank, und ihre Haut fühlt sich kühl und trocken an. »Gleichfalls«, sagt sie und drückt meine Hand mit genau der richtigen Intensität, bevor sie ihren Arm anmutig sinken lässt. »Danke, dass du den ganzen Weg hierher gekommen bist, um mich zu treffen. Meine Schwester studiert am Brooklyn Conservatory of Music, also bleibe ich bis zu meinem Flug morgen früh in ihrer Nähe.«

»Natürlich. Danke, dass du dir die Zeit genommen hast, dich mit mir zu treffen«, sage ich, während wir uns an den Tisch setzen.

In den nächsten Minuten unterhalten wir uns und lernen uns kennen. Ich sage nichts über die Verwechslung mit Emma – ich will nicht, dass Emmeline denkt, dass ich ein totaler Idiot bin – aber ich erkläre ihr, dass ich keine Gelegenheit hatte, in ihre Akte zu schauen, die Victoria mir geschickt hat. Wie ich gehofft hatte, nickt Emmeline meine Entschuldigung ab und sagt, dass es genauso gut ist, dass wir uns ohne vorgefasste Meinungen kennenlernen können. Es ist jedoch offensichtlich, dass sie die Akte über mich durchgegangen ist. Sie weiß alles über mich, von meinem Wharton MBA bis zu meiner jetzigen Rolle als Leiter eines der erfolgreichsten Hedgefonds in New York City.

Nachdem wir unsere Bestellung beim Kellner aufgegeben haben, erfahre ich, dass Emmeline einunddreißig Jahre alt und Absolventin der Harvard Law ist. In den letzten drei Jahren leitete sie eine gemeinnützige Stiftung, die Rechtsberatung für misshandelte Frauen und Kinder anbietet. Sie ist leidenschaftlich an ihrer Arbeit interessiert und verbringt über achtzig Stunden pro Woche mit der Stiftung; es ist nicht nur ein Hobby für sie, obwohl ihre Familie wohlhabend genug ist, dass sie absolut alles hätte tun können, was ihre Karriere betrifft.

»Mein Ururgroßvater hat schon damals ein Vermögen an Eisenbahnen verdient«, sagt sie lächelnd. »Und meine Familie hat es irgendwie geschafft, es in den eineinhalb Jahrhunderten zu erhalten und zu vermehren. Also ja, ich bin eines dieser Treuhandfonds-Babys.« Ihr Lächeln hat einen selbstironischen Charme, der die aristokratischen Linien ihres Gesichts weicher macht – und ich merke, dass ich sie wirklich mag.

Emmeline ist die Richtige, die Frau, auf die ich gehofft habe, seit ich mich entschieden habe, einen weiteren Erfolgsfaktor ins Auge zu fassen: die ultimative Trophäenfrau.

Während der Kellner unser Essen bringt, reden wir über alles, vom Weltgeschehen bis hin zur jüngsten Volatilität des Marktes, und ich finde, dass Emmelines Ansichten eng mit meinen eigenen übereinstimmen. Sie ist sachkundig und wohlüberlegt in ihren Meinungen, und ihre juristische Ausbildung zeigt sich in ihren durchdachten Ansichten zu den meisten Themen. Ich höre ihr gerne zu, und sie scheint sich auch für das zu interessieren, was ich zu sagen habe.

Es schadet auch nicht, dass sie hübsch anzusehen ist, auf eine gepflegte, reinrassige Art und Weise. Ihr langärmeliges Pullover-Kleid ist stilvoll, ohne trendy zu sein, ihre Accessoires sind teuer, aber dezent, und ihr glattes dunkles Haar passt mit dem schmeichelhaften, stufigen Schnitt perfekt zu ihrem ovalen Gesicht.

Sie ist eine auffallend attraktive Frau, aber als ich die anmutige Art und Weise beobachte, wie sie ihre Gabel hält, dämmert es mir plötzlich, dass ich mich nicht zu ihr hingezogen fühle. Ich mag ihr Aussehen, aber es ist die gleiche Art der Wertschätzung, die ich für ein visuell ansprechendes Kunstwerk oder eine Skulptur haben könnte – ein rein intellektuelles Vergnügen, das das genaue Gegenteil von meinem Bauchgefühl für die Rothaarige ist.

Nein. Stopp. Bevor mein Kopf weiter in diese Richtung denkt, unterdrücke ich alle Gedanken an Emma. Emmeline ist die Frau, die ich schon immer wollte, und ich kann es nicht versauen, indem ich dem

Drängen meines plötzlich widerspenstigen Schwanzes folge.

Eine Weile gelingt es mir, mich ausschließlich auf Emmeline zu konzentrieren. Sie ist eine gute Gesprächspartnerin, und während wir essen, tauschen wir lustige Geschichten über Schule und Arbeit aus. Ich erzähle ihr von dem Händler in meinem Fonds, der orangefarbene Turnschuhe als Glücksbringer trägt, und sie erzählt mir von der Vorliebe ihrer Schwester, langhaarige Hipster-Jungs zu daten. Nach der Hälfte der Mahlzeit muss ich mich entschuldigen, um einen wichtigen Anruf von der Arbeit entgegenzunehmen, und sie zuckt nicht einmal mit der Wimper. Sie sieht auch nicht im Geringsten davon gestört aus, als ich nach der Rückkehr an den Tisch ein paar dringende E-Mails rausschicken muss. Es ist offensichtlich, dass sie die Anforderungen eines Hochdruckjobs wie meinem versteht. Dennoch entschuldige ich mich, aber sie lacht darüber und erklärt, dass ihr Vater, der hochrangiger Wirtschaftsanwalt ist, in ihrer Kindheit kein einziges Abendessen ohne eine Unterbrechung durch die Arbeit geschafft hat. Wir unterhalten uns eine Weile über ihre Familie – in der alle so erfolgreich sind wie sie –, und dann kommen wir zu ernsteren Themen zurück, wie dem politischen Klima und den Auswirkungen auf die Weltwirtschaft. Als wir gerade über den neuen Bürgermeister sprechen – den Emmeline persönlich kennt –, wirft sie einen Blick auf die Ecke der Bank und sagt: »Oh, sieh mal. Jemand hat ein Telefon hier vergessen.«

Mein Puls springt mit einer unerklärlichen Aufregung. »Ein Telefon?«

Emmeline nickt und hält ein Smartphone in einem pinken Gehäuse hoch. »Ich habe es in der Ecke der Bank gefunden. Ich werde es schnell unserem Kellner geben ...« Sie bewegt sich, um von ihrem Platz zu rutschen, aber bevor sie aufstehen kann, greife ich hinüber und schnappe mir das Telefon aus ihrer Hand.

»Nicht nötig.« Ich zwinge mich, eine ruhige Stimme zu behalten, während ich das Gerät einstecke. »Ich weiß, wem das gehört. Hier saß vor uns eine Frau, der es aus der Tasche gefallen sein muss. Ich werde dafür sorgen, dass sie es zurückbekommt.«

»Das wirst du?« Ein Stirnrunzeln überzieht Emmelines glatte Stirn. Sie ist verwirrt von meinem Verhalten, und sie ist nicht die Einzige.

»Meine Assistentin wird sich darum kümmern«, lüge ich. »Sie ist gut in solchen Dingen.« Der letzte Teil stimmt – Lynette ist sehr einfallsreich –, aber ich werde sie auf keinen Fall mit hineinziehen.

Ich möchte dieses Telefon persönlich zurückgeben. Nein, ich muss es zurückgeben. Der Drang ist praktisch ein Zwang. Ich muss die Rothaarige wiedersehen – wenn auch nur, um zu bestätigen, dass meine wahnsinnige Anziehungskraft auf sie Einbildung war und sie nicht annähernd so anziehend ist, wie sich mein Schwanz erinnert.

»Okay, wenn du dir sicher bist ...« Emmeline schaut mich immer noch an, als hätte ich den Verstand verloren, also schenke ich ihr mein einnehmendstes

Lächeln und bringe das Gespräch zurück auf den Bürgermeister. Mein Puls hämmert vor Erwartung bei dem Gedanken, Emma aufzuspüren, aber ich werde die Sache mit Emmeline nicht vermasseln.

Sobald ich dieses Telefon zurückbringe, wird mir Emma aus dem Kopf gehen, und ich kann mich auf das konzentrieren, was ich wirklich will: eine Frau, die ein genauso großer Erfolg sein wird wie die Milliarden auf meinem Bankkonto.

5

*E*mma

ARSCHLOCH. BLÖDMANN. WIDERLICHER LÜGNER. WÜTEND stampfe ich die Straße entlang und bemerke kaum, dass mir die Fußgänger aus dem Weg gehen. Ich kann mich nicht daran erinnern, wann ich das letzte Mal so wütend gewesen bin. Mein Blut kocht fast in meinen Adern.

Wie kann er es wagen, mir mit einem gefälschten Profil zu schreiben und dann so zu tun, als wäre *ich* eine Enttäuschung? Okay, also vielleicht habe ich meine schmeichelhafteren Bilder auf der Dating-App hochgeladen, aber welche Frau tut das nicht? Es ist ja nicht so, dass ich die Fotos von jemand anderem oder sogar besonders alte Fotos verwendet habe. Die beiden Bilder, die ich hochgeladen habe, wurden vor weniger als einem Jahr aufgenommen, als ich eigentlich ein paar Pfund schwerer war als heute. Also, wenn überhaupt, sehe ich jetzt besser aus – oder zumindest dünner. Auf jeden Fall verstehe ich nicht, wie er von meinem Körperbau enttäuscht gewesen sein könnte – ich habe sogar meine Größe und mein Gewicht in das Profil eingetragen. Und die Katzensache? Was zum Teufel sollte das denn? Warum sollte er behaupten, Katzen zu lieben, und sich dann so verhalten, als hätte ich ihm gestanden, dass ich die Pest habe?

Und überhaupt, warum würde ein Mann wie dieser – gutaussehend und offensichtlich erfolgreich – etwas mit irgendeinem Mädchen aus einer Dating-App zu tun haben wollen?

Ich bin so wütend, dass ich es wie ferngesteuert in die U-Bahn und den Zug schaffe. Erst als ich ein paar Stationen von meiner Haltestelle entfernt bin, kühlt sich meine Wut ausreichend ab, dass ich über das Geschehene nachdenken kann, ohne zu schäumen.

Ich atme beruhigend durch und betrachte die Fakten. Nummer eins: Der Mann im Café bestand darauf, dass ich ihn Marcus anstelle von Mark nenne, obwohl er mir als Mark geschrieben hat. Nummer zwei: Es stellte sich heraus, dass er 35 Jahre alt war, ohne Katzen, und er sah nicht aus wie die verschwommenen Bilder in seinem Profil. Als ich diese Fakten nehme und analysiere, ohne dass die Nähe des Idioten mein Gehirn durcheinander bringt, kommt mir eine peinliche Möglichkeit in den Kopf.

Hatte ich mich doch an den falschen Mann gewandt?

Emmeline hatte er mich genannt. War das möglich? Hatte er sich mit jemandem mit diesem Namen treffen wollen und mich mit ihr verwechselt? Die Chancen, dass Mark und Marcus sowie Emma und Emmeline für ein Blind Date am selben Ort sind, sind gelinde gesagt gering, aber es sind schon seltsamere Dinge passiert. Als meine Oma meinen Opa zum ersten Mal traf, hielt er sie für eine seiner Cousinen und beschloss, sie zu ärgern, indem er sie in einen Teich schubste – wo sich der dort heimlich gehaltene Alligator eines Nachbarn sofort in ihrem Fuß festbiss. Oma hat immer noch Narben von diesem Vorfall, und Opa blickt jedes Mal schuldbewusst, wenn Großmutter diese Geschichte erzählt – was oft der Fall ist.

Also, ja, verrückte Dinge passieren, und nur weil etwas nicht wahrscheinlich ist, bedeutet das nicht, dass es unmöglich ist. Nach dieser Logik ist es durchaus möglich, dass Marcus kein totales Arschloch ist.

Er ist einfach nicht Mark.

In Gedanken stöhnend, schiebe ich meine Hand in meine Handtasche und krame nach meinem Handy. Wenn ich recht habe, habe ich wahrscheinlich eine E-Mail oder eine Nachricht vom echten Mark, der sich fragt, wo ich bin und warum ich ihn versetzt habe.

Ich krame eine ganze Minute lang, bis ich merke, dass ich das Telefon nicht finden kann.

Mein Herz beginnt zu rasen, mein Magen zieht sich zusammen, und mir wird schlecht. *Nein. Bitte, nein.*

Mit zitternden Händen schütte ich den Inhalt meiner Tasche auf einen leeren Platz neben mir und betrachte ihn entsetzt.

Auf dem orangefarbenen Kunststoffsitz befinden sich nun eine abgenutzte Ledergeldbörse, ein paar zusammengeknüllte Taschentücher, ein grünes Haargummi, eine Packung Paracetamol, meine Wohnungsschlüssel, ein Laserpointer und eine alte Packung Kaugummi – aber kein Telefon in einem leuchtend pinken Gehäuse.

Nicht einmal ein Hauch von einem Telefon.

Ich muss es irgendwo verloren haben.

Tränen steigen in meinen Augen auf und behindern meine Sicht, als ich alles wieder in meine Handtasche stecke. Ich weiß, dass es im Großen und Ganzen kein Weltuntergang ist, ein Telefon zu verlieren. Wenn mein Opa sehen würde, dass ich mich wegen einer *Sache* derart ärgere, würde er sich ernsthaft mit mir unterhalten und mich an das erinnern, was wirklich wichtig ist: Familie, Gesundheit – und das zu tun, was man liebt. Und obwohl ich weiß, dass all das stimmt, kann ich mir diese Art von Anschlag auf mein Bankkonto im Moment einfach nicht leisten. Ein paar meiner Lektorats-Stammkunden sind bei ihren neuesten Romanen auf Schwierigkeiten gestoßen, so dass ich seit dem Sommer keinen größeren Auftrag mehr hatte, und mir nur noch mein Geld aus der Buchhandlung zur Verfügung steht. Normalerweise würde das reichen – ich weiß, wie man jeden Penny zweimal umdreht –, aber zwischen den angestiegenen

Zinsen bei meinen Studienkrediten und der Tierarztrechnung für Cottonballs zerkratzte Nase vor zwei Wochen ist mein Konto ein paar Dollar von einer Überziehungsgebühr entfernt.

Ich lebe buchstäblich von Gehaltsscheck zu Gehaltsscheck und kann mir definitiv kein neues Telefon leisten.

Hör auf zu jammern, Emma, und denk nach. Wo hättest du das Telefon verlieren können?

Ich kann Opa praktisch hören, wie er das zu mir sagt, also atme ich tief ein und unterdrücke meine Panik. Ich neige dazu, übermäßig emotional zu werden – das ist die Irin in mir, sagt Großmutter – und ich muss mich zusammenreißen. Ausflippen wird nichts lösen.

Ich ignoriere die Blicke der anderen Fahrgäste im Zug, gehe auf alle viere und schaue unter meinen Sitzplatz, für den unwahrscheinlichen Fall, dass das Telefon während der Fahrt herausgefallen ist.

Nichts – oder zumindest nichts, was meinem Handy ähnelt. Es gibt Kaugummi-Verpackungen und seltsame, klebrig aussehende Flecken, aber das ist nicht das, was ich suche.

Ich setze mich wieder auf meinen Sitz und reibe meine Hände aneinander, um den Dreck vom Boden abzubekommen. Die Panik steigt wieder auf, aber ich schiebe sie beiseite und konzentriere mich darauf, zu überlegen, wann ich es das letzte Mal in der Hand hatte.

Hatte ich mein Handy auf der Fahrt ins Café dabei? Ja.

Ich erinnere mich, dass ich während der U-Bahnfahrt *Angry Birds* gespielt habe.

Hatte ich es, als ich aus der U-Bahn kam? Ja. Ich benutzte Google Maps, um mich von der U-Bahn ins Café führen zu lassen.

Habe ich es im Restaurant in den Händen gehabt? Nein. Ich war zu sehr mit dem Idioten beschäftigt.

Habe ich darauf geschaut, als ich das Restaurant verließ? Nein. Ich war zu sehr damit beschäftigt, mich über den Idioten zu ärgern, und ich erinnerte mich daran, wo die U-Bahn war, ohne Maps benutzen zu müssen.

Mein geistiges Frage-und-Antwort-Spiel beruhigt mich ein wenig, ebenso wie die Erkenntnis, dass ich das Telefon irgendwo zwischen dem Café und jetzt verloren haben muss. Wenn ich wirklich Glück habe, ist es vielleicht noch im Café, und wenn ich zurück gehe, kann ich es vielleicht finden.

Nachdem ich das beschlossen habe, steige ich an der nächsten Haltestelle aus dem Zug aus und gehe auf den gegenüberliegenden Bahnsteig, um einen in die entgegengesetzte Richtung zu nehmen. Es dauert geschlagene zwanzig Minuten, bis er kommt – *blöde MTA mit ihren endlosen Verspätungen* –, aber irgendwann sitze ich endlich im Zug auf dem Weg zurück ins Café. Ich habe noch nicht gegessen, also bin ich müde und hungrig, aber ich bin entschlossen.

Wenn mein Handy in diesem Café ist, hole ich es mir zurück.

Ich kann nicht zulassen, dass dieses Höllendate zu einer kompletten Katastrophe wird.

6

Marcus

ICH WEIß, DASS ES NICHT DIE BESTE STRATEGIE FÜR meine zukünftige Beziehung zu Emmeline ist, aber sobald wir fertig sind, bestelle ich ein Uber, anstatt sie zu einem Drink einzuladen. Ich benutze ihren Morgenflug nach Boston, um das frühe Ende unseres Dates zu rechtfertigen, aber in Wirklichkeit kann ich es nicht erwarten, meine Suche nach der Rothaarigen zu beginnen.

So lächerlich es auch ist, ich *muss* ihr das Telefon persönlich zurückgeben.

Die Fahrt zu Emmelines Hotel dauert wegen des Verkehrs etwa eine halbe Stunde. Ich steige aus dem Auto, um ihr die Tür zu öffnen, und begleite sie zum Hoteleingang, wo ich ihr einen sanften Kuss auf die

Wange gebe und verspreche, sie anzurufen. Es ist ein Versprechen, das ich voll und ganz einhalten werde – Emmeline ist schließlich das, was ich möchte –, aber heute Abend muss ich sie verlassen.

Ich muss Emma finden und mich von dieser aufkeimenden Besessenheit befreien.

In dem Moment, in dem Emmeline durch die Drehtüren des Hotels verschwindet, trete ich zur Seite und ziehe das pinkfarbene Telefon heraus. Es handelt sich um ein älteres Android-Modell, und glücklicherweise ist kein Passwort erforderlich, um den Bildschirm zu entsperren.

Ich beginne damit, die Bilder aufzurufen, um sicherzugehen, dass es sich tatsächlich um Emmas Handy handelt. Zuerst finde ich nur Schnappschüsse von flauschigen weißen Katzen – *Wie viele hat sie?* –, aber bald finde ich ein Selfie von einer lächelnden Rothaarigen in einem Tanktop und weiten Pyjamahosen.

Es ist Emma.

Mein Herzschlag beschleunigt sich, und meine Anzughose fühlt sich plötzlich eng an. Es gibt nichts auf diesem Bild, was dazu bestimmt ist, verführerisch zu sein – sie sitzt und hat die Knie an ihre Brust gezogen, so dass ich nicht einmal die Form ihrer Brüste sehen kann – aber etwas an den blassen Kurven ihrer Schultern, den über ihre Nase verstreuten Sommersprossen und den Grübchen in ihren Wangen macht mich härter als einen Eisenstab.

Verdammt. Was mache ich hier?

Ich lasse die Hand mit dem Telefon sinken, lehne mich an die Außenwand des Hotels und kneife meine Augen zusammen. Irgendetwas stimmt heute nicht mit mir. Ich handele nie impulsiv oder irrational, aber ich kürze einfach ein Date mit der Frau meiner Träume ab und lasse sie zurück in ihr Hotelzimmer gehen, ohne sie zu küssen – und das alles, damit ich einem Mädchen nachjagen kann, das das genaue Gegenteil von dem ist, was ich brauche.

Vielleicht *sollte* ich meine Assistentin Emma das Telefon zurückgeben lassen. Wenn ich eine so starke Reaktion auf ihr Bild hatte, ist es wahrscheinlich keine gute Idee, sie persönlich wiederzusehen.

Ich öffne die Augen und schaue mir wieder das pinkfarbene Telefon an. Emmas weiches, gerundetes Gesicht, umrahmt von einem Heiligenschein aus wilden roten Locken und mit schelmischen grauen Augen blickt mich an.

Unfug und doch etwas so Warmes und Verführerisches, dass ich nicht anders kann, als darauf zu reagieren.

Etwas, was ich unbedingt will.

Als ich auf dieses Bild starre, verstehe ich zum ersten Mal, wie mächtig der Reiz der Versuchung sein kann. Rauchen, Drogen, ungesunde Lebensmittel, Faulheit – das waren nie meine Laster. Meine Selbstdisziplin ist bei meinen Freunden und Kollegen legendär. Sobald ich mich für etwas entschieden habe, tue ich es, und ich lasse nicht zu, dass mir etwas im Weg steht. Ob es nun darum geht, einen Marathon in zweieinhalb Stunden zu laufen oder in zweieinhalb Jahren ein Studium abzuschließen – ich bin in der Lage, mir Ziele zu setzen und sie zu erreichen, und ich habe nie diejenigen verstanden, die sagen, dass sie etwas tun wollen, aber nicht die Willenskraft haben, es zu verwirklichen.

Doch starre ich gerade auf ein Selfie einer Frau, von der ich weiß, dass sie schlecht für mich wäre. Sie ist Schokolade und faule Tage auf der Couch, Netflix-Marathon und eine Schachtel Zigaretten. Sie ist alles, was ich nicht haben kann oder wollen sollte – eine ungesunde Versuchung, die alles ruinieren könnte. Clever wäre es, jetzt nach Hause zu gehen und dieses Telefon gleich morgen früh Lynette zu übergeben. Auf diese Weise bekomme ich genug Schlaf und kann Emmeline morgen anrufen, um einen Termin für ein Wiedersehen zu vereinbaren – vielleicht sogar einen Trip in ihre Heimatstadt Boston zu organisieren.

Das wäre am cleversten, aber ich tue es nicht. Stattdessen scheint sich meine Hand von selbst zu bewegen, während meine Finger über den Bildschirm streichen, um zum Kontakte-Symbol zu gelangen. Mein Herz schlägt in einem schweren, erwartungsvollen Rhythmus, während ich durch die Liste der Namen scrolle, bis ich zu H komme, wo ich den Eintrag *Haus* suche.

Tatsächlich gibt es dort eine Adresse. Als ich mein eigenes Telefon herausziehe und sie in Google Maps eingebe, sehe ich, dass es sich in Bay Ridge befindet, einem Viertel in Brooklyn, das nicht weit von hier entfernt ist.

Wenn ich mich beeile, schaffe ich es dorthin, bevor es so spät ist, dass mein Besuch unangemessen und beunruhigend wirken würde.

Ich gebe zum ersten Mal in meinem Erwachsenenleben der Versuchung nach und bestelle einen weiteren Uber für Emmas Adresse in Bay Ridge. Es ist nicht so schlimm, sage ich mir, als ich ins Auto steige. Sobald ich dieses Telefon los bin, werde ich die kleine Rothaarige ein für alle Mal vergessen.

Ich werde nicht zulassen, dass diese seltsame neue Schwäche von mir das zerstört, wofür ich so hart gearbeitet habe.

7

Emma

»SIE HABEN NICHTS GEFUNDEN? ES HAT EINE pinkfarbene Schutzhülle …« Ich kann die Enttäuschung in meiner Stimme nicht verbergen, und der Kellner sieht mich mitfühlend an.

»Nein, tut mir leid«, sagt er. »Ich wünschte, ich könnte helfen. Das Paar, das dort saß, ist gerade gegangen, und beide haben nichts über ein Telefon gesagt.«

»Macht es Ihnen was aus, wenn ich mich am Tisch umsehe?«, frage ich und blicke auf den Tisch, an dem Marcus gesessen hat, als ich zu ihm gegangen bin – der Marcus, der je nach seiner wahren Identität ein Arschloch sein könnte oder auch nicht.

»Natürlich nicht, machen sie ruhig«, sagt der Kellner.

Ich gehe zum Tisch und versuche, nicht an den Mann zu denken, der dort gesessen hat, aber ich bin nicht wirklich erfolgreich. Aus irgendeinem Grund fühlt sich meine Haut unangenehm warm an, und meine Atmung nimmt zu, als ich mir seine kühlen blauen Augen und die großen Hände vorstelle. Und wenn seine Hände so groß sind, wie groß ist dann sein …

Nein, hör auf. Konzentriere dich auf das Telefon.

Mit Mühe schiebe ich die Bilder beiseite, die meinen Verstand überfluten, und hocke mich hin, um unter den Tisch zu schauen.

Nichts.

Als Nächstes schaue ich auf die Bänke.

Nichts.

Enttäuschung macht sich in mir breit, und mein leerer Magen zieht sich zusammen. Ich habe das Telefon nicht auf der Straße gesehen, als ich meinen Weg zurückverfolgte, und wenn es nicht im Restaurant ist, dann habe ich es wirklich verloren. Vielleicht ist es sogar gestohlen worden – in diesem Fall würde auch die Telefon-Tracking-App auf meinem Computer, die ich als nächsten Schritt überprüfen wollte, nicht helfen.

Erschöpft und entmutigt schleppe ich mich zurück in die U-Bahn. An diesem Punkt ist mir vom Hunger schon schlecht, also kaufe ich eine Banane von einem Straßenverkäufer – das kann ich mir immer noch leisten –und esse sie, während ich die Stufen zum Zug hinuntergehe.

Ich will nur nach Hause, heiß duschen und mich mit meinen Katzen zusammenrollen.

Dieser Tag ist offiziell eine Katastrophe.

Ich werde nie wieder eine Dating-App verwenden.

8

Marcus

WO ZUM TEUFEL IST SIE?

Ich klingele zum zweiten Mal am Seiteneingang eines hässlichen alten Sandsteinhauses, auch diesmal erfolglos.

Emma Walsh ist nicht zu Hause.

Ich kenne ihren Nachnamen dank ihres Facebook-Profils, auf das ich durch Antippen des Facebook-Symbols auf ihrem Handy zugegriffen habe. Nach dem gleichen Profil ist sie Single – was ich bereits vermutet habe –, sechsundzwanzig Jahre alt und Absolventin des Brooklyn College. Sie liebt Bücher und arbeitet als freie Lektorin, wenn sie nicht in einer kleinen, familiengeführten Buchhandlung arbeitet. Oh, und sie besitzt definitiv Katzen – drei von ihnen, wenn man ihren häufigen Beiträgen über sie auf Facebook folgt.

Da ich das alles über eine Frau weiß, die ich zufällig getroffen habe, fühle ich mich wie ein Stalker, ein Gefühl, das durch meinen unerklärlichen Wunsch, noch mehr zu erfahren, nur noch verstärkt wird. Ich habe unterwegs ein wenig mit ihrem Handy gespielt – um sicherzustellen, dass ich die richtige Adresse habe, habe ich mir gesagt –, und dabei habe ich mir alles von ihren Fotos bis hin zu ihren E-Mails angesehen. Ich habe keine der E-Mails gelesen, weil das *wirklich* falsch gewesen wäre, aber ich habe mir die Betreffzeilen angesehen. Es scheint, dass der größte Teil ihres Posteingangs aus Nachrichten im Zusammenhang mit ihren Lektoratsjobs besteht, wenngleich es einen Haufen E-Mails von jemandem namens Kendall gibt. Dasselbe gilt für Textnachrichten; obwohl die meisten von »Oma« und »Opa« stammen, von denen ich annehme, dass sie ihre Großeltern sind.

Verdammt, ich bin ein Stalker.

Angewidert von mir selbst drehe ich mich um, um zu gehen, damit ich morgen meiner Assistentin das Telefon geben und diesen Wahnsinn vergessen kann, aber in diesem Moment nähert sich eine kleine, wohlgeformte Gestalt mit lockigem Haar … und erstarrt an Ort und Stelle, bevor ihre Hände nach oben fliegen, um nach dem Henkel ihrer billigen Tasche zu greifen.

Im Handumdrehen dämmert mir, wie ich für Emma aussehen muss, da meine Gesichtszüge von dem kleinen Licht, das über der Tür hängt, im Schatten versteckt sind. Wenn ich eine junge Frau wäre, die vor ihrer Tür mit einem unbekannten, ein Meter achtzig großen Mann im Dunkeln konfrontiert wird, würde ich mir wahrscheinlich gerade in die Hose scheißen.

»Ich bin es, Marcus«, sage ich schnell, um sie zu beruhigen. Ich habe mich vielleicht wie ein Stalker verhalten, aber ich will ihr nichts Böses. »Aus dem Café, erinnerst du dich?«

Sie tritt einen Schritt zurück und greift immer noch nach ihrem Henkel.

»Was … was machst du hier?« Sie klingt atemlos; ich muss sie wirklich erschreckt haben. »Wie hast du mich gefunden?«

»Dein Handy«, erkläre ich und ziehe das rosa Smartphone aus meiner Tasche. »Ich habe es auf der Bank gefunden, nachdem du gegangen warst, und wollte es dir zurückgeben.«

»Oh.« Sie nähert sich unsicher. Das Licht über der Tür erhellt ihr blasses Gesicht, und ich sehe, dass ihr Gesichtsausdruck eine Mischung aus Erleichterung und Verwirrung ist. Als sie ein paar Meter weiter stehen bleibt, sagt sie mit etwas ruhigerer Stimme: »Danke. Ich habe nach dem Telefon gesucht. Ich war fast zu Hause, als mir klar wurde, dass ich es verloren hatte, also ging ich zurück ins Café, und der Kellner sagte, dass sie nichts gefunden hätten, und …« Sie hört auf zu reden, holt tief Luft und sagt: »Ich bin wirklich froh, dass du es gefunden hast, aber du musstest nicht den ganzen Weg hierherkommen. Ich hätte dich einfach morgen irgendwo treffen können oder …«

»Es ist nicht so weit weg von mir«, sage ich. Das ist eine Lüge, aber ich bin nicht im Begriff, das volle Ausmaß meines Wahnsinns zuzugeben. »Ich dachte, du könntest dir Sorgen machen, also habe ich es dir gebracht.«

Sie starrt mich an, und ihre grauen Augen sind im Abendschatten dunkel. »Oh. Okay, nun, danke. Das ist sehr nett von dir.«

Sie streckt ihre Hand aus, und ich gebe ihr das Telefon. Sie achtet darauf, es so zu nehmen, dass unsere Finger sich nicht berühren – etwas, was mich auf eine irrationale Weise verärgert. Noch schlimmer, in dem Moment, in dem das Telefon nicht mehr in meinen Händen ist, bedauere ich, dass ich es ihr so schnell zurückgegeben habe. Dieses Telefon war das Einzige, was uns miteinander verbunden hat, und jetzt habe ich keinen Grund, hier zu sein – außer meinem unerklärlichen Wunsch, sie kennenzulernen.

»Emma«, sage ich, als sie das Telefon mit offensichtlicher Erleichterung einsteckt, »ich glaube, ich habe vorhin einen Fehler gemacht, im Café.«

»Du wolltest eine Frau namens Emmeline treffen?« Ein kleines Lächeln erscheint auf ihren Lippen, und ich weiß, dass sie es auch herausgefunden hat.

»Das ist richtig.« Ich grinse sie an. »Lass mich raten. Du wolltest Mark treffen?«

»Ja.« Ihr Lächeln wird breiter und zeigt kleine, weiße Zähne und die gleichen süßen Grübchen, die ich auf dem Selfie gesehen habe. »Wie hoch ist schon die Wahrscheinlichkeit dafür?«

»Wenn du willst, kann ich einen meiner Analysten bitten, das herauszufinden«, sage ich, nur halb im Scherz. Die Recherche nach der Antwort auf ihre rhetorische Frage würde mir eine Ausrede geben, um in Kontakt zu bleiben – etwas, was ich unbedingt will. Mit diesem Grübchen, wenn sie lächelt, sieht der kleine Rotschopf so verdammt bezaubernd aus, dass ich sie wie ein Eis lecken möchte. »Ich bin mir sicher, wir können es herausfinden, wenn wir einige Statistiken über die Trends bei der Namensvergabe in der Bevölkerung durchführen«, füge ich hinzu.

Emma blinzelt, und ihr Lächeln verblasst. »Einer deiner Analysten? Leitest du eine Denkfabrik oder so was?«

»Einen Hedgefonds«, sage ich. »Wir setzen eine Vielzahl von Strategien ein, um dem Markt immer einen Schritt voraus zu sein, von der traditionellen Aktienanalyse bis hin zum quantitativen Handel.«

Die Grübchen verschwinden vollständig. »Oh, ich verstehe.« Sie sieht enttäuscht aus, eine Reaktion, die das genaue Gegenteil von derjenigen ist, die ich bekomme, wenn Frauen erkennen, dass ich wirklich Knete haben muss. Mit einem neuen, weniger aufrichtigen Lächeln sagt sie: »Nochmals vielen Dank, dass du das Telefon zurückgebracht hast, Marcus. Ich weiß es wirklich zu schätzen, dass du den ganzen Weg hierhergekommen bist. Wenn du mich jetzt entschuldigst ...« Sie schaut mich erwartungsvoll an, und ich merke, dass ich immer noch vor ihrer Tür stehe und den Eingang blockiere.

Ich sollte mich wegbewegen – das wäre höflich und gentlemanlike –, aber das tue ich nicht. Stattdessen frage ich unverblümt: »Hasst du die Wall Street?«

Ich weiß, dass ich an der Grenze bin, das Mädchen zu belästigen, aber ich kann sie nicht so gehen lassen. Sobald sie in ihre Wohnung gelangt – ein Drecksloch, dem heruntergekommenen Zustand der Tür nach zu urteilen –, ist alles vorbei. Sie wird in ihr Leben zurückkehren und ich in meines, und ich bin nicht bereit, das geschehen zu lassen.

»Ähm, nein. Ich habe nichts gegen deinen Beruf. Ich meine, nicht wirklich.« Sie schaut mich vorsichtig an. »Ich …« Sie atmet ein. »Schau, Marcus, ich weiß das wirklich zu schätzen, aber ich habe Hunger, bin müde, muss noch meine Katzen füttern und ein paar E-Mails beantworten. Wir können ein anderes Mal über die Ethik der Wall Street diskutieren.«

Ein anderes Mal? Etwas Angespanntes in mir entspannt sich. Obwohl sie ihre Worte zweifellos als höfliche Abfuhr gemeint hat, werde ich sie für bare Münze nehmen.

Ich werde Emma wiedersehen und herausfinden, was es ist, was mich so anzieht.

Ich trete zur Seite und sage: »Klingt gut. Gute Nacht, Emma. Es hat mich gefreut, dich kennenzulernen.«

»Mich auch. Auf Wiedersehen, Marcus, und nochmals vielen Dank«, sagt sie und zieht ihre

Schlüssel aus ihrer Tasche, während sie um mich herumgeht.

Ich beobachte, wie sie die Tür öffnet, um sicherzugehen, dass Emma gut nach Hause kommt, und als sich die Tür hinter ihr schließt, bestelle ich ein weiteres Uber und notiere mir auf meinem Handy die nächsten Schritte. Mein Puls rast vor Aufregung, und meine Muskeln sind wegen der neuen Herausforderung angespannt.

Ich benehme mich völlig anders als mein normales Ich, aber das ist mir egal. Emma ist vielleicht nicht das, was ich langfristig brauche, aber sie ist das, was ich im Moment will, und zum ersten Mal in meinem Leben werde ich in der Gegenwart leben.

Ich werde die üppige kleine Rothaarige zum Nachtisch haben und mich später um die Folgen kümmern.

9

Emma

MEINE BEINE ZITTERN, ALS ICH IN MEINER WOHNUNG ankomme und meinen Mantel an der Tür aufhänge. Die wenige Energie, die ich durch den Verzehr der Banane bekommen habe, ist schon lange weg, und ich werde vor Hunger fast ohnmächtig. Trotzdem habe ich das seltsame Gefühl, dass ich schwebe, da mein Herz von den Nachwirkungen von Adrenalin und schwindelerregender Aufregung rast.

Marcus – der große, arrogante Marcus mit seinem perfekt geschnittenen Anzug und einem Mantel, der mehr kostet als meine vierteljährliche Miete – ist zu meiner Wohnung gekommen und hat mir mein Telefon zurückgegeben.

Das scheint unmöglich und surreal, aber es ist

eindeutig passiert, da ich das Telefon in der Hand halte. Er gab es mir, und jetzt bin ich auf einmal aus einem anderen Grund als dem Anschlag auf mein Bankkonto nervös. Meine Atmung ist so schnell wie bei einer Panikattacke, meine Handflächen schwitzen, und ich bin so aufgezogen, dass ich trotz meiner Erschöpfung bis an die Decke springen könnte.

Heilige. Verdammte. Scheiße. Marcus ist zu meiner Wohnung gekommen.

Im ersten Augenblick sah er für mich in seinem offenen, knielangen Wintermantel aus wie ein Bösewicht mit einem Umhang, so dass ich befürchtete, er sei ein Einbrecher, und beinahe einen Herzinfarkt bekam. Denn warum sollte sonst jemand so spät am Abend vor meiner Tür lauern? Ich war kurz davor, so laut zu schreien, wie ich konnte, und wegzusprinten, als er etwas sagte, und dann wurden meine Knie aus einem anderen Grund weich.

Der Mann, der mir während der U-Bahnfahrt nach Hause durch den Kopf ging – der Mann, von dem ich überzeugt war, dass ich ihn nie wiedersehen würde –, war an meiner Tür und das völlige Gegenteil von einem Arschloch.

Im Moment bin ich zu müde und hyperaktiv, um herauszufinden, was diese ganze Begegnung bedeutet, also versuche ich es nicht einmal. Stattdessen konzentriere ich mich auf meine Katzen, die alle auf mich zusteuern und laut miauen. Mr. Puffs, der große Kater, schiebt Queen Elizabeth und Cottonball aus dem Weg und macht seinen Anspruch auf mich geltend, indem er seinen riesigen pelzigen Körper zwischen meine Beine schiebt, während ich versuche, in die Küche zu gehen.

»Hör auf, Puffs«, befehle ich, aber er ignoriert mich, reibt sich an meinen Waden, um sein Gebiet zu markieren. Seine Geschwister folgen ruhiger; wie immer lassen sie Mr. Puffs die Nervensäge sein.

»Oh, komm schon, gib mir nur eine Sekunde«, sage ich verärgert und stolperte fast über seinen Schwanz. »Ich gebe dir etwas zu essen, versprochen.«

Cottonball gibt bei der Erwähnung von Essen ein lautes Miauen von sich, und Queen Elizabeth schließt sich mit ihrer weicheren, zarteren Stimme an.

Selbst wenn sie hungrig ist, klingt sie wie eine Dame.

Als ich es schließlich in meine winzige Küche schaffe, schnappe ich mir drei Dosen Katzenfutter, öffne sie und verteile ihren Inhalt auf drei Teller. Meine Katzen legen großen Wert auf ihr Futter, also achte ich darauf, auf jeden Teller die Sorte und Marke zu geben, die die jeweilige Katze bevorzugt. Queen Elizabeth mag Fancy Feast Wild Salmon, Cottonball mag Abwechslung, also bekommt er heute Chicken Feast Classic, und Mr. Puffs hat eine Vorliebe für Purina Seafood Stew Entree entwickelt. Sobald Puffs mit seiner Portion fertig ist, wird er auch etwas von Queen Elizabeths und Cottonballs Teller fressen, aber er beginnt immer mit seinem eigenen Teller.

Ich vermute, das liegt daran, dass er sich auf diese Weise mehr wie der Chef fühlt.

Sobald ich die Teller auf den Boden gestellt habe, beginnen die Katzen, zu fressen, und ich kann mir selbst etwas zubereiten. Glücklicherweise habe ich am Montag meinen Gehaltsscheck von der Buchhandlung bekommen, so dass mein Kühlschrank gefüllt ist. Ich habe Obst, Gemüse, Brot und ein wenig Wurst, also mache ich mir ein schnelles Sandwich und verschlinge es schon, während ich in der Küche stehe. Dann, als ich mich wieder wie ein Mensch fühle, überprüfe ich, ob ich irgendwelche Nachrichten vom echten Mark erhalten habe.

Zu meiner Enttäuschung lautet die Antwort Nein. Er scheint es nicht gut aufgenommen zu haben, versetzt worden zu sein, und entschieden zu haben, auf jeglichen Kontakt mit mir zu verzichten. Obwohl ich müde bin, schreibe ich ihm eine kurze E-Mail, um mich zu entschuldigen und ihm die Verwechslung zu erklären, bevor ich endlich unter die Dusche gehe.

Ich muss den Schmutz der Stadt abwaschen, bevor ich ins Bett gehe.

DA ICH MIR MÖGLICHKEITEN ÜBERLEGE, WIE ICH NEUE Lektoratskunden gewinnen kann, schaffe ich es, während der ganzen Zeit, die ich dusche, nicht an Marcus zu denken. Erst als ich unter der Decke liege, umgeben von meinen Katzen, merke ich, dass ich noch viel zu aufgedreht bin, um zu schlafen. Es ist, als ob ein elektrischer Strom unter meiner Haut brummt, der meinen Puls erhöht und meinen Körper unangenehm warm hält.

Marcus hat vor meiner Tür gewartet, als ich nach Hause gekommen bin. Er kam den ganzen Weg hierher, um mir mein Handy zurückzugeben.

Es fühlt sich immer noch unwirklich an, vor allem, weil es schwer zu glauben ist, dass er sich solche Mühe gemacht hat, nur um nett zu sein. Obwohl unser Treffen im Café kurz war, hat Marcus auf mich nicht wie ein guter Samariter gewirkt. Seine Berufswahl ist auch nicht gerade typisch für einen Mann, der besonders selbstlos ist. Ich habe am College Englisch studiert, aber ich kenne mehrere Leute, die Finanzen studiert und nach dem Abschluss an der Wall Street gearbeitet haben, und alle sind sehr ehrgeizig und streben danach, jede Stunde ihrer Zeit ihre Produktivität zu maximieren und zu monetarisieren – ihre Terminologie, nicht meine. Sie haben eine extreme Typ-A-Persönlichkeit, und wenn Marcus seinen eigenen Hedgefonds leitet, muss er sie auch haben – nur hundertmal stärker ausgeprägt.

Es ergibt keinen Sinn, dass ein solcher Mann seine begrenzte Freizeit damit verbringt, einer Fremden ihr Telefon zurückzugeben – nicht, wenn er keine anderen Absichten hat. Nur kann ich mir nicht vorstellen, was diese Absichten gewesen sein könnten. Es sei denn … Hatte er gehofft, dass ich ihm dafür Geld geben würde?

Mist. Ich habe nicht darüber nachgedacht, aber ich hätte ihm wahrscheinlich etwas Geld für seine Mühen anbieten sollen.

Einen Moment lang fühle ich mich schrecklich, aber dann erinnere ich mich an seinen Anzug und den Mantel – ganz zu schweigen von seinen italienischen Lederschuhen –, und meine Schuldgefühle verschwinden. Ich bezweifele, dass Marcus meine zwanzig Dollar braucht. Mit Sicherheit nicht genug, um sich dafür diese Extraarbeit zu machen. Also, warum ist er gekommen? Mein Handy ist nicht passwortgeschützt, also hätte er mir einfach eine E-Mail aus meinem eigenen Account schicken können, und ich hätte das Gerät von einem Treffpunkt abgeholt, den er festgelegt hätte.

Zur Hölle, er hätte einen seiner Analysten – zum Beispiel den, dem er die Aufgabe geben wollte, die Wahrscheinlichkeit unseres Treffens auszurechnen – mit dem Telefon vorbeischicken können.

Die einzige andere Erklärung, die mir einfällt, ist so lächerlich, dass ich sie sofort ausschließe. Auf keinen Fall ist er auf *diese Weise* an mir interessiert. Ich bin nicht besonders unsicher, was mein Aussehen betrifft – das habe ich im College überwunden –, aber ich *bin* realistisch. Ich weiß, dass ich bei weitem nicht in der Nähe von Marcus' Liga bin. Er hat zweifellos wunderschöne Frauen, die sich darum streiten, seinen Arm zu schmücken; er müsste nicht nach einer kleinen Rothaarigen mit Locken und zu breiten Hüften suchen. Außerdem, hat er sich nicht mit jemandem getroffen? Diese Emmeline, mit der er mich verwechselt hat? Bei einem so ausgefallenen Namen wie diesem wette ich, dass *ihre* Hüften in perfektem Verhältnis zu ihrem

Körper stehen, und ihr Haar wie durch Magie immer perfekt liegt.

Okay, der letzte Teil ist eine bloße Vermutung, aber trotzdem bin ich mir fast sicher, dass ich nicht Marcus' Typ bin.

Also, warum ist er heute Abend gekommen? Die Frage quält mich, während ich mich hin und her werfe und versuche, eine bequeme Position zum Einschlafen zu finden. Aber erst als Mr. Puffs sich oben auf meinen Kopf legt und mich dadurch an meinen Platz festnagelt, kann ich einschlafen.

Meine Träume in dieser Nacht sind erfüllt von großen Einbrechern mit kantigen Gesichtern in Umhängen ... und Sex.

Jeder Menge heißem, schmutzigem Sex.

10

Marcus

»Ich soll was tun?« Lynette starrt mich mit offenem Mund an, und ihre runde Schildpattbrille rutscht ihre lange Nase herunter.

»Ich möchte, dass Sie Blumen und etwas Katzenfutter an die Adresse schicken, die ich Ihnen gemailt habe«, wiederhole ich und runzele die Stirn über meine Assistentin. »Ist das ein Problem?«

»Nein, natürlich nicht.« Lynette fängt sich schnell, und ihre professionelle Maske sitzt sofort wieder fest an ihrem Platz. »Haben Sie eine Vorliebe bei der Art der Blumen und der Marke des, ähm … Katzenfutters?«

»Rosen – rosa und weiß«, sage ich. »Mindestens ein Dutzend von jeder Sorte. Nein, machen Sie je zwei

Dutzend daraus. Was Katzenfutter angeht, weiß ich es nicht. Was mögen Katzen?«

»Kommt auf die Katze an, denke ich«, sagt Lynette und klingt wieder mehr nach meiner effizienten Assistentin. »Einige Besitzer füttern ihre Katzen nur mit nassem Dosenfutter, andere machen eine Mischung aus nass und trocken. Wissen Sie das zufällig von der fraglichen Katze?«

»Katzen, Plural«, berichtige ich sie. »Und nein, das tue ich nicht. Warum machen Sie nicht einfach das: Holen Sie sich eine Vielzahl Futter von verschiedenen Marken, sowohl nass als auch trocken, und senden sie es mit den Blumen. Ich schicke Ihnen die Nachricht dazu per E-Mail.«

»Okay, ich bin schon dabei.« Lynette richtet ihre Aufmerksamkeit auf ihren Monitor, und ihre langen Finger fliegen über ihre Tastatur. Ich habe keinen Zweifel, dass sie das beste Katzenfutter und die frischesten Blumen, die man für Geld kaufen kann, schicken wird. Lynette kennt meine Vorliebe für hochwertige Produkte.

Ich mag das Beste von allen Dingen, und ich gehe keine Kompromisse ein.

Apropos das Beste … Ich schaue auf meine Uhr. Nein, es ist noch zu früh, als dass Emmelines Flieger schon gelandet sein kann. Ich ziehe mein Telefon hervor, mache mir eine Erinnerung, sie später am Nachmittag anzurufen, und gehe in mein Büro.

Ich habe fünf Meetings und zwei Dutzend

Forschungsberichte vor dem Mittagessen, aber alles, woran ich denken kann, ist Emma.

Verdammt. Ich muss sicherstellen, dass ich diese Woche mein rothaariges Dessert habe, damit ich es vergessen und mit meinem Leben weitermachen kann.

11

Emma

»HIER, BITTE SCHÖN, MR. ROBERTS«, SAGE ICH UND gebe dem faltigen alten Mann einen Stapel Taschenbücher. »Diese werden Ihnen gefallen, da bin ich mir ganz sicher.«

»Oh, da habe ich keinen Zweifel.« Er strahlt mich an und offenbart zwei fehlende Vorderzähne. »Ich liebe diese Serie. Ich bin so froh, dass Sie mir diese Autorin empfohlen haben. Bis jetzt mochte ich jedes ihrer Bücher.«

Ich grinse ihn an. »Ich bin froh, das zu hören. Sie ist meine Lieblings-Science-Fiction-Autorin.«

»Meine auch«, sagt er, und wir teilen den Moment – diesen perfekten Moment der Verbindung mit jemandem, der die gleichen Bücher schätzt wie man selbst. Es sind Momente wie dieser, die mich trotz niedriger Bezahlung und fehlender Aufstiegschancen bei Smithson Books halten. Nun, Momente wie diese und meine Liebe zu gedruckten Büchern. Schon allein in dieser kleinen Buchhandlung zu sein, umgeben von Regalen mit gebundenen und Taschenbüchern, hebt meine Stimmung. Ich mag auch E-Books, aber es gibt nichts Vergleichbares wie den Geruch und das Gefühl von bedrucktem Papier.

Jedes Mal, wenn wir eine Lieferung bekommen, fühle ich mich wie ein Kind mit einem brandneuen Spielzeug.

»Also dann«, sagt Mr. Roberts und steckt seine Taschenbücher in einen Jutebeutel. »Passen Sie auf sich auf, meine Liebe. Und grüßen Sie Ihre Katzen von mir.«

»Das werde ich, danke.« Vor ein paar Monaten habe ich Mr. Roberts Bilder meiner Katzen auf dem Telefon gezeigt, und seitdem erwähnt er sie jedes Mal, wenn er mich sieht. Wenn ich darüber nachdenke, ist er nicht der Einzige. Die meisten Stammgäste in der Buchhandlung kennen meine Fellbabys und fragen oft nach ihnen.

Autsch. Ich *bin* eine Katzenlady.

»Hey, Emma. Wie geht es Ihnen?« Edward Smithsons Stimme reißt mich aus meinen Gedanken, und als ich mich umdrehe, sehe ich, dass mein Chef auf mich zukommt. Neben ihm geht ein Typ, den ich noch nie zuvor gesehen habe. Er ist blond, schlaksig, ein wenig klein, mit einer randlosen Brille und scheint etwa in meinem Alter zu sein.

»Mir geht es gut, Mr. Smithson. Was ist mit Ihnen?« antworte ich und lächele meinen Chef an. Er ist einer der nettesten Menschen, die ich kenne – noch ein weiterer Grund, warum ich diesen Job nicht gekündigt habe.

»Ach, Sie wissen schon, immer noch auf Diät.« Er schlägt auf seinen massiven Bauch, und ich unterdrücke ein Lachen. Soweit ich das beurteilen kann, besteht seine Ernährung aus Keksen und Donuts – die immer dann gegessen werden, wenn seine Frau nicht hinsieht, natürlich.

Mr. Smithson hält etwa einen halben Meter von mir entfernt an und sagt: »Emma, ich möchte Ihnen meinen Neffen Ian vorstellen.« Er dreht sich zu dem blonden Kerl um. »Ian, das ist Emma, die Frau, von der ich dir erzählt habe.«

»Es ist schön, Sie kennenzulernen, Ian«, sage ich und lächele den Neffen an. »Was führt Sie in unsere Buchhandlung?«

»Ich bin gerade in die Stadt gezogen«, sagt er, und sein Adamsapfel wackelt, als sein Hals hellrot wird. »Ich mag Bücher, also wollte mir Onkel Ed seinen Laden zeigen.«

»Natürlich.« Ich schenke ihm mein wärmstes Lächeln. Ich weiß, wie es ist, in der Gegenwart anderer unbeholfen zu sein, also versuche ich immer, besonders freundlich zu schüchternen Menschen zu sein. »Möchten Sie, dass ich Ihnen eine Führung gebe?«

»Das wäre toll«, sagt Mr. Smithson und klingt dabei viel zu enthusiastisch – und ich verstehe plötzlich, warum Ian hier ist.

Das ist ein Verkuppelungsversuch meines Chefs.

Jetzt bin ich an der Reihe, zu erröten. Um die Farbe, die sich auf meinem Gesicht ausbreitet, zu verbergen, hocke ich mich hin und tue so, als würde ich meinen Turnschuh zubinden. Ich weiß nicht, was ich davon halten soll, besonders deshalb nicht, weil Ian der Neffe des Chefs ist. Es könnte wirklich unangenehm werden, wenn etwas schiefgeht, und trotz der schlechten Bezahlung mag ich diesen Job wirklich.

Also gut. Ich muss mein Bestes tun, um freundlich und *nur* freundlich zu sein.

Als ich mir sicher bin, dass ich nicht mehr wie eine Erdbeere aussehe, stehe ich auf und lächele Ian an. »Bereit für die Tour?«

Die Tour dauert weniger als zehn Minuten. Die Buchhandlung ist nur ein wenig größer als mein Apartment. Im hinteren Bereich befinden sich einige Sessel, in denen unsere Gäste sich gerne entspannen, während der vordere Bereich voller Regale mit allen Genres der Populärliteratur bestückt ist. Wir sind nicht sehr interessiert an Belletristik oder Klassikern – den langweiligen Sachen, wie Mr. Smithson sie nennt –, aber wir haben eine riesige Auswahl an Science-Fiction, Fantasy, Thrillern, Krimis und Liebesromanen. Auf diese Weise stellen wir sicher, dass unsere Kunden nicht versucht sind, sich die Bücher, die sie wirklich lesen möchten, online zu besorgen.

Während ich Ian das alles zeige, führen wir Smalltalk, und ich finde heraus, dass er ein aufstrebender Urban-Fantasy-Autor ist. Ich lasse diskret die Bemerkung fallen, dass ich freiberuflich als Lektorin arbeite, und seine Augen leuchten auf, als ich ihm meine sehr günstigen Preise nenne.

»Werden Sie selbst veröffentlichen oder den traditionellen Weg gehen?«, frage ich, als wir zum Tresen zurückkehren, wo Mr. Smithson sich an meiner Stelle um die Kunden kümmert.

»Ich tendiere zur Selbstveröffentlichung«, antwortet Ian. Er wirkt viel weniger schüchtern, jetzt, wo wir über seine Leidenschaft sprechen. »Onkel Ed denkt, dass ich zuerst Agenten fragen sollte, aber ich bin versucht, es einfach rauszubringen und zu sehen, wie es läuft.«

»Das ist wahrscheinlich klug«, sage ich lächelnd. »Aber ich bin auch voreingenommen. Die meisten meiner Kunden sind unabhängige Autoren, also möchte ich natürlich, dass es möglichst viele von ihnen gibt.«

Ian lacht, und Mr. Smithson schenkt uns ein zufriedenes Lächeln, als er den Kauf einer alten Frau in die Kasse tippt.

Hoppla. Ich hoffe, mein Chef denkt nicht, dass wir uns in irgendeiner Weise anders verstehen als Lektor und potenzieller Kunde. Obwohl Ian die Art von Typ ist, den ich normalerweise mag – süß, nerdig und ein wenig schüchtern –, fühle ich mich nicht im Geringsten zu ihm hingezogen. Während ich mich frage, warum das so ist, dringen Bilder von eisblauen Augen und einem schlanken, harten Kiefer in meinen Kopf ein, zusammen mit bildlichen Details aus meinen Träumen von letzter Nacht.

Nein. Auf keinen Fall. Ich schiebe die Bilder beiseite, bevor mein Gesicht wieder rot wird. Ich weigere mich, zu glauben, dass Ians mangelnde Anziehungskraft etwas mit Marcus zu tun hat. Ich weiß immer noch nicht, warum mir der Hedgefonds-Manager gestern mein Telefon persönlich zurückgebracht hat, aber ich bin mir sicher, dass er mich inzwischen komplett vergessen hat – und ich ihn vergessen muss.

Ich fühle mich nicht zu Ian hingezogen, und das ist alles, was zählt. Das ist sowieso das Beste. Ich mag Mr. Smithsons Neffe als Person und ich hoffe, dass ich sein Buch eines Tages Korrektur lesen kann, aber das ist das Einzige, was jemals passieren könnte.

Um weitere Vermittlungsversuche meines Chefs zu verhindern, sage ich Ian, dass er mich kontaktieren soll, wenn er sein Buch fertig hat, und dann beeile ich mich, um Mr. Smithson an der Kasse zu erlösen.

Ich muss meine Katzenladyness akzeptieren, weil dieses Dating-Zeug viel zu kompliziert für mich ist.

ES GIBT ERNEUT SCHNEEREGEN, ALS ICH DIE U-BAHN verlasse, und ich verfluche mein Pech, während ich nach Hause eile. Ich kann mich nicht an einen schlimmeren November erinnern. Es ist noch Anfang des Monats, aber es hat bereits einmal geschneit und mindestens zweimal Schneeregen gegeben – fast so, als hätten wir Januar. Als ich um die Ecke gehe, vibriert mein Handy in meiner Tasche, und ich ignoriere es beinahe, weil ich meine Ohren, die derzeit mit dem Kragen meines Mantels bedeckt sind, nicht dem Schneeregen aussetzen will. Meine langjährige Gewohnheit setzt sich jedoch durch, und ich greife in die Tasche und ziehe das Telefon heraus, um auf den Bildschirm zu blicken.

Das ist ein Anruf, den ich nicht verpassen darf.

»Oma, hi«, sage ich, während ich das Telefon an mein Ohr halte. Ohne dass ich den Kragen hochhalte, fällt der Mantel auf meine Schultern zurück und setzt meinen Hals dem Schneeregen aus, und ich zittere, als das eisige Wasser an ihm herunterläuft. Ich hätte heute meinen alten, mottenzerfressenen Schal umlegen sollen, aber der ist so hässlich, dass ich mich nicht dazu durchringen konnte, ihn zu tragen – und jetzt bezahle ich für diesen Moment der Eitelkeit.

Ich muss mir wirklich einen neuen kaufen und ihn vor Mr. Puffs schützen.

»Hi, Liebling.« Großmutters Stimme ist warm und sanft, und ihr Südstaatenakzent ist trotz mehrerer Jahrzehnte in Brooklyn herauszuhören. »Wie geht es dir?«

»Es geht mir gut«, sage ich und mache meine Stimme so fröhlich wie möglich. Mit den eisigen

Regentropfen, die in mein Gesicht schmettern und unter meinen Kragen laufen, bin ich absolut unglücklich, aber Großmutter muss das nicht wissen. »Wie geht es dir und Opa?«

»Oh, uns geht es gut. Dein Großvater gärtnert wieder in der Hitze. Ich habe ihm gesagt, dass er bei siebenundzwanzig Grad nicht rausgehen soll, aber er will nicht auf mich hören.«

»Typisch Opa«, sage ich und bin eifersüchtig. Ich würde für siebenundzwanzig Grad anstatt dieser höllischen Kälte töten. Meine Großeltern sind nach meinem Collegeabschluss nach Florida gezogen, und jetzt höre ich jedes Mal, wenn ich mit ihnen spreche, alles darüber, wie schön und heiß es dort ist. »Du solltest ihn mit ein paar Schokokeksen reinlocken.«

Großmutter lacht. »Woher wusstest du, dass ich die gerade backe?«

»Nur ein Glückstreffer«, sage ich und zittere, als mir eine besonders starke Windböe ins Gesicht schlägt. »Wie war dein Bluttest letzte Woche?«

»Alles in Ordnung. Ich bin kerngesund.« Die Stimme meiner Großmutter klingt zuversichtlich. »Jetzt erzähl mir von dir. Wie ist das Leben in der Großstadt? Hattest du Glück dabei, neue Lektorenaufträge zu bekommen?«

»Noch nicht, aber ich habe einige potenzielle Kunden«, sage ich und überquere die Straße zu meinem Sandsteinhaus. »Und bevor du fragst, es geht mir gut. Ich brauche keine Hilfe. Wirklich.«

»Emma …« Großmutter seufzt. »Ich wünschte, du

hättest uns einfach diese Kredite für dich übernehmen lassen können. Ich sagte doch, wir können eine zweite Hypothek aufnehmen und …«

»Nein. Auf keinen Fall.« Meine Großeltern haben ihr ganzes Leben lang gearbeitet und gespart, damit sie sich ein Haus in Florida kaufen konnten, und ich habe nicht die Absicht, ihren Ruhestand zu ruinieren. Ihre Renten- und Sozialversicherungszahlungen decken ihre Rechnungen so schon kaum ab, und eine zweite Hypothekenzahlung würde ihre Finanzen enorm belasten. Es ist schlimm genug, dass sie sieben Jahre länger gearbeitet haben, um mich während der Middle- und Highschool zu unterstützen; ich lasse nicht zu, dass sie sich auch in meinen Erwachsenenjahren um mich kümmern.

Ich würde lieber verhungern, als ihnen derart zur Last zu fallen.

Großmutter seufzt wieder. »Emma, Süße … Ab und zu eine helfende Hand anzunehmen würde dich nicht zu deiner Mutter machen. Das weißt du doch, oder?«

»Oma, hör auf. Bitte. Ich komme gut zurecht«, sage ich und fummele nach meinen Schlüsseln, als ich mich meiner Tür nähere. »Ich bin aber gerade erst nach Hause gekommen und muss die Katzen füttern, also wenn es dir nichts ausmacht, würde ich gerne ein anderes Mal weiterreden. Grüß Opa von mir, okay?«

»Mache ich. Pass auf dich auf, Schatz, und wir hören uns bald wieder. Ich kann Thanksgiving kaum erwarten«, antwortet Großmutter, und ich lege auf und lasse das Telefon wieder in meine Tasche fallen.

Ich umklammere meine Schlüssel und greife nach der Tür, weil ich schnell hineingehen und der Kälte entkommen will.

»Miss Walsh?« Die männliche Stimme von hinten erschreckt mich so sehr, dass ich mich mit einem leisen Aufschrei herumdrehe und meine Schlüssel auf den nassen Boden fallen lasse.

Vor mir steht ein kleiner Mann mittleren Alters in einer dicken Winterjacke, dessen Arme mit einem riesigen Strauß aus rosafarbenen und weißen Rosen beladen sind.

»Es tut mir so leid, Miss. Ich wollte Sie nicht erschrecken«, sagt er schnell. »Ich bin nur hier, um etwas abzugeben.«

»Etwas abzugeben?« Ich zittere sowohl vor Kälte als auch wegen des Überschusses an Adrenalin, durch den mein Herz so schnell schlägt, dass ich kaum sprechen kann. »Für mich?«

»Ja«, sagt er lächelnd. Er kommt zu mir und beugt sich vor, um meinen Schlüsselbund aufzuheben und ihn mir zusammen mit dem riesigen Blumenstrauß zu übergeben. »Der ist für Sie.«

»Ähm, okay.« Unbeholfen nehme ich sowohl die Schlüssel als auch die Blumen. Die Rosen sind mit durchsichtiger Plastikfolie bedeckt, die sie vor dem Wetter schützt, aber trotzdem kann ich sehen, dass die Blumen wunderschön sind. Ich bin dabei, zu fragen, wer sie geschickt hat, als mir etwas anderes einfällt. »Oh, ich habe kein Bargeld für das Trinkgeld«, sage ich und fühle mich wie eine komplette Idiotin. »Es tut mir so leid. Ich wollte an einem Geldautomaten vorbeigehen, aber …«

»Oh, nein, es ist alles in Ordnung. Alles ist bereits erledigt.« Ein breites Lächeln erhellt sein verwittertes Gesicht. »Genießen Sie die einfach, okay, Miss?«

Er dreht sich um und eilt weg, offensichtlich begierig darauf, aus dem Regen zu kommen, und erst als er weg ist, merke ich, dass ich keine Chance hatte, zu fragen, von wem die Blumen sind.

Also gut. Hoffentlich gibt es eine Nachricht. Meine Finger sind von der Kälte fast taub, aber ich schaffe es, meinen Schlüssel in das Schloss zu stecken und einzutreten. Sofort stürmen meine drei Katzen auf mich zu und miauen, als wäre ich eine Woche lang weg gewesen anstatt etwas mehr als acht Stunden.

»Ja, ja, ihr werdet sofort gefüttert«, murmele ich und versuche, nicht über Mr. Puffs zu stürzen. »Gebt mir nur einen Moment.«

Das pelzige Arschloch ignoriert meine Worte, und mein Weg in die Küche ist gefährlich, um es vorsichtig auszudrücken. Mit dem riesigen Blumenstrauß und dem riesigen Kater, der sich zwischen meinen Beinen windet, ist es ein Wunder, dass ich nicht stolpere und mir den Kopf aufschlage.

Schließlich komme ich in der Küche an. Ich lege die Blumen auf der Theke ab, bereite schnell das Abendessen meiner Katzen zu und gebe es ihnen. Dann atme ich tief durch und gehe zu dem Strauß.

Bevor ich die Schutzfolie abnehmen kann, klingelt es an meiner Tür.

Cottonball schaut von seinem Teller auf und blickt mich neugierig an.

»Tut mir leid, Kumpel. Ich bin genauso ahnungslos wie du«, sage ich zur Katze, während ich zur Tür eile. Die einzige Person, die unangekündigt vorbeikommt, ist meine Vermieterin, und sie hat keinen Grund, das heute Abend zu tun, da ich meine Miete gerade pünktlich für mehrere Monate bezahlt habe.

Als ich durch den Spion schaue, sehe ich einen Mann in einer FedEx-Uniform, der weggeht.

Noch eine Lieferung? Was zum Teufel …?

Da ich in Brooklyn geboren und aufgewachsen bin, warte ich, bis der Fremde weg ist, bevor ich vorsichtig die Tür öffne. Tatsächlich steht vor meiner Tür ein großer Karton. Ich beuge mich nach unten, um ihn aufzuheben, aber er ist viel zu schwer. Ich fluche leise vor mich hin, ziehe ihn hinein und schließe die Tür. Dann hole ich mir, vor Neugierde sterbend, ein Messer aus der Küche und öffne das Paket.

Verblüfft starre ich auf den Inhalt.

Katzenfutter. Sehr viel Katzenfutter. Die besten Marken, in einer Vielzahl von Geschmacksrichtungen, einige trocken und andere in Dosen, wie meine Katzen sie bevorzugen.

Das ist genug Katzenfutter für die nächsten Monate.

Ich bin so verwirrt, dass ich fast den kleinen weißen Umschlag übersehe, der an der Seite der Kiste klebt. Erst als ich den schweren Karton in die Küche schleppe, sehe ich ihn. Ich bleibe stehen, schnappe ihn mir und öffne ihn, wobei ich in meiner Eile das schöne Papier zerreiße. Auf dem Zettel steht:

Ich hoffe, deine Katzen mögen es, und du die Blumen.

– Marcus.

Eine Hitzewelle durchdringt mich und vertreibt die anhaltende Kälte von den eisigen Temperaturen draußen. Die Bilder aus den Sexträumen, die ich versuche, zu verdrängen, überfluten meine Gedanken, und meine Atmung beschleunigt sich.

Die Geschenke sind von *Marcus*.

Ich renne fast in die Küche, weil ich hoffe, dass es eine weitere Notiz mit einer Erklärung gibt, aber am Blumenstrauß ist keine Nachricht. Queen Elizabeth schaut von ihrem Teller auf und wirft mir einen Blick zu, der andeutet, dass ich verrückt bin, aber ich ignoriere sie.

Marcus hat mir Rosen und *Katzenfutter* geschickt.

Das geht weit über alles hinaus, was gute Samariter tun. Ich erinnere mich an den lächerlichen Gedanken, der mir gestern Abend in den Sinn gekommen war – dass er sich für mich interessieren könnte –, und plötzlich erscheint er nicht mehr ganz so lächerlich. Denn welche andere Erklärung gibt es, wenn ein Mann einer Frau Blumen schickt?

Nun, Blumen und Katzenfutter.

»Glaubst du, er mag mich auf diese Art und Weise?«, frage ich Queen Elizabeth, und die Katze wirft mir einen Blick zu, als würde sie denken, dass ich mich wie eine Zwölfjährige benehme.

Okay, gut. Vielleicht interpretiere ich zu viel in die

Blicke meiner Katze, aber ich schwöre, dass sie in der Lage ist, mit mir zu kommunizieren. Sie bewegt ihren Kopf nach oben und unten, wenn ich mit ihr spreche, und manchmal miaut sie sogar als Antwort – was genau das ist, was sie jetzt tut.

»Glaubst du, er mag mich?«, frage ich irrational aufgeregt, und Queen Elisabeth miaut wieder, bevor sie ihre Aufmerksamkeit auf ihr Essen richtet.

»Ich fasse das als ein Ja auf«, sage ich und mache mich auf die Suche nach einer Vase, die groß genug für den riesigen Blumenstrauß ist. Als ich durch die Küche springe, merke ich, dass ich mich schwindlig fühle, fast high von dem Gedanken, dass Marcus mich mögen könnte. Er ist das absolute Gegenteil von meinem Typ, aber etwas an ihm zieht mich an – was diese Träume von gestern Abend erklärt.

Seine großen Hände auf meinem ganzen Körper, seine muskulöse Brust, die auf meine Brüste drückt, während er sich in mir bewegt ...

Langsam. Eine Hitzewallung kriecht meinen Haaransatz entlang. Trotz meiner langen Durststrecke habe ich eine gesunde Libido und genieße Sex, aber das hier ist etwas ganz anderes. Mein Herz scheint in meiner Brust mit Schlagzeugunterricht begonnen zu haben, und mein Höschen fühlt sich durch die bloße Erinnerung an diese Träume feucht an.

Das ist eine Anziehungskraft, wie ich sie noch nie zuvor gefühlt habe – primitiv, ursprünglich und ohne etwas mit Logik oder intellektueller Verbindung zu tun zu haben. Ich weiß fast nichts über Marcus, und das

Wenige, was ich weiß, deutet darauf hin, dass wir nichts gemeinsam haben, aber der bloße Gedanke an ihn macht mich mehr an als eine Stunde Vorspiel mit meinem Freund vom College.

»Glaubst du, ich bin läufig?«, frage ich Queen Elizabeth, als ich mir einen großen Topf schnappe – das, was einer Vase in der benötigten Größe am nächsten kommt. »Ich meine, ich bin ein Mensch und so, aber das ist irgendwie extrem, findest du nicht auch?«

Queen Elisabeth schaut auf und fährt sich genüsslich mit der Zunge über das Gesicht, um sich von den Resten ihres Futters zu säubern.

»Ja, du hast recht. Ich benehme mich lächerlich. Menschliche Frauen werden nicht läufig.« Ich fülle den Topf mit Wasser, entferne die Frischhaltefolie von den Rosen, füge dem Wasser den Schnittblumendünger hinzu und stelle die Rosen hinein. Sie neigen sich alle zu einer Seite, aber sie sehen immer noch schön und sehr teuer aus.

Wenn meine Großmutter davon wüsste, würde sie sagen, dass Marcus mir den Hof macht.

»Glaubst du, er will mir den Hof machen?«, frage ich die Katze, aber Queen Elisabeth setzt sich einfach anmutig hin und beginnt, sich die Pfote zu lecken. Sie hat eindeutig die Nase voll von der Interaktion mit einem Menschen, und ich kann es ihr nicht verübeln.

Ich sollte Kendall anrufen und nicht die Katze damit nerven.

Bei diesem Gedanken laufe ich sofort zu meinem

Handy und streiche hektisch über den Bildschirm. Bevor ich jedoch Kendalls Nummer wählen kann, bekomme ich eine Nachricht, und mein Puls rast noch schneller.

Es ist eine Textnachricht von einer unbekannten Nummer.

Hallo, Emma, steht da. *Hier ist Marcus. Ich hoffe, die Blumen und das Geschenk für deine Katzen sind gut bei dir angekommen. Hast du diesen Donnerstagabend Zeit? Ich würde dich gerne zum Essen einladen. Wir können über die Wall-Street-Ethik sprechen, wenn du willst.*

Ich starre auf die Nachricht und fühle mich, als würde ich hyperventilieren. Das hätte keine Überraschung sein sollen – schließlich dachte ich gerade, dass Marcus mir den Hof machen könnte –, aber irgendwie überrascht es mich trotzdem.

Abendessen? Am Donnerstag? Das ist *morgen*.

Etwas Weiches klopft an meine Wade, und als ich nach unten blicke, sehe ich, dass Cottonball seinen Schwanz hin und her schwingt, während er mich anstarrt.

»Er will morgen mit mir abendessen«, sage ich der Katze, und selbst für meine eigenen Ohren klinge ich schockiert. »Kannst du das glauben?«

Im Gegensatz zu Queen Elizabeth ist Cottonball keine Frau irgendeiner Spezies, also interessieren ihn meine Dating-Probleme nicht. Er hebt nur seine Pfote und schlägt gegen meine Wade. Seufzend lege ich mein Telefon hin und hebe ihn hoch, weil ich weiß, dass er mich sonst nicht in Ruhe lassen wird. Glücklicherweise ist er nicht so schwer wie Mr. Puffs, so dass ich ihn mit einem Arm halten und mit meiner freien Hand wieder das Handy nehmen kann.

Ich kaue auf meiner Lippe, lese die Nachricht noch einmal und frage mich, was ich tun soll. Wenn dies irgendein anderer Mann wäre – Mark von der Dating-App, zum Beispiel – wäre es einfach. Ich würde ihm für das umsichtige Geschenk danken, einen Pizzaladen neben meiner Wohnung vorschlagen und sehen, wie es läuft. Aber das ist Marcus – der mit den maßgeschneiderten Anzügen und Händen, die mich dazu bringen, vom Sex mit ihm zu träumen. Er macht mich nervös, und das nicht nur wegen meiner körperlichen Reaktion auf ihn.

So bizarr es auch ist, er hat fast etwas … Gefährliches an sich, etwas nicht ganz Zivilisiertes.

Cottonball schnurrt laut und lenkt meine Aufmerksamkeit auf ihn zurück, und ich lege mein Telefon weg und streichele sein weiches, flauschiges Fell. Er ist der kuscheligste meiner Katzen und verlangt mindestens einmal täglich eine gründliche Streicheleinheit, die ich ihm normalerweise sehr gerne gebe. Im Moment bin ich jedoch zu überwältigt, um mit einer bedürftigen Katze umzugehen.

Marcus hat mich zu einem Date eingeladen, und ich habe keine Ahnung, was ich sagen soll.

arcus

WARUM ANTWORTET SIE NICHT?

Frustriert starre ich auf das Telefon, wo eine winzige Benachrichtigung am unteren Rand mich darüber informiert, dass meine SMS vor zehn Minuten empfangen und gelesen wurde. Ich weiß, dass meine Frustration nicht rational ist – zehn Minuten sind nicht *so* lang –, aber ich kann die Ungeduld, die mich verzehrt, nicht kontrollieren.

Warum zum Teufel antwortet sie nicht?

Ich bin immer noch in meinem Büro, und ich habe noch tausend Dinge zu tun, bevor ich heute Abend gehen kann, aber alles, worauf ich mich konzentrieren kann, ist Emma und die ausbleibende Antwort auf meine Nachricht. Anstatt zu arbeiten, habe ich die letzten zehn Minuten damit verbracht, auf mein Telefon zu starren – zehn Minuten, die bei meinem aktuellen Stundenlohn mehrere tausend Dollar ausmachen.

Schließlich, nach einer scheinbaren Ewigkeit, erscheinen drei Punkte.

Emma tippt etwas.

Ich halte wie ein verknallter Teenager den Atem an, also zwinge ich mich, auf meinen Computerbildschirm zu schauen, anstatt auf das Telefon. Das ist allerdings sinnlos. Die Tabellenkalkulationen tanzen vor meinen Augen, und die Zahlen weigern sich, einen Sinn zu ergeben.

Das ist völlig verrückt.

Heute früh habe ich Emmeline angerufen, um ihr für das Abendessen zu danken und nach ihrem Flug zu fragen, und ich fühlte nicht einmal einen Bruchteil dieser bizarren Aufregung. Unser Gespräch war ruhig und höflich, und als ich auflegte, war ich mehr denn je davon überzeugt, dass Emmeline genau die Art von Frau ist, nach der ich gesucht habe: schön, intelligent, ruhig und gut erzogen. Sie würde nicht schreien, fluchen oder einen Anfall bekommen, wenn etwas nicht so ginge, wie sie wollte; sie würde nicht betrunken mit zwei genauso betrunkenen Arschlöchern im Schlepptau nach Hause stolpern; und sie würde sicherlich nicht besagte Arschlöcher vor ihrem fünfjährigen Sohn ficken.

Meine Stimmung verdüstert sich bei dieser Kindheitserinnerung, und ich blicke zurück auf das

Telefon, wo die drei Punkte immer noch zu sehen sind. Was macht Emma so lange? Einen Roman per Textnachricht schreiben?

Allein die Tatsache, dass ich ungeduldig bin, verstärkt meine Frustration. In den anderthalb Jahrzehnten, in denen ich meinen Fonds verwalte, habe ich Nerven aus Stahl entwickelt. Das musste ich – denn da die verwalteten Vermögen des Fonds gewachsen sind, ist auch die Höhe des Kapitals, das wir bei jedem Handel riskieren, gestiegen. Allein in den letzten fünf Jahren sind unsere größten Positionen von mehreren Millionen Dollar auf etwas mehr als eine Milliarde gestiegen. Wenn ich mir nicht selbst Geduld gelehrt hätte – wenn ich nicht gelernt hätte, aufzuhören, jede kleinste Bewegung des Marktes zu beobachten und mich stattdessen auf das zu konzentrieren, was getan werden muss – hätte ich durch zu viel Stress schon früh einen Herzinfarkt bekommen.

Wenn ich also einen Milliarden-Handel aus dem Kopf bekommen kann, warum kann ich dann nicht meine Augen von diesen drei verdammten Punkten wegreißen?

Komm schon, befehle ich dem Display in Gedanken, *Spuck es einfach aus.* Wenn ich durch das Telefon greifen und die kleine Rothaarige schütteln könnte, würde ich das tun, denn das ist lächerlich. Wie lange dauert es, ein Ja oder ein Nein einzutippen? Vorzugsweise ein Ja, aber auch eine Ablehnung wäre besser als dieses endlose Warten. Ich würde es natürlich nicht akzeptieren, aber es würde mir etwas geben, um weiterzumachen, einen Ausgangspunkt für das weitere Vorgehen mit meiner Hunger-nach-Emma-Stillen-Kampagne geben. Ich wäre in der Lage, eine Strategie zu entwickeln und den nächsten Schritt zu planen.

Die drei Punkte verschwinden und werden durch Text ersetzt.

Danke für die Blumen und das Essen. Meine Katzen freuen sich sehr :). Wie wäre es mit Papa Mario's Pizza um 19.00 Uhr für unsere Ethik-Diskussion?

Meine erste Erleichterung verwandelt sich in Verwirrung, als ich das vorgeschlagene Restaurant nachschlage. Eine schnelle Suche enthüllt eine miese Website und die Rezensionen auf Yelp sprechen über ein »Loch in der Wand mit der billigsten Pizza in Brooklyn«. Es ist etwa zwei Blocks von Emmas Wohnung entfernt, aber soweit ich sagen kann, ist das das Einzige, was der Ort zu bieten hat.

Warum zum Teufel will Emma da hingehen?

Ich trommele mit meinen Fingern auf den Tisch, denke nach, und antworte dann: *Wenn du in der Stimmung für italienisch bist, kenne ich ein ausgezeichnetes Familienrestaurant in Bensonhurst. Sie haben die beste Pizza in den fünf Bezirken, und es ist nicht weit von deiner Wohnung entfernt. Hole dich um 18.45 Uhr ab?*

Die drei Punkte erscheinen diesmal fast sofort, gefolgt von: *Wie heißt das Restaurant?*

Ich runzele die Stirn. Wenn ich anbiete, eine Frau einzuladen, lässt sie mich erfahrungsgemäß das Restaurant wählen und stellt meine Vorschläge nicht in Frage, besonders wenn dieser spezielle Vorschlag zufällig die gleiche Art von Essen ist, für das sie in der Stimmung zu sein scheint.

Emma ist entweder ein Kontrollfreak oder *wirklich* eigenwillig bei der Wahl ihrer Pizza.

Mein Stirnrunzeln vertieft sich, als ich ihr den Namen des Ortes schicke und warte.

Drei Minuten später bekomme ich die Antwort: *Okay. Ich werde bereit sein.*

Die Zufriedenheit, die mich überkommt, ist so intensiv wie bei meiner ersten Million. Ich grinse breit, lege das Telefon weg und wende meine Aufmerksamkeit zurück auf meinen Computerbildschirm, wo die Zahlen endlich wieder einen Sinn ergeben.

Die erste große Schlacht der Emma-Kampagne ist gewonnen, und ich kann den Rest des Feldzugs kaum erwarten.

13

Emma

ALS ICH KENDALL VON MEINEM BEVORSTEHENDEN DATE erzähle, verschluckt sie sich fast an ihrem Kaffee. »Du tust *was?*«

»Ich treffe mich heute Abend mit einem Hedgefonds-Manager zum Abendessen«, sage ich und gieße eine große Menge Milch in meine Tasse Java. »Siehst du, ich bin keine Katzenlady mehr.«

»Okay, wow. Nochmal langsam.« Sie beugt sich nach vorne, und ihre haselnussbraunen Augen glänzen mit der Intensität eines Haies, der Blut riecht. »Wann und wie ist das passiert?«

Grinsend erzähle ich ihr die ganze Geschichte, angefangen mit der Verwechslung. »Also ja«, schließe ich, »Ich habe heute Abend ein Date.«

»Mit Marcus dem Hedgefonds-Manager«, sagt sie ungläubig. »Der dich bis in deine Wohnung verfolgt und dir Katzenfutter geschickt hat. Und von dem du erotische Träume hattest.«

»Ja.« Mein Grinsen wird breiter. »Genau der.«

Kendall und ich sehen uns selten unter der Woche, aber ich habe diesen Donnerstag frei, also habe ich beschlossen, nach Manhattan zu fahren, um mit ihr Kaffee zu trinken.

Ich musste ihre Reaktion persönlich sehen.

Sie enttäuscht mich nicht. »Emma!« Mein Name kommt als ein hohes Quieken heraus. »Heilige Scheiße, ich bin so stolz auf dich! Da schnappst du dir Mr. Hedgefonds!«

Die anderen Kunden im Café sehen zu uns, aber ich bin zu aufgeregt, um mich zu schämen. Seit Marcus' Nachricht habe ich versucht, von diesem seltsamen Hoch herunterzukommen, aber ich kann es nicht. Ich bin so überdreht, dass ich letzte Nacht kaum geschlafen habe, aber ich fühle mich nicht das kleinste bisschen müde.

Ich habe ein *Date* mit Marcus.

»Weißt du, wie sein Fonds heißt oder wie groß er ist?«, fragt Kendall und holt mich aus einem fieberhaften Tagtraum heraus, der Marcus' Hände und andere Körperteile einbezieht. »Oder wie sein Nachname ist? Überhaupt, hast du Nachforschungen über ihn angestellt? Weißt du, ob er verheiratet, ledig oder geschieden ist?«

»Nein und nein«, sage ich und kämpfe gegen den

Drang an, zu erröten, weil Kendall, wenn auch in einem anderen Zusammenhang, das Wort *groß* erwähnt hat. »Ich werde ihn das alles heute Abend fragen. Ich bin mir sicher, dass er nicht verheiratet ist. Diese Emmeline klang wie ein Blind Date, und das würde er nicht haben, wenn er schon jemanden hätte.«

»Oh, bitte.« Kendall schnaubt in ihren Kaffee. »Sei nicht so naiv. Männer machen alle möglichen Dinge für Muschis. Außerdem hast du den Kerl gerade erst kennengelernt. Soweit du weißt, könnte er auch ein Serien-Ehebrecher sein.«

»Stimmt, aber das glaube ich nicht.« Ich könnte völlig falsch damit liegen, aber Marcus wirkte nicht wie jemand, der betrügen würde – nicht, wenn er in einer festen Beziehung ist. Einen Moment lang frage ich mich, was an diesem Tag mit Emmeline passiert ist, aber dann lasse ich den Gedanken fallen.

Wenn es mit ihr gefunkt hätte, bezweifele ich, dass er mich um ein Date gebeten hätte.

»In Ordnung«, sagt Kendall und wirft ihr langes, dunkles Haar wieder über die Schulter. »Vergiss nicht: sei gründlich, denn Männer sind Rüden. Oder wenn die Katzen-Analogie besser bei dir funktioniert, Kater. Du bist immer mit Schwachköpfen ausgegangen, die nicht einmal zwei Frauen bekommen könnten, wenn sie es versuchen würden, also hast du nicht viel Erfahrung damit …«

»Oh, danke. Schön zu hören, dass du so eine hohe Meinung von meinem Charme hast.«

Kendall schafft es, verlegen auszusehen. »Schau, ich

sage nicht, dass du nicht attraktiv bist – du neigst nur dazu, dich zu Kerlen hingezogen zu fühlen, von denen du dich auf keinste Weise bedroht fühlst.«

»Was?« Dieses Gespräch hat definitiv eine seltsame Wendung genommen.

Kendall seufzt. »Emma … Versteh das nicht falsch, aber du bist einfach niemand, der ein Risiko eingeht, okay? Du gehst gerne auf Nummer sicher, damit alles bequem und routinemäßig ist. Deshalb bist du immer noch in Brooklyn statt im sonnigen Florida, darum arbeitest du in dieser kleinen Buchhandlung, anstatt nach etwas Besserem zu suchen, und deshalb versteckst du dich hinter deinen Katzen, deiner schäbigen Kleidung und deinen Büchern – und hinter Männern, die so sind, wie du dich selbst wahrnimmst, anstatt wie du wirklich bist.«

»Moment mal, was?« Das ist so viel bizarres Psychogeschwätz, dass ich nicht weiß, was ich zuerst in Angriff nehmen soll. Ich kann nicht glauben, dass Kendall diese Dinge über mich denkt. »Du selbst hast gesagt, dass ich mich in eine Katzenlady verwandelt habe, also wieso habe ich den falschen Eindruck von mir? Und ich *bin* jemand, der Risiken eingeht – ich arbeite als Freelancer, schon vergessen?« Meine Stimme wird vor Empörung lauter. »Warum ich nicht mit meinen Großeltern nach Florida gezogen bin, weißt du ganz genau, weil der Großteil der Verlagsbranche hier ist, und wenn ich dort Karriere machen will …«

»Aber das machst du nicht.« Kendall schaut mich

ruhig an. »Eine Karriere im Verlagswesen mag einmal dein Ziel gewesen sein, aber du hast mir selbst gesagt, dass sich die Branchenlandschaft verändert und die großen Verlage nicht mehr das sind, was sie einmal waren. Deshalb kannst du all diese freiberuflichen Lektorenjobs bekommen – was du übrigens halbherzig nebenbei tust, anstatt zu versuchen, es ernsthaft zu betreiben.« Sie verschränkt ihre Arme. »Sieh es ein, Emma: Du bist in Brooklyn und arbeitest in deinem ersten Job, weil du keine Lust auf Veränderung hast.«

»Das ist nicht wahr ...«

»Doch, das ist es.« Sie löst ihre verschränkten Arme und nimmt ihre Kaffeetasse in die Hand. »Deshalb trägst du deine Klamotten, bis sie buchstäblich auseinanderfallen, und deshalb verabredest du dich nur mit Männern, die keine Chance bei einem anderen Mädchen haben, das so hübsch ist wie du. Was die Katzenlady-Sache betrifft, so habe ich das nur gesagt, weil du dich selbst vernachlässigt hast, und ich wollte, dass du etwas dagegen tust, was du offensichtlich getan hast.«

Sie grinst, offensichtlich in der Hoffnung, das Gespräch wieder auf Marcus zu bringen, aber ich bin zu verärgert, um zurückzulächeln. Das Schlimmste an Kendalls ungeschminkter Einschätzung von mir ist, dass sie mit einer Sache recht hat: Die Karriere, die ich geplant hatte, wird vielleicht nicht geschehen, aber trotzdem habe ich meinen Kurs nicht geändert, sondern mich stattdessen dafür entschieden, den Kopf in den Sand zu stecken. Als ich anfing, bei

Smithson Books zu arbeiten, war ich das dritte Jahr am College, und ich betrachtete den Job als eine vorübergehende Teilzeitmöglichkeit, eine Möglichkeit, ein wenig Geld zu verdienen, während ich einen Fuß in die Branche setzte, in der ich später arbeiten wollte. Aber als ich nach dem Abschluss keinen Job bei einem großen Verlag finden konnte, weil alle schrumpften und umstrukturierten, blieb ich in der Buchhandlung und sagte mir die ganze Zeit, dass ich nur noch Zeit bis zum Beginn meiner eigentlichen Karriere brauchte.

Wochen wurden zu Monaten, dann zu Jahren, und hier bin ich und warte immer noch.

Meine Kehle zieht sich vor Abscheu vor mir selbst zusammen, als ich eine weitere unangenehme Tatsache erkenne: Kendall hat recht, was meine freiberufliche Arbeit betrifft. Ich *bin* ihr nur halbherzig nachgegangen und habe sie eher wie ein Hobby statt ein Geschäft behandelt. Ich habe noch nicht einmal eine Website erstellt, obwohl mir klar ist, wie wichtig diese in einer weitgehend online arbeitenden Buchgemeinschaft ist.

Kein Wunder, dass ich in Studentenkrediten ertrinke und bei jeder Mahlzeit Stress habe: Ich lebe mit dem Lohn einer Kassiererin in einer der teuersten Städte der Welt – und das, damit ich mich an die Idee einer Karriere klammern kann, die ich *kenne* und die keinen Sinn mehr hat.

»Warum hast du nicht früher etwas gesagt?« Ich versuche, nicht verbittert zu klingen – und scheitere. Sich der Realität stellen zu müssen ist scheiße. »Wenn du gesehen hast, dass ich ein Idiot bin, warum hast du dann nicht vorher etwas gesagt?«

Kendalls Gesichtsausdruck wird düsterer. »Weil ich nicht dachte, dass du bereit bist, es zu hören – und weil ich nicht wollte, dass du so reagierst, wie du jetzt reagierst. Ich weiß, dass du Gründe hast, den Komfort des Bekannten vorzuziehen, und es ist nicht so, dass du etwas Gefährliches oder Selbstzerstörerisches getan hast. Du hast dich einfach an deinen täglichen Trott gewöhnt, und ich weiß, dass du da rauskommen kannst, wenn du es wirklich willst. Außerdem will ich dich hier haben, und nicht in Florida oder wohin du ziehen würdest, wenn du eine Vollzeitlektorin wärst und deinen Job von überall aus machen könntest.«

»Kendall …« Ich weiß nicht, ob ich sie schlagen oder umarmen will, also mache ich weder das eine noch das andere. Stattdessen nehme ich meine Tasse Kaffee und versuche, meinen sich drehenden Kopf zu beruhigen, während ich die heiße Flüssigkeit trinke. Dann erkenne ich einen Widerspruch in ihrer Argumentation und frage: »Wenn du das denkst, warum versuchst du dann, mich vor Marcus zu warnen? Ist er nicht ein Schritt in die richtige Richtung? Etwas anderes … etwas Riskantes?«

»Ja, natürlich ist er das, und deshalb bin ich so stolz auf dich.« Kendalls angespannter Ausdruck lässt nach, als ein verspieltes Grinsen an ihren Mundwinkeln erscheint. »Du wagst dich aus deiner Komfortzone heraus, und darüber könnte ich nicht glücklicher sein. Ich will nur nicht, dass du dich blind in etwas hineinstürzt und verletzt wirst, wenn du deine ersten Babyschritte machst. Nicht alle Kerle sind so harmlos wie deine Lieblingsfreaks, weißt du?«

Ich stelle meinen Becher ab. »Natürlich nicht. Das weiß ich.« *Harmlos* ist definitiv nicht, wie ich Marcus beschreiben würde. Ich zwinge meine Lippen zu einem Lächeln und sage: »Ich werde vorsichtig sein, versprochen. Ich werde ihn nach allem fragen und sicherstellen, dass keine Frau in den Büschen lauert. Ich werde ihn so sehr löchern, dass er nicht wissen wird, was ihn getroffen hat.«

Kendall sieht mich mit großen Augen an, und ich erwidere ihren Blick. Im nächsten Moment lachen wir beide unkontrolliert, und die Spannung zwischen uns löst sich spurlos auf.

NACH MEINER RÜCKKEHR NACH HAUSE DUSCHE ICH, rasiere meine Beine und lasse mein Haar an der Luft trocknen, um sicherzustellen, dass die Locken nicht zu kraus werden. Danach verbringe ich eine geschlagene Stunde damit, verschiedene Outfits anzuprobieren und auszuschließen. Ich entscheide mich schließlich für eine Jeans, mein fast neues Paar hochhackiger Stiefel – nur ein paar Jahre alt und beinahe noch in Mode – und meine eleganteste Bluse mit einer Strickjacke darüber. Ich lege sogar ein wenig Schmuck um und füge ein komplettes Make-up hinzu, einschließlich einer Grundierung – das ich sofort wieder abwasche, weil es mich wie einen Clown aussehen lässt. Am Ende trage ich ein wenig Wimperntusche auf, um meine rotbraunen Wimpern zu verdunkeln, ein wenig Puder, um meine Sommersprossen etwas zu verdecken, und einen einfachen Lipgloss – mein üblicher First-Date-Look.

Um ehrlich zu sein, sehe ich heute Abend genauso aus wie sonst, nur dass ich doppelt so viel Zeit damit verbracht habe, mich auf das Date vorzubereiten. Ich weiß nicht, was ich mit all dem Aufwand erreichen wollte, aber nachdem ich fertig bin, ist alles wie immer, vielleicht ein wenig sorgfältiger. Ich bin nicht eines dieser Mädchen, die die Fähigkeit haben, sich zu verwandeln, indem sie ein paar Male den Make-up-Pinsel hin und her schwingen; wenn ich es versuche, sehe ich am Ende aus wie ein Clown, so wie ich es eben getan habe. Normalerweise stört es mich nicht, aber heute Abend wünschte ich, ich wüsste, wie man Schatten und Konturen schafft, wie man meine Augen riesig aussehen lässt und meine Wangenknochen stärker hervorhebt.

Heute Abend möchte ich für *ihn* hübsch aussehen.

Hör auf, so dramatisch zu sein, Emma. Hör einfach auf damit.

Selbst als ich mir das sage, weiß ich, dass es sinnlos ist. Das nervöse Hoch, das mich gestern Nacht daran gehindert hat, zu schlafen, ist nicht schwächer geworden, und die Mischung aus Aufregung und nervöser Vorfreude lässt mich nicht länger als eine Minute stillsitzen. Ich muss eine Kurzgeschichte für einen Kunden korrigieren, aber wann immer ich mich hinsetze und versuche, mich darauf zu konzentrieren, tanzen die Worte auf der Seite, und alles, was ich sehe, sind seine kühlen blauen Augen, die mich anstarren.

Großartig, einfach verdammt großartig. Deshalb hätte ich Nein sagen sollen. Vielleicht hat Kendall recht, und ich tendiere dazu, mich für sichere Leute zu entscheiden, aber so mag ich es. Dieses unbeständige, unsichere Gefühl – dieser verzweifelte Wunsch, einem Mann zu gefallen – ist nichts, was mir gefällt. In der Schule, als alle meine Freunde verrückt nach Sportlern und Bad Boys waren, habe ich mich mit netten, ruhigen Typen verabredet – wie Jim, meinem letzten ernsthaften Freund. Bei ihm musste ich mir nie Sorgen machen, mich herauszuputzen; er mochte mich in meinem alten Pyjama und meinen Hausschuhen genauso sehr wie in Röcken und High Heels. Tatsächlich konnte er den Unterschied zwischen beidem oft nicht erkennen; für ihn war ein Mädchen ein Mädchen, unabhängig davon, was sie trug. Wir trennten uns schließlich, weil er zu anhänglich wurde und meine Zeit und Energie in einem anstrengenden Ausmaß forderte, aber bis dahin war es mit ihm so gewesen, wie mit einer meiner Freundinnen abzuhängen: einfach und bequem.

Ich starre mich selbst im Spiegel an und sehe, dass meine Wangen gerötet sind und meine grauen Augen fiebrig glänzen. Dieses Abendessen mit Marcus wird nicht einfach und bequem sein, das weiß ich.

Es wird auch nicht billig sein. Das von Marcus

gewählte Restaurant liegt an der Obergrenze meines Budgets, so dass ich den Rest der Woche an Lebensmitteln sparen muss. Ich hätte darauf bestehen sollen, zu Papa Mario's zu gehen, aber ich hatte Angst, dass Marcus es hassen würde, also habe ich nicht darauf bestanden – etwas, was ich bei Jim oder irgendeinem anderen Kerl, mit dem ich mich verabredet habe, getan hätte.

Für einen Moment frage ich mich, ob es zu spät ist, um abzusagen, aber dann schimpfe ich mit mir, weil ich ein Feigling bin. Ich kann ein Abendessen mit einem Mann überleben, bei dem ich mich so fühle. Wenn das, was Kendall sagt, stimmt, sollte es eigentlich gut für mich sein, dass er mich aus meiner Komfortzone holt. Außerdem ist es nicht so, dass etwas Langfristiges daraus entstehen würde. Was auch immer Marcus' Gründe sind, mich um ein Date zu bitten, ich bin mir sicher, dass er sofort erkennen wird, dass wir wenig gemeinsam haben, und das wird es gewesen sein.

Ich kann ein Date mit Mr. Hedgefonds überleben.

Und eigentlich freue ich mich sogar darauf.

14

ICH STEHE TROTZ DES ÜBLICHEN BERUFSVERKEHRS pünktlich um 18.45 Uhr vor Emmas Tür. Mein Stammfahrer, Wilson, ist darin unglaublich gut. Durch eine unheimliche Kombination aus Verkehrsapps und Instinkt schafft er es immer wieder, mich pünktlich zu Verabredungen zu bringen – etwas, was in New York City praktisch unmöglich ist.

Ich atme aus, um mich zu beruhigen, und klingele an der Tür. Die Vorfreude durchfährt mich, als ich ein lautes Miauen höre, gefolgt von leichten, schnellen Schritten.

»Hör auf, Puffs.« Emmas irritierte Stimme wird durch die Tür gedämpft. »Komm schon, du böse Kreatur. Weg mit dir!«

Eine Sekunde später schwingt die Tür auf, und ich sehe sie dort stehen, errötet und ein wenig zerzaust. Sofort strömt die Hitze durch mich hindurch und zentriert sich tief in meiner Leiste, als mir Bilder davon, wie sie aussehen würde, nachdem ich sie gefickt hätte, durch den Kopf gehen.

Konzentrier dich, Marcus. Tief durchatmen.

Es ist offensichtlich, dass sie versucht hat, ihre roten Locken zu zähmen, aber eine hartnäckige steht bereits zur Seite ab, und ihr abgetragener beigefarbener Mantel sitzt schief und ist mit weißem Katzenhaar bedeckt – die Spender dafür müssen die drei Katzen im Flur hinter ihr sein. Die eine leckt ruhig ihre Pfote, die andere schwingt ihren Schwanz, und die dritte, ein Riese, wirft mir das zu, was ich nur als bösen Blick interpretieren kann. Im nächsten Moment streift der Riesenkater auf mich zu, und Emma beugt sich nach unten, um ihn abzufangen.

»Hi«, sagt sie atemlos und richtet sich auf, während sie den zappelnden Kater fest an ihre Brust drückt. »Tut mir leid. Mr. Puffs wird eifersüchtig, wenn Männer vorbeikommen.«

»Wirklich?« Meine Stimme ist angespannt. Zu meinem Schrecken verstehe ich genau, wie sich die weiße, flauschige Kreatur fühlt, denn allein der Gedanke, dass Männer in Emmas Wohnung kommen, lässt in mir den Wunsch aufsteigen, jemanden zu erwürgen. Ich schlucke die irrationale Eifersuchtswelle herunter und zwinge meine Stimme, sich zu entspannen. »Besitzergreifend, was?«

»Oh, ja. Sehr sogar.« Sie bläst sich eine weitere unordentliche Locke aus dem Gesicht, um sie vor ihren Augen zu entfernen. »Warte kurz, lass mich meine Tasche holen.« Sie bemüht sich, die Katze mit einem Arm zu halten, während sie nach der braunen Handtasche greift, die sie schon das letzte Mal benutzt hat, und ich helfe ihr, indem ich sie vom Haken neben der Tür nehme.

»Danke«, sagt sie und beugt sich wieder nach unten, um den Kater auf den Boden zu setzen. Er versucht erneut, mich anzugreifen, aber Emma blockiert ihn gekonnt mit ihren Beinen, schnappt mir die Tasche aus der Hand und sagt: »Gehen wir.«

Ich gehe nach draußen, dankbar, dass ich aus dem katzenverseuchten Flur herauskomme. Als ich ein Junge war, mochte ich Hunde und Katzen, aber heutzutage sind Haustiere nicht mein Ding. Ich mag den Gedanken nicht, mich um sie zu kümmern, und außerdem ist es chaotisch und unhygienisch, Tiere in Innenräumen zu halten.

Nicht dein Problem, erinnere ich mich, als Emma es schafft, ohne Katzen nach draußen zu treten und sich umzudrehen, um die Tür abzuschließen. Wenn ich Emma tatsächlich für eine Beziehung in Betracht ziehen würde, wäre das ein Stolperstein, aber das tue ich nicht.

Ich bin hier, um dieses seltsame Verlangen zu stillen und sie aus meinem Kopf zu bekommen.

Als sie abgeschlossen hat, dreht sich Emma um, um mich anzusehen und schenkt mir ein schüchternes

Lächeln. »Tut mir leid. Meine Katzen können manchmal ein bisschen schwierig sein.«

»Kein Problem.« Ich biete ihr höflich meinen Arm an, und mein Magen krampft sich zusammen, als sie ihre kleine Hand durch die Krümmung meines Ellenbogens schiebt. Sie ist winzig neben mir, da die Spitze ihres Kopfes kaum bis zu meiner Schulter reicht, aber es gibt nichts Kindliches an ihrem sinnlichen Hüftschwung, als ich sie zum Auto führe.

Emma Walsh ist vielleicht nicht mein Typ, aber ich will sie zu sehr, als dass mich das stören würde.

15

Emma

MARCUS FÜHRT MICH ZU EINEM SCHICKEN SCHWARZEN Auto, das am Bordstein steht, und öffnet mir die Tür. Ich nehme auf der Rückbank Platz, und mein Gesicht ist trotz des kalten Novemberwindes heiß, als er sich neben mich setzt. Das Auto ist groß und geräumig, aber mit Marcus in ihm fühlt es sich erstickend klein an. Es ist nicht nur seine große Gestalt, es ist alles an ihm. Er nimmt auf eine Weise den Raum ein, die über das Körperliche hinausgeht und die Luft um ihn herum beherrscht.

Neben ihm fühle ich mich wie ein Asteroid, der in Jupiters Umlaufbahn gefangen ist – zu klein und machtlos, dem Sog des massiven Planeten zu entkommen.

»Zum Restaurant, bitte, Wilson«, sagt Marcus zum Fahrer, und ich sehe den Mann im Rückspiegel nicken, als das Auto losfährt. Wegen der Tatsache, dass Marcus seinen Namen kennt, frage ich mich, ob Marcus das Auto für den Abend gemietet hat, oder ob Wilson sein persönlicher oder Firmenfahrer ist. Haben die Leute heutzutage überhaupt noch persönliche Fahrer?

Bevor ich fragen kann, schenkt mir Marcus seine Aufmerksamkeit. »Also, Emma«, sagt er mit seiner tiefen Stimme, die wieder etwas in mir auslöst. »Erzähl mir von dir.«

»Was möchtest du wissen?«, frage ich in der Hoffnung, dass ich wie eine selbstbewusste Frau klinge und nicht wie die nervöse Zwölfjährige, die sich in meinem Körper niedergelassen zu haben scheint. Ich habe das beunruhigende Gefühl, dass ich mich in einem Vorstellungsgespräch befinde – ein Eindruck, der durch die Tatsache verstärkt wird, dass Marcus einen Anzug und eine Krawatte unter seinem offenen Wintermantel trägt. Ich weiß, dass er wahrscheinlich gerade von der Arbeit kommt, und dass er einen Anzug trägt, bedeutet nicht, dass ich unglaublich schlecht gekleidet bin, aber ich fühle mich so: ungeschickt und unsicher und fehl am Platz.

Hör auf, Emma. Er ist nur ein Kerl. Ein heißer und einschüchternder, aber immer noch nur ein Kerl.

»Lebst du schon lange in Brooklyn?«, fragt er, und seine hellen Augen liegen im Schatten des abgedunkelten Inneren des Autos.

»Mein ganzes Leben lang«, sage ich und versuche,

locker zu klingen. »Hier geboren und aufgewachsen. Was ist mit dir?«

»Ich bin auf Staten Island geboren«, sagt er. »Also bin ich ein New Yorker wie du.«

»Oh. Bist du zufällig aus einer italienischen Familie?« Das könnte seinen olivfarbenen Teint erklären.

»Mütterlicherseits.« Seine Worte sind schroff, als hätte ich einen wunden Punkt getroffen.

»Ich bin hauptsächlich irisch«, melde ich mich freiwillig und hoffe, den Fehler, den ich gemacht habe, zu beheben.

»Das habe ich mir schon gedacht«, antwortet Marcus amüsiert, und als das Auto unter einer Straßenlaterne hält, sehe ich einen Hauch von einem Lächeln auf seinem Gesicht.

Ich berühre instinktiv mein Haar. »Es ist ziemlich offensichtlich, was?«

»Das war bloß ein Zufallstreffer«, sagt Marcus, und ich grinse ihn an, wobei meine Nervosität leicht nachlässt.

Den Rest der fünfzehnminütigen Fahrt führen wir weiterhin Smalltalk, und ich erfahre, dass Marcus in Tribeca lebt, während sein Büro in Midtown liegt. Ich bin nicht überrascht; wenn sich jemand leisten könnte, in Manhattan zu leben und zu arbeiten, wäre es ein Hedgefonds-Manager. Ich habe nur eine verschwommene Vorstellung von den Gehältern an der Wall Street, aber ich bin mir ziemlich sicher, dass diese Typen ordentlich Knete machen.

»Wie heißt dein Fonds?«, frage ich ihn, als ich mich an Kendalls Frage erinnere, gerade als das Auto vor einem kleinen, gemütlich aussehenden Restaurant anhält. Meine Freundin wird mich zweifellos löchern, also sammele ich besser alle Fakten.

»Carelli Capital Management«, antwortet Marcus, als er seine Tür öffnet, aussteigt und dann die Tür für mich aufhält. Als ich aussteige, umschließt er sanft meinen Ellenbogen, um sicherzustellen, dass ich nicht stolpere, und meine Wangen erwärmen sich erneut. Selbst durch die dicke Wolle meines Wintermantels spüre ich die kontrollierte Stärke in seinem Griff, die Kraft, die bei Entfesselung verheerend sein könnte.

Er lässt meinen Arm auch dann nicht los, als ich aus dem Auto gestiegen bin, und mein Herz schlägt schneller, als ich zu ihm hochblicke. Die Straßenlaternen beleuchten seinen Mund und die harte Linie seines Kiefers, lassen aber seine Augen im Schatten, und für einen kurzen, fantasievollen Moment fühle ich mich wie ein kleines Tier, das in einer Jagdschlinge gefangen ist. Etwas Heißes und Elektrisches brennt zwischen uns in diesem Moment voller Spannung – und dann lässt er meinen Arm los und dreht sich um, um mir seinen Ellenbogen anzubieten.

»Wollen wir?« Sein Tonfall ist ruhig, als ob er völlig unberührt von dem ist, was gerade zwischen uns vorgefallen ist, aber ich sehe, dass sein Kiefer zuckt, und weiß, dass er es auch gespürt hat.

Mein Mund fühlt sich trocken an, als ich meine

Hand durch die Krümmung seines Ellenbogens schiebe und versuche, nicht daran zu denken, wie dick und fest sich sein Arm anfühlt. Es ist, als würde man sich an einem geschwungenen Baumstamm festhalten – einem, der mit teurer Kaschmirwolle überzogen ist.

»Kommst du oft in dieses Restaurant?«, frage ich und versuche, nicht hörbar zu keuchen, während wir auf das Restaurant zugehen. Marcus' Beine sind so lang, dass ich für jeden seiner Schritte zwei machen muss, und die Anstrengung, kombiniert mit der Hitze, die unter meiner Haut prickelt, gibt mir das Gefühl, dass ich gerade Treppen bis in die dritte Etage gelaufen bin.

»Ich bin schon ein paarmal hier gewesen«, sagt er und öffnet mir die Tür. Ich trete ein und atme genüsslich das reiche, würzige Aroma von Basilikum, geröstetem Knoblauch und frisch gebackenem Teig ein. Es riecht nach Papa Mario's, aber die Atmosphäre ist unendlich viel besser. Das Restaurant ist klein, aber sauber und gemütlich, mit etwa einem Dutzend Tischen, die mit weißen Leinen-Tischdecken bedeckt sind, auf denen Vasen mit echten Blumen stehen. Obwohl es Donnerstagabend ist, ist jeder Tisch besetzt, außer dem in der hinteren Ecke.

Dieses Abendessen könnte die Plünderung meines Budgets wert sein.

Ich knöpfe meinen Mantel auf und lächele Marcus an. »Es sieht sehr nett hier aus. Danke, dass du es vorgeschlagen hast.«

»Es war mir ein Vergnügen. Moment, lass mich

deinen Mantel nehmen.« Er greift danach, und ich habe keine andere Wahl, als mir von ihm helfen zu lassen. Seine Finger streifen dabei über meine Schultern, und trotz meiner Strickjacke breitet sich ein Kribbeln von dieser Stelle aus, an der er mich berührt hat.

Gott, wenn er jemals seine Hände auf meine nackte Haut legt … Schon allein bei dem Gedanken daran zieht sich mein Unterleib zusammen.

Ein kleiner, dunkelhaariger Mann unbestimmten Alters kommt auf uns zu. »Mr. Carelli, willkommen.« Sein italienischer Akzent ist stark, und seine dunklen Augen funkeln wach in seinem dünnen Gesicht. »Bitte folgen Sie mir.«

Er führt uns zum Ecktisch. Während wir gehen, legt Marcus seine Hand auf meinen Rücken, und ich ziehe verblüfft von der unerwartet besitzergreifenden Geste hörbar Luft ein. Mein Herz schlägt schneller, und das heiße Kribbeln breitet sich in meinem ganzen Körper aus und zentriert sich tief in meinem Unterleib. Marcus' Berührung ist leicht, fürsorglich, aber man kann die rein männliche Absicht dahinter nicht falsch verstehen. Er erhebt einen Anspruch auf mich und lässt die anderen Gäste im Restaurant wissen, dass ich zumindest heute Abend zu ihm gehöre.

Das ist etwas, was ein Mann bei einer Frau machen könnte, mit der er Sex hatte – oder mit der er in Kürze Sex haben will.

Hör auf, Emma. Er ist nur ein Gentleman. Obwohl ich mir das sage, wird mein Puls schneller, und die Bilder aus meinem erotischen Traum kehren in ihrer ganzen Bilderpracht zurück.

»Geht es dir gut?«, fragt Marcus, der auf mich herabschaut, und ich merke, dass mein brennendes Gesicht farblich zu meinem Haar passen muss.

»Ja, natürlich«, sage ich und versuche, das Gefühl seiner großen Handfläche auf meinem Rücken zu ignorieren. »Ich bin nur ein wenig hungrig, das ist alles.«

»Dann lass uns schnell etwas für dich bestellen«, sagt er und nimmt seine Hand weg, als der Kellner einen Stuhl für mich herauszieht. Marcus geht um den Tisch zu seiner Seite, und ich setze mich dankbar für die Erlösung von seiner verheerenden Nähe hin.

»Was möchten Sie trinken?«, fragt der Kellner, der neben unserem Tisch stehen geblieben ist.

»Ein stilles Wasser, bitte«, sage ich.

»Für mich auch«, sagt Marcus, ohne einen Moment zu zögern.

Ich lächele, weil ich froh bin, dass er nicht versucht hat, mir ein alkoholisches Getränk aufzuzwingen. Einige Männer tun das gerne, so als ob eine Frau, die stilles Wasser trinkt, irgendwie ihre Männlichkeit verletzen würde. Es ist nicht so, dass ich generell keinen Alkohol trinke – ich war zu Collegezeiten mehr als einmal sturzbetrunken – aber ich finde den Geschmack von Wein und Bier nicht ansprechend genug, um ihn bei jeder Mahlzeit haben zu müssen.

Ich nehme die Speisekarte und betrachte sie eingehend. Das Einzige, was in meiner Preisklasse zu sein scheint, ist die Vorspeisenpizza, so dass mir die Wahl leichtfällt. Ich schaue auf und sehe, dass Marcus mich mit seltsamer Intensität beobachtet.

»Was ist los?«, frage ich verunsichert.

»Nichts.« Er zieht einen seiner Mundwinkel nach oben. »Du bist nur wirklich süß, wenn du dich konzentrierst.«

Tückische Hitze breitet sich erneut über meinen Wangen aus. »Ähm, danke.« Die Worte kommen als ein verunsichertes Murmeln heraus. Ich räuspere mich und frage in einem ruhigeren Ton: »Was nimmst du?«

»Ich habe als Vorspeise an die Tintenfischringe gedacht und an das Risotto mit Tintenfischtinte als Hauptgericht. Du kannst gerne eines oder beide mit mir teilen«, sagt er und klappt seine Speisekarte zu. »Und was ist mit dir? Gibt es irgendetwas, was dich besonders anspricht? Wenn du möchtest, kann ich dir ein paar Gerichte empfehlen, je nachdem, worauf du Lust hast.«

»Nein, danke. Ich werde die Vorspeisenpizza nehmen.«

Er lächelt. »Gute Wahl. Die ist ausgezeichnet. Was ist mit dem Hauptgang?«

»Ich bin nicht *so* hungrig, also werde ich nur eine Vorspeise nehmen.« Das ist keine Lüge, denn ich hatte ein Erdnussbutter-Sandwich, bevor ich das Haus verließ. Das ist meine Art, sicherzustellen, dass ich keinen Heißhunger bekomme, während ich auf die Ankunft des Essens warte – und dass ich mein monatliches Nahrungsbudget nicht mit einer Mahlzeit auf den Kopf haue.

»Bist du sicher?«

Er runzelt die Stirn über meine Kehrtwendung, also schenke ich ihm mein bestes nicht-hungriges Lächeln. »Ja. Die Vorspeisenpizza reicht mir vollkommen.«

»Okay, wenn es das ist, was du willst …«

Er bedeutet dem Kellner, zu uns zu kommen, und wir bestellen unser Essen. Dann geht der Kellner, und wir beide bleiben allein an dem versteckten Ecktisch zurück. Wir starren uns an, und ich spüre diese elektrische Spannung wieder, die wächst und sich ausdehnt, bis sie uns in eine seltsame Art von Blase hüllt. Wir sind in einem überfüllten Restaurant, aber es ist, als wären wir ganz allein. Ich kenne ihn bis zu einem Grad, der mich erschreckt; jede Bewegung seiner Hände, jeder Atemzug, der seine Brust ausdehnt – ich fühle das alles so genau, als ob eine unsichtbare Schnur uns miteinander verbinden würde. Um den Bann zu brechen, sage ich: »So, Marcus …«

»Also, Emma …«, beginnt er zur selben Zeit, und wir beide müssen lachen, was die Spannungsblase wie einen übervollen Ballon platzen lässt.

»Du zuerst«, sagt Marcus grinsend, und ich schmelze fast auf meinem Sitz. Er hat das allertollste Lächeln mit starken, weißen Zähnen und sexy Kerben in seinen schlanken Wangen. Es macht seine harten Gesichtszüge weicher, wärmt seine kühlen, blauen Augen, was ihn von einschüchternd gutaussehend zu höschenbenetzend heiß macht. Das ist auch keine

Übertreibung, denn ich fühle tatsächlich, wie mein Unterhöschen feucht wird. Wenn ich jetzt meinen Vibrator hätte, würde ich weniger als zwei Minuten brauchen, um zu kommen. Vielleicht drei Minuten, höchstens.

Gott, Emma, zieh deine Gedanken aus der Gosse.

Ich kämpfe gegen eine Errötung, die mein Gesicht erneut zu überziehen droht, an und sage: »Ich wollte nur fragen, ob du es geschafft hast, Emmeline zu treffen? Du weißt schon, die Frau, mit der du in jener Nacht verabredet warst.«

Marcus' Lächeln verblasst. »Das habe ich, ja.«

»Oh?« Meine Brust verengt sich aus irgendeinem Grund. »Und, was ist passiert?«

Er zuckt mit den Schultern. »Wir waren zusammen abendessen. Was ist mit dir? Hast du dich jemals mit Mark getroffen?«

»Nein, habe ich nicht«, sage ich, und die Enge in meiner Brust wird immer größer, als ich mich an Kendalls Warnung erinnere. »Ich denke, er muss verärgert gewesen sein, weil er nie auf meine Entschuldigungs-E-Mail geantwortet hat.«

»Ich verstehe.« Marcus nimmt einen Schluck Wasser. Sein Blick ist unergründlich, als er mich über den Rand seines Glases betrachtet. »Bist du darüber enttäuscht? Wer war dieser Mark überhaupt?«

»Nur jemand aus einer Dating-App«, sage ich. Marcus versucht eindeutig, das Gespräch auf mich zu lenken, aber mit Kendalls Worten in meinen Ohren bin ich nicht so leicht aus der Bahn zu werfen. »Was ist mit deiner Emmeline?«, frage ich und behalte einen unverfänglichen Tonfall bei. »Wer war sie, und wie war euer Abendessen?«

»Sie war auch von so etwas wie einer Dating-App«, sagt er und lehnt sich in seinem Stuhl zurück. Sein Gesicht ist ausdruckslos, und das, verbunden mit seiner fehlenden Antwort auf meine zweite Frage, macht mich noch neugieriger auf das Thema.

»Was ist ›so etwas wie eine Dating-App‹?«, frage ich und greife nach meinem eigenen Wasserglas. Ich habe bei Kendall nur einen Witz gemacht, als ich meinte, ich würde ihn löchern, aber mein Instinkt sagt mir, dass ich weitermachen sollte.

»Eine Heiratsvermittlung«, sagt er unverblümt.

Ich verschlucke mich an meinem Wasser. Hustend, frage ich nach: »Eine was?«

»Eine Heiratsvermittlung«, wiederholt er, und seine blauen Augen blicken wieder kühl. »Das ist nicht so viel anders als eine Dating-Website oder -App, nur persönlicher und exklusiver.«

»Richtig.« Ich trinke mehr Wasser, um meinen Schock zu verbergen. Ich hatte nicht wirklich darüber nachgedacht, warum Marcus eine Frau treffen sollte, die er nicht kannte. Ich hatte einfach angenommen, dass ein Freund ihn zu einem Blind Date geschickt hatte, oder dass er ein Profil auf einer Dating-App hat, wie ich eines habe. Viele Leute machen das heutzutage, Online-Dating ist nicht mehr nur etwas für Loser. Ein Heiratsvermittler ist jedoch eine andere Sache.

Ein Heiratsvermittler deutet an, dass er etwas

Ernstes will – und möglicherweise etwas ganz Besonderes.

»Bist du, ähm …« Mist, wie soll ich es formulieren, ohne ihn abzuschrecken? »Willst du heiraten oder so?«

»Natürlich.« Sein Ausdruck kühlt sich weiter ab. »Ist das nicht genau der Service, den eine Heiratsvermittlung anbietet?«

»Nun, ja …« Ich weiß, ich klinge wie ein Idiot, aber ich kann es nicht ändern. Ich hätte nie gedacht, dass es Männer gibt, die eine Beziehung suchen, um zu heiraten. Nach dem, was ich bis jetzt gesehen habe, macht der Mann entweder einen Antrag, weil er seiner Freundin eine Freude machen will oder weil er die richtige Person getroffen hat und erkennt, dass das der nächste logische Schritt ist. Ich bin mir sicher, dass es Männer gibt, die um der Ehe willen heiraten wollen, aber ich bin noch nie persönlich auf ein solches Wesen gestoßen. Sogar mein superanhänglicher Ex vom College hielt nicht viel von der Institution Ehe; er wollte nur, dass wir die ganze Zeit zusammen sind. Natürlich besteht meine Erfahrung mit Männern aus Jungs im Teenageralter und in ihren Zwanzigern. Marcus ist fünfunddreißig Jahre alt – ein Mann in seiner Blütezeit, und kein Junge, der immer noch versucht, sich selbst zu finden.

Bevor mir eine gute Antwort einfällt, bringt der Kellner unsere Vorspeisen. Er platziert sowohl die Pizza als auch die Tintenfischringe in der Mitte des Tisches, wahrscheinlich unter der Annahme, dass wir sie teilen werden. Bei dem köstlichen Geruch läuft mir das Wasser im Mund zusammen. Ich warte ungeduldig, bis der Kellner geht, und nehme mir dann ein Stück Pizza, an dem ich mir fast die Fingerspitzen verbrenne.

»Also hast du *doch* Hunger?«, fragt Marcus und spießt mit seiner Gabel einen Tintenfischring auf.

»Auf Pizza? Immer.« Ich beiße in das Stück, schließe die Augen und stöhne fast laut auf, als der Geschmack von klebrig-geschmolzenem Käse und perfekt gewürzter Tomatensoße sich in meinem Mund ausbreitet. Ich schlucke den Bissen herunter und öffne die Augen, um einen Tropfen Soße von meinen Fingern zu lecken – und halte bei dem hungrigen Blick auf Marcus' Gesicht inne.

»Möchtest du ein Stück?«, biete ich ihm an, da ich merke, dass ich unhöflich bin, indem ich die ganze Pizza für mich allein nehme. Es ist zwar eine kleine, aber das bedeutet nicht, dass ich nicht teilen kann. Marcus beobachtet mich so intensiv beim Essen, als wollte er mich statt der Pizza verschlingen.

»Nein, danke.« Seine Stimme ist leicht heiser, als er nach seinem Glas Wasser greift. »Aber du kannst gern die Tintenfischringe probieren.«

»Nein, danke, ich bin wunschlos glücklich.« Ich beiße wieder in die Pizza. Der Geschmack ist genauso orgastisch wie vorher, aber ich schaffe es diesmal, die Augen offen zu halten – und zu sehen, wie Marcus' Kiefer sich anspannt, als er mich kauen und den Bissen herunterschlucken sieht.

Er isst nicht, er starrt mich nur an, und das macht mich ausgesprochen nervös.

»Bist du sicher, dass du nichts willst?«, frage ich, nachdem ich meinen dritten Happen verschlungen habe. »Ich teile die Pizza wirklich gern mit dir.«

»Nein, aber danke für das Angebot.« Er nimmt seine Gabel wieder in die Hand und beginnt, die Tintenfischringe zu essen. Ich finde, dass ein Rollenwechsel fair wäre, also beobachte ich ihn unverblümt, während er sein Essen konsumiert. Es ist erstaunlich, aber er lässt selbst den alltäglichen Akt des Essens irgendwie männlich erscheinen. Die Muskeln in seinem Kiefer spannen sich während er kaut an, und seine Kehle arbeitet bei jedem Schlucken und lenkt meine Aufmerksamkeit auf seinen starken Hals. Ich habe Essen nie für etwas Erotisches gehalten, aber bei Marcus bin ich fasziniert von der Art und Weise, wie er die Tintenfischringe in seinen Mund nimmt und sie mit seinen weißen Zähnen dezimiert. Meine Atmung beschleunigt sich, und die Feuchtigkeit meiner Unterwäsche verstärkt sich, als ich mir seinen Mund bei anderen, viel schmutzigeren Aktivitäten vorstelle.

Um mich von dem bizarren Drang abzulenken, ihm eine Brotkrume von der Lippe zu lecken, konzentriere ich mich darauf, meine Pizza zu essen. Als nur noch die Kruste übrig ist, schaue ich nach oben.

»Du hast mir immer noch nicht erzählt, wie dein Abendessen mit Emmeline gelaufen ist«, sage ich. »Hat dein Heiratsvermittler gute Arbeit geleistet?«

Marcus legt seine Gabel ab und kaut ganz in Ruhe seinen Tintenfischring auf. »Das hat er«, sagt er und tupft seine Lippen mit einer Serviette ab.

»Und?«, frage ich nach, als er nicht näher darauf eingeht.

»Und nichts.« Sein Gesicht ist ausdruckslos. »Emmeline erfüllt bestimmte Kriterien, die ich habe, das ist alles.«

Das ist alles? Die Pizza in meinem Magen wird zu einem Ziegelstein. »Wenn sie so perfekt ist, warum dann …?«

»Bitte sehr. Das Risotto mit Tintenfischtinte«, kündigt der Kellner an und stellt die Schale mit einem kunstvollen Schwung in die Mitte des Tisches, während ein Kellnerlehrling die Reste der Vorspeisen entfernt. Ich presse meine Lippen zusammen und zwinge mich, zu schweigen, während der Kellner saubere Teller vor jeden von uns stellt.

Sobald er weg ist, öffne ich den Mund, um meine Befragung wiederaufzunehmen, aber Marcus schockiert mich, indem er über den Tisch greift und meine Hand mit seiner bedeckt. Seine Handfläche ist trocken und warm und so groß, dass ich mich von der Hitze umhüllt fühle. Mein Atem stockt in meinem Hals, und mein Herzschlag schießt weiter in die Höhe, als er sich nach vorne beugt und seine blauen Augen sich auf mein Gesicht heften.

»Emma, hör mir zu«, sagt er leise. »Emmeline hat nichts mit dem hier zu tun. Ich habe sie nur einmal getroffen, und es gibt keine Verpflichtungen irgendwelcher Art zwischen uns. Wie du dir vielleicht schon gedacht hast, fühle ich mich von dir angezogen – *sehr* angezogen sogar –, und wenn ich mich nicht irre, bin ich dir auch nicht völlig gleichgültig.« Sein Daumen streicht über meine Pulsader, die wie wild pocht und seine Worte bestätigt. Er muss sie auch spüren, denn seine Augen verdunkeln sich, und seine Stimme wird tiefer, leise und verführerisch, als er murmelt: »Warum genießen wir nicht einfach diese Mahlzeit und sehen, was passiert?«

Ich schlucke belegt, da ich nicht weiß, was ich sagen oder denken soll. Ein Teil von mir ist eigenartig verletzt, dass diese andere Frau einige seiner vorgegebenen Kriterien erfüllt, aber was er sagt, ergibt auch Sinn. Ein Abendessen macht sie nicht zu seiner Freundin, ebenso wenig wie es *mir* irgendwelche Rechte an ihm gibt. Wenn überhaupt, ist seine Ehrlichkeit ein Punkt zu seinen Gunsten; er hätte über das Treffen mit Emmeline lügen können, und ich hätte es nicht gemerkt. Gleichzeitig bin ich mir bewusst, dass ich nicht klar denke, dass seine Berührung mich von innen heraus erwärmt und mein Gehirn in Brei verwandelt.

»Ich, ähm …« Ich ziehe meine Hand weg und zwinge mich, ruhiger zu werden. »Ich denke, du solltest dein Risotto essen. Es wird sonst kalt.«

Er sieht mich eigenartig an, und ich habe das Gefühl, dass er genau weiß, was er mit mir macht. »Natürlich, das Risotto. Wir wollen nicht, dass es kalt wird«, sagt er, und ich atme erleichtert aus, als er sich dem Gericht zuwendet.

Er nimmt einen Löffel Risotto und greift nach meinem Teller.

»Nein, danke, ich möchte wirklich nichts.« Ich ziehe den Teller aus seiner Reichweite. »Lass es dir schmecken.«

»Möchtest du nicht einmal probieren?«

»Ich bin wirklich voll, danke.« Es ist eine Lüge; mir läuft beim Anblick der saftig aussehenden Meeresfrüchte im Risotto das Wasser im Mund zusammen, aber ich möchte nichts vermischen, wenn wir später bezahlen. »Lass es dir schmecken.«

Nach einem kurzen Zögern füllt er das Risotto auf seinen Teller und beginnt, es mit offensichtlichem Genuss zu essen. »Kein Freund von Meeresfrüchten?«, fragt er nach dem ersten Bissen, und ich zucke als Antwort mit den Schultern. Ich liebe Meeresfrüchte, aber wenn ich das zugebe, wird meine Weigerung, Marcus' Essen zu probieren, ihn noch mehr verwirren.

»Ich finde sie okay«, sage ich, als er seine Augenbrauen hebt und mich stillschweigend drängt, zu antworten. »Ich bin eigentlich ziemlich offen für alle Lebensmittel.«

»Ah, eine Allesfresserin. Das gefällt mir.« Er grinst, zeigt diese sexy Kerben in den Wangen, und ich spüre wieder den magnetischen Sog. Es ist unfair, dass die am besten aussehenden Jungs oft diejenigen sind, die tabu sind, entweder weil sie Arschlöcher oder weil sie schwul sind. Marcus ist definitiv nicht der zweite Typ, aber könnte immer noch der erste sein.

»Also«, sage ich und lehne mich in meinem Stuhl zurück, um ein wenig Abstand zwischen uns zu bringen. »Was sind deine Kriterien? Hast du eine Liste mit all den Qualitäten, die deine zukünftige Frau besitzen soll?«

Er zieht die Augenbrauen hoch. »Hat das nicht jeder? Gibt es nichts, was du dir von deinen zukünftigen Ehepartner wünschen würdest? Einige Eigenschaften, die er haben sollte?«

»Ich schätze schon«, sage ich, nachdem ich für einen Moment darüber nachgedacht habe. »Ich würde definitiv wollen, dass er nett und freundlich zu Tieren ist … besonders zu Katzen. Ich würde wollen, dass er Katzen liebt.«

»Das ist alles? Nur nett und ein Tierliebhaber?«

»Nun, es wäre gut, wenn er auch einige meiner Interessen teilen würde. Je mehr wir gemeinsam haben, desto größer sind die Chancen, dass es längerfristig funktioniert.«

Marcus betrachtet mich mit einem seltsamen Lächeln. »Du glaubst nicht daran, dass sich Gegensätze anziehen?«

»Nein, zumindest nicht auf eine nachhaltige Weise«, sage ich, als er sich mehr Risotto nimmt. »Ich denke, dass zwei inkompatible Menschen sich physisch zueinander hingezogen fühlen können, aber um eine dauerhafte Beziehung aufzubauen, braucht man ein stärkeres Fundament. Es muss gemeinsame Werte und Überzeugungen, Ziele und Interessen geben … Wenn es das nicht gibt, wird die Beziehung eher eine Affäre sein: zerbrechlich und schnell ausgebrannt.«

Sein Lächeln verblasst, und sein Gesichtsausdruck wird ungewöhnlich ernst. »Du hast recht. Ich sehe das haargenau so.« Er nimmt einen Schluck Wasser, bevor er weiterisst, und ich sehe erstaunt zu, wie er in Rekordzeit einen beträchtlichen Teil des Risottos verputzt.

»Also, du hast mir immer noch nicht gesagt, was deine Kriterien sind«, sage ich, als Marcus' Teller fast leer ist. »Ist es Größe, Gewicht, Augenfarbe … Bildungsgrad?«

Er legt seine Gabel weg, und sein Blick richtet sich auf mein Gesicht. »Bildung ist mir definitiv wichtig. Intelligenz, Erziehung und ein gewisses Maß an Ehrgeiz sind es auch. Natürlich möchte ich mich zu ihr hingezogen fühlen, aber ich suche auch eine Frau, die ein Gewinn für gesellschaftliche Anlässe wäre, jemanden, der sich im Umgang mit meinen bestehenden und potenziellen Investoren wohlfühlt und nichts dagegen hat. Und vor allem will ich eine Frau, die versteht, dass eine erfolgreiche Karriere Opfer erfordert, dass man hart arbeiten muss, um irgendetwas im Leben zu erreichen.«

Ich starre ihn fasziniert an. Seine Offenheit ist sowohl erfrischend als auch abschreckend. Was er beschreibt, klingt eher nach einem Geschäftspartner als nach Liebe. Aus irgendeinem Grund stelle ich mir die Frau aus *House of Cards* vor – die kühle, elegante Claire, die die weibliche Hälfte des intriganten politischen Powerpaars in dieser Netflix-Serie ist. Marcus ist kein Politiker, aber seine Anforderungen scheinen ähnlich zu sein. Ich weiß nicht, welche Art von Veranstaltungen er besucht, aber die Tatsache, dass er sie als *gesellschaftliche Anlässe* bezeichnet, impliziert, dass es sich nicht um Hinterhof-Grillfeste in Brooklyn handelt.

»Was ist mit ihrer Persönlichkeit und ihren Interessen?«, frage ich und ignoriere mein Entsetzen. Ich weiß nicht, warum ich von Marcus' Offenbarungen enttäuscht bin; es ist nicht so, als ob ich nicht gewusst hätte, dass wir völlig verschieden sind. Als er mich einlud, wusste ich, dass das Abendessen eine einmalige Angelegenheit sein würde, und es sollte mich nicht enttäuschen, zu erfahren, dass er eine Frau will, die mein Gegenpol ist. Ich bin nicht mehr so sozial inkompetent wie in meiner Jugend, aber ich bin introvertiert genug, dass ein lockeres Treffen mit Freunden für mich anstrengend sein kann. Schon allein der Gedanke an ein großes formelles Ereignis lässt bei mir Nesselsucht ausbrechen, und ich wüsste nicht, wie ich anfangen sollte, mit seinen Investoren Smalltalk zu halten.

Ich kann mit Fremden über Bücher reden, aber das war's auch schon.

»Persönlichkeit und Interessen?« Marcus scheint darüber nachzudenken, als der Kellner das Geschirr abräumt und vor jedem von uns eine Dessertkarte aufstellt. »Ja, offensichtlich sind die auch wichtig. Ich würde wollen, dass sie besonnen und vernünftig ist, kein Hitzkopf. Und ehrlich. Ehrlichkeit und Loyalität sind mir sehr wichtig.«

»Mir auch«, sage ich und nicke. »Ich denke, Vertrauen ist der Schlüssel zu jeder Beziehung.«

Marcus lächelt. »Ich bin froh, dass wir uns da einig sind.«

»Was ist mit den Interessen?«, frage ich. »Was machst du gerne in deiner Freizeit?«

»Ich habe nicht viel davon, aber ich sammele gerne Dinge, und ich mache gerne Sport. Ich genieße es, mich körperlich zu fordern, also mache ich jedes Jahr ein paar Marathons und Triathlons, und ich trainiere Martial Arts, wenn ich kann.«

»Oh, wow.« Das erklärt seinen athletischen Körper – und bestätigt meinen Gesamteindruck von ihm. Marcus ist in der Tat ein extremer Typ A, die Art von Mann, der in einer Woche mehr erreicht als die meisten Menschen in ihrem ganzen Leben. »Das ist Hardcore.«

»Was ist mit dir?«, fragt er, als ich auf die Dessertkarte schaue, eher aus Gewohnheit als aus wirklichem Interesse. »Hast du irgendwelche Hobbys?«

»Ich mag Bücher«, sage ich schüchtern und blicke auf, um ihn anzuschauen. Ich wünschte, ich könnte ihm sagen, dass ich etwas Cooles und Sportliches mag, wie Skifahren oder Klettern, aber Gehen ist mein Lieblingssport. Ich laufe nur, wenn ich einen Zug bekommen muss. »Wenn ich keine Bücher korrigiere, lese ich sie normalerweise«, füge ich hinzu, als er mich weiterhin ansieht. »Ich mag auch Fernsehserien und Filme. Du weißt schon, ziemlich normales Zeug. Oh, und Katzen. Ich liebe offensichtlich meine Katzen.«

»Offensichtlich«, sagt er, und sein Mundwinkel

hebt sich zu einem Lächeln. »Ich mag übrigens auch Bücher. Ich …«

»Möchten Sie ein Dessert?«, fragt der Kellner, der sich unserem Tisch nähert, und ich schüttele den Kopf.

»Nein danke.«

»Für mich auch nicht, danke«, sagt Marcus dem Kellner.

»Wir hätten gerne die Rechnung«, sage ich, bevor er weggehen kann.

Der Kellner nickt und verschwindet, und als ich mich umdrehe, sehe ich, dass Marcus mich mit einem Stirnrunzeln betrachtet.

»Hast du es eilig?«

»Nein, aber ich dachte, du vielleicht«, sage ich ehrlich. »Offensichtlich haben wir nicht viel gemeinsam, und du bist ein vielbeschäftigter Mann, also …« Meine Stimme verliert sich, als Marcus' Stirnrunzeln sich vertieft.

»Emma, hör mir zu«, beginnt er, aber bevor er fertig wird, kommt der Kellner zurück und legt diskret eine kleine schwarze Rechnungsmappe in die Mitte des Tisches. Mit einer geübten Bewegung schnappe ich mir die Mappe, öffne sie und überfliege die Rechnung schnell, um nachzuprüfen, ob mein Teil tatsächlich so hoch ist, wie ich ihn ausgerechnet hatte.

»Was machst du da?«, fragt Marcus, als ich in meine Brieftasche greife und 28 Dollar herausnehme – die Kosten für meine Vorspeisenpizza, plus Steuern und Trinkgeld.

Als ich wieder aufschaue, sehe ich, dass seine blauen

Augen sich verengt haben und sein Kiefer angespannt ist.

»Ich zahle immer für mich selbst«, erkläre ich ihm und lege das Geld in die Mappe. »Ich denke nicht, dass es richtig ist, dass mein Date für mich bezahlt, wenn ich in der Lage bin, mein eigenes Essen zu kaufen.« Ich beginne, den Ordner wieder in die Mitte des Tisches zu schieben, aber Marcus greift über den Tisch und ergreift meine Hand.

»Emma ...« Sein Griff auf meine Finger ist sanft, aber seine Augen funkeln hart, als er in einem ruhigen Ton sagt: »Ich habe dich zum Abendessen eingeladen, und ich zahle dafür. Ende der Geschichte.«

Meine Atmung beschleunigt sich durch seine Berührung, und ich kann kaum ohne zu stottern antworten: »Ich verstehe den Brauch, aber ich fühle mich damit nicht wohl. Ich bevorzuge es, selbst für mich zu bezahlen.«

Ein Muskel zuckt in seinem Kiefer. »Warum? Ein Abendessen bedeutet nicht, dass du mir etwas schuldest. Du musst nicht mit mir schlafen, nur weil ich für deine Pizza bezahle.«

Das Ziehen zwischen meinen Oberschenkeln kehrt zurück, als seine Worte die Bilder aus meinem Traum auslösen. »Das weiß ich.« Meine Worte kommen erstickt heraus. Seine Handfläche ist warm und stark, so dass sie meine Hand mühelos an Ort und Stelle hält, und ich fühle mich, als würde ich durch meine innere Hitze verbrennen. »Es ist nur meine Dating-Regel, das ist alles.«

Er starrt mich an, seine Augen bohren sich in meine, und der Rest des Restaurants verschwindet wieder. Es ist, als wären wir ganz allein, die Spannung zwischen uns ist geladen wie ein Hochspannungsdraht. Ich fühle mich gefangen, völlig machtlos, seinen Zauber zu brechen, als er sich mach vorne beugt, bis sein Gesicht weniger als zwanzig Zentimeter von meinem entfernt ist.

»Das wird hier nicht enden, Kätzchen«, sagt er leise. »Das weißt du, oder? Es spielt keine Rolle, ob du für dein Abendessen bezahlst oder nicht, weil wir trotzdem am selben Ort landen.«

Ich kann buchstäblich spüren, wie mein Höschen klatschnass wird. »A-an welchem Ort?«

»In meinem Bett.« Seine Augen glitzern dunkler. »Oder in deinem Bett – oder in einem Hotelbett, wenn dir das lieber ist. Zum Teufel, es muss nicht einmal ein Bett sein. Ich würde dich auf dem Tisch oder dem Boden ficken oder gegen eine Wand stellen. Sag mir einfach, wann und wo, und ich werde es möglich machen.«

Mein Atem stockt. Mir wurde noch nie etwas so direkt vorgeschlagen, und schon gar nicht in dieser Hinsicht. Die meisten Männer versuchen, ihre Absichten romantisch zu verpacken, oder vermeiden es, überhaupt darüber zu sprechen. Mein Ex-Freund wäre mit Sicherheit röter geworden als mein Haar, wenn diese Worte aus seinem Mund gekommen wären. Ich sollte wahrscheinlich beleidigt sein, aber ich bin zu erregt, um echte Empörung zu empfinden. Etwas an seiner unverblümten Direktheit verstärkt die nasse Hitze zwischen meinen Beinen und macht mein Inneres weich und flüssig. Ich will genau das, was er anbietet: ihn, wie er in mich hineinstößt … auf dem Bett, dem Tisch, dem Boden … Sogar gegen die Wand, obwohl ich mir das bei unserem Größenunterschied nicht ganz vorstellen kann.

Er ist ganz falsch für mich, und ich will ihn. Ich will ihn mehr, als ich je etwas wollte.

»Ich … ich muss gehen.« Meine Stimme klingt erstickt, als ich meine Hand aus seinem Griff ziehe, aufstehe und fast meinen Stuhl in meiner Eile, wegzukommen, umwerfe. Ich drehe mich herum und eile wie ein Feigling zur Garderobe, während sich die Szenen, die er beschrieben hat, bildlich in meinem Kopf abspielen.

Ich habe meinen Mantel fast, als eine große Hand an mir vorbeigreift und ihn nimmt, bevor ich es kann. Ich schaue nach oben, und mein Puls beschleunigt sich weiter, als ich diesen kühlen, blauen Augen begegne.

»Lass mich dich nach Hause bringen«, sagt Marcus leise, und ich starre ihn an, weil ich machtlos bin, etwas anderes zu tun, während er den Mantel um meine Schultern legt und seine warmen Finger über mein Schlüsselbein streichen. Mein Nacken schmerzt davon, dass ich mich nach hinten beuge, um seinen Blick zu erwidern, aber ich kann nicht von diesen magnetischen Augen wegblicken, kann mich auf nichts anderes konzentrieren als auf das dunkle, erhitzte Versprechen in ihnen … und meine eigene hilflose Antwort darauf.

»Ich werde dich nicht zwingen, irgendetwas zu tun, was du nicht willst«, verspricht er leise, und ich glaube ihm.

Ich schlucke mein Herz wieder in meine Brust zurück, lasse ihn meinen Mantel zuknöpfen und mich von ihm zum Auto führen.

arcus

EMMA IST WÄHREND DER KURZEN FAHRT ZU IHREM HAUS ruhig, ihr Blick ist aus dem Fenster auf die Straße gerichtet, und ihr üppiger kleiner Hintern ist so weit von mir entfernt, wie es die Breite des Autos erlaubt. Ich lasse sie in Ruhe, obwohl die Versuchung, sie zu berühren, sie an die sengende Chemie zwischen uns zu erinnern, fast unwiderstehlich ist. Aber ich gebe ihr nicht nach, denn ich habe versprochen, Emma nicht zu etwas zu zwingen, wofür sie nicht bereit ist.

Es ist schlimm genug, dass ich wie ein Barbar zu ihr gekommen bin, da meine ganze hart erarbeitete gesellschaftliche Anmut durch eine giftige Mischung aus Lust und verwirrter Wut dezimiert wurde.

Ich habe sie zum Abendessen eingeladen, und sie hat für sich selbst bezahlt.

Sie hat ihre verdammte Pizza selbst bezahlt.

Ich kann immer noch nicht glauben, dass sie das getan hat – oder dass ich sie das tun lassen habe. Es ist nur so, dass sie mich überrascht hat, als sie sich die Rechnung so schnell und ohne zu zögern geschnappt hat. Normalerweise, wenn eine Frau anbietet, die Rechnung zu teilen oder für ihren eigenen Anteil zu bezahlen, geschieht das eher als eine freundliche Geste, als Zugeständnis an die Moderne und die Emanzipiertheit der Frauen. Es ist die Art und Weise, einer Frau zu zeigen, dass sie nicht *wirklich* einen Mann braucht, um für sie zu bezahlen, aber natürlich ist sie insgeheim sehr erfreut, wenn er ihr halbherziges Angebot nicht annimmt und trotzdem bezahlt.

Zumindest war es so, als ich noch Student war und keine zwei Pennys hatte, die ich umdrehen konnte. Als ich anfing, echtes Geld zu verdienen, ließen diese halbherzigen Angebote nach, und als ich meine ersten zehn Millionen verdient hatte, vergaß ich, dass meine Dates früher dieses Spiel gespielt hatten. Frauen gehen jetzt einfach davon aus, dass ich bezahlen werde, sowohl, weil ich ein Mann bin, als auch, weil ich stinkreich bin und es mir nichts ausmacht. Es ist so, wie es sein sollte: Wenn ich mit einer Frau zusammen bin, sorge ich für sie.

Aber nicht für Emma. Sie ist nicht davon ausgegangen – oder zumindest hat es sich bei ihr nicht wie ein Spiel angefühlt. Sie hat nicht angeboten, zu bezahlen; sie hat es einfach getan und ihr Bargeld in die Mappe gesteckt, bevor ich überhaupt einen Blick auf die Rechnung werfen konnte. Es war ihr auch todernst damit. Das war kein Witz; aus welchem Grund auch immer war es ihr wichtig.

Ich atme einen beruhigenden Atemzug ein und versuche, mich selbst zu überreden, von ihrem zarten Profil wegzuschauen. Sie hat die Hände fest in ihrem Schoß gefaltet, während sie immer noch aus dem Fenster blickt und ihre Locken wild und widerspenstig um ihr sommersprossiges Gesicht abstehen. Ich verstehe sie nicht, und ich verstehe meine Reaktion auf sie nicht. Ich möchte hinübergreifen und sie anheben, um sie auf meinen Schoß zu setzen, damit ich die weiche Kurve ihres wohlgeformten Arsches auf meiner Leiste spüren kann. Ich möchte meine Finger in dieser wilden Mähne aus Haaren vergraben und ihren Kopf nach hinten biegen, damit ich das blasse weiße Fleisch ihres Halses küssen und den Puls schmecken kann, der unter dieser durchscheinend aussehenden Haut pocht.

Wieso habe ich vorher nie erkannt, wie sexy zierliche Frauen mit üppigen Kurven sein können? Als sie dort an der Garderobe stand und mich mit diesen erschrockenen grauen Augen ansah, konnte ich mich kaum davor zurückhalten, mich nach unten zu beugen und sie zu nehmen. Sie einfach nur hochzuheben und wegzutragen, wie einen köstlichen kleinen Preis – der sie auch ist. Keine andere Frau hat jemals diesen Drang in mir hervorgerufen – und schon gar nicht Emmeline, mit ihrer schlanken, eleganten Schönheit.

Ich atme noch einmal tief ein und schaffe es endlich, meinen Blick von Emma wegzureißen. Es ist sinnlos, die beiden Frauen zu vergleichen, denn was ich von ihnen will, ist so unterschiedlich. Emma ist eine Laune, eine Anomalie in einem Leben voller Selbstdisziplin und starrer Planung, während Emmeline das ist, was ich immer wollte und worauf ich seit meiner Kindheit hingearbeitet habe.

Seitdem ich mir selbst das Gelübde abgelegt habe, mich niemals in eine Frau wie meine Mutter zu verlieben.

Nicht, dass Emma wie sie ist – zumindest soweit ich das aus unserer kurzen Bekanntschaft erkennen kann. Meine Mutter war impulsiv und egoistisch, und ich sehe wenig Anzeichen für diese Eigenschaften in meiner Begleitung. Emma ist auch keine Alkoholikerin. Alles, was sie beim Abendessen getrunken hat, war Wasser – eine Wahl, die ich von ganzem Herzen befürworte. Ich habe nichts gegen mäßiges gesellschaftliches Trinken, aber ich kann nicht leugnen, dass ich, wenn ich eine Frau mehr als ein paar Gläser Wein trinken sehe, unschöne Rückblenden auf meine Kindheit bekomme, die von Wodka und Erbrochenem geprägt sind.

Bis heute kann ich Wodka nicht ausstehen, auch nicht die besten Marken.

Mein Handy vibriert in meiner Tasche, und ich ziehe es heraus und schaue auf den Bildschirm.

Verdammt.

Mein Posteingang explodiert mit dringenden

Nachrichten von Jarrod Lee, meinem Chief Investment Officer. Ich muss vergessen haben, mein Telefon während des Abendessens zu überprüfen, weil es fünf E-Mails in Folge gibt. Die Möglichkeit, in hochriskante Kommunalanleihen zu investieren, ist uns in den Schoß gefallen, und er will wissen, ob wir angesichts der Zinssätze zuschlagen sollten. Ich überprüfe schnell die Anleihespezifikationen und antworte ihm schnell, um die 700-Millionen-Dollar-Investition zu genehmigen.

Unsere Analysten gehen davon aus, dass die Kommune vor dem nächsten Meeting erfolgreich eine Kapitalerhöhung durchführen wird, was bedeutet, dass sich der Wert unserer Investition verdoppeln würde, bevor der Rentenmarkt durch den Zinsanstieg in den Keller geht.

Ich beende die E-Mails gerade, als das Auto am Bordstein vor Emmas Wohnung hält. Ich steige aus, öffne die Tür auf ihrer Seite und helfe ihr heraus. Ihre Hand berührt leicht meine, als sie aus dem Auto steigt, und ich kann nicht anders, als meine Finger um diese kleine Handfläche zu schließen und sie dann eine Sekunde zu lange zu halten.

Ihre erschrockenen Augen richten sich wieder auf die meinen, und ich spüre, wie ein Zittern durch sie hindurchgeht, als sie ihre Hand wegzieht. »Marcus …« Ihre Stimme zittert. »Ich muss wirklich …«

»Natürlich.« Ich schenke ihr ein Lächeln, während ich sie zur Tür begleite, obwohl der frisch erwachte

Höhlenmensch in mir frustriert heult. »Du musst gehen. Ich verstehe schon.«

Sie nickt und fummelt in ihrer Tasche, als wir vor der Tür anhalten. Sie zieht ihre Schlüssel heraus und schaut bezaubernd errötet auf. »Das muss ich. Meine Katzen müssen gefüttert werden, und ich muss morgen früh zur Arbeit aufstehen, und …«

»Emma.« Ich halte sie davon ab, noch etwas mit einem trügerisch ruhigen Lächeln zu sagen. »Sag nichts mehr. Ich habe versprochen, dich nicht zu drängen, und das werde ich auch nicht.«

Ihre Röte verstärkt sich. »Oh. Nun, danke. Ich hatte eine tolle Zeit.«

»Ich auch. Was machst du morgen Abend?«

Sie blinzelt mich an. »Morgen?«

»Freitag«, sage ich hilfsbereit. »Du weißt schon, der Tag vor dem Wochenende?«

»Oh, ich …« Sie hält inne und beißt sich auf die Lippe. »Du willst mich morgen sehen?«

»Das will ich.« Und am Tag danach, und dem Tag danach, merke ich zu meinem Entsetzen. Dieses Abendessen war viel zu kurz, um meine Neugierde auf Emma und ihre Wirkung auf mich zu befriedigen. Ich will sie ficken, ja, aber ich bin auch fasziniert von ihr.

Ich möchte verstehen, was sie antreibt und warum das für mich wichtig ist.

»Ich schätze …« Sie zögert, bevor sie damit herausplatzt. »Ich schätze, das wäre in Ordnung.«

»Ausgezeichnet.« Es braucht alles, was ich habe, um

meine wilde Befriedigung zu verbergen. »Irgendeine spezifische Essensvorliebe?«

»Ich bin nicht wählerisch beim Essen, aber ich habe eine Vorliebe, was das Budget betrifft«, sagt sie, und ich seufze, als mir klar wird, dass wir diesen Kampf erneut führen werden.

Aber jetzt ist nicht die Zeit dafür, also nicke ich einfach und sage: »Ich werde das auf jeden Fall im Hinterkopf behalten. Ich hole dich um sieben ab?«

»Okay.« Sie lächelt mich an. »Also dann bis um sieben. Nochmals vielen Dank.«

Und bevor ich sie küssen kann, dreht sie sich um, öffnet die Tür und verschwindet hindurch zu einem Chor von wütendem Miauen.

 mma

»WILLST DU MIR ERNSTHAFT SAGEN, DASS DU EIN zweites Date mit Marcus Carelli von Carelli Capital Management hast?« Kendalls Augen sehen aus, als würden sie gleich durch meinen Handy-Bildschirm springen.

»Ja, warum? Kennst du ihn?« Ich drehe das Telefon leicht und schaue mich um, um sicherzustellen, dass die Buchhandlung noch leer ist. Mein Chef ist für ein langes Mittagessen weg, und obwohl es klug gewesen wäre, diese Ausfallzeit zu nutzen, um die Kurzgeschichte zu bearbeiten, die ich aufgeschoben habe, konnte ich nicht widerstehen, einen Videoanruf mit Kendall zu starten, um ihr von dem Date zu erzählen.

»Ob ich Marcus Carelli kenne?« Ihre Stimme wird lauter. »Willst du mich verarschen? Bekommst du so wenig mit von der Welt?«

»Ähm …«

»Schon gut.« Ihr Gesicht wird größer, als sie sich nach vorne beugt. »Ich sollte es inzwischen wissen. Wenn es nicht in einem Buch steht oder keinen weißen, buschigen Schwanz hat, existiert es für dich nicht.«

Ich seufze. Meine Freundin ist eine Drama-Queen. »Sag es mir einfach. Was weißt du über Marcus? Weil ich ihn heute Abend wiedersehe, und …«

»Du konntest dir nicht die Mühe machen, ihn zu googeln?«

»Ich hatte keine Gelegenheit dazu. Ich kam ziemlich spät nach Hause, musste die Katzen sofort füttern und dann einigen meiner Kunden antworten. Und heute Morgen war eine extra frühe Schicht mit einem Haufen Lieferungen, also habe ich erst jetzt einen Moment zum Luftholen.« Ich habe gestern Abend auch einige Zeit mit meinem Vibrator verbracht, um die Spannung vom Date abzubauen, aber das muss Kendall ja nicht wissen. Ich nehme an, ich hätte diese Zeit damit verbringen können, Marcus online zu stalken, aber ehrlich gesagt bin ich gar nicht auf diese Idee gekommen.

Ich bin noch nie mit jemandem ausgegangen, über den ich etwas Interessantes hätte finden können.

Kendall verdreht die Augen und stellt sicher, dass die Kamera sie dabei aufnimmt. »Ja, okay, was auch immer. Hör zu, Miss Ahnungslos.« Sie lehnt sich nach vorn, bis ihre perfekt geformte Nase den Bildschirm dominiert. »Jeder, der jemals einen Blick auf das *Wall Street Journal* geworfen oder CNBC eingeschaltet hat – also jeder in NYC mit Ausnahme von dir und deinen Katzen –, kennt Marcus Carelli. Er ist einer der größten Macher an der Wall Street. Sein Fonds verwaltet wahnsinnig viele Milliarden, und seine Präsentationen können eine Aktie erfolgreich machen oder zu Grunde richten. Erinnerst du dich nicht an die Sache mit der korrupten Reifenfirma vor ein paar Jahren, wo ein prominenter Hedgefonds-Manager wettete, dass die Aktie auf null gehen würde – und sie auch genau das tat? Es war in den Nachrichten, und sie haben sogar einen Dokumentarfilm darüber auf Netflix gemacht.«

»Vielleicht.« Ich runzele die Stirn, weil ich davon schon einmal etwas gehört habe. »Das war Marcus' Fonds?«

»Ja. Er hat das Unternehmen auf einer dieser renommierten Investmentkonferenzen beschuldigt, und die Aktie fiel an diesem Tag um etwa sechzig Prozent. Der CEO jammerte in den Nachrichten, aber die Regulierungsbehörden weigerten sich, etwas zu tun, und ein paar Monate später meldete das Unternehmen Konkurs an.«

»Wow.« Ich erinnere mich jetzt an die Geschichte. Sie war so präsent in den Schlagzeilen vertreten, dass sogar ich sie mitbekommen habe. Die Reifenfirma – ein alteingesessener und hochangesehener

Branchenführer – wurde von einem Hedgefonds aller möglichen Dinge beschuldigt, von Produktionsfehlern bis hin zu sklavenartigen Arbeitsbedingungen in den Fabriken, und die daraus resultierende Öffentlichkeitswirkung ließ die Aktien des Unternehmens in den Keller sinken und beschleunigte seinen Untergang.

Und dieser Manager war Marcus.

Der Mann, der mich *Kätzchen* nannte und mir offen gesagt hat, dass er mich ficken will.

Der Mann, mit dem ich heute Abend ein Date habe.

Zum zweiten Mal.

»… war schon mehrmals auf der Forbes-Liste der Milliardäre«, fährt Kendall fort, und ich blinzele und merke, dass ich sie kurzzeitig ausgeblendet hatte.

»Milliardäre?« Meine Stimme klingt erstickt, aber ich kann nicht anders. Ich wusste, dass Marcus wohlhabend war, natürlich – alles an ihm schrie nach Geld –, aber es gibt einen großen Unterschied zwischen einem gewöhnlichen Vermögensverwalter und einem Hedgefonds-Titan, der eine riesige Aktiengesellschaft mit ein paar PowerPoint-Folien erledigen kann.

Marcus spielt nicht nur in einer hohen Liga, er ist die verdammte Olympiade.

»Ja, er hat es mehrere Jahre hintereinander auf die Liste geschafft«, sagt Kendall. »Ich kann nicht glauben, dass du das nicht gewusst hast. Er muss dich an einen schönen Ort ausgeführt haben. Das hat er, oder?« Ihre Augen verengen sich.

»Ja, sehr schön.« Ich klinge immer noch, als hätte ich einen Frosch verschluckt, aber ich bin stolz darauf, dass ich überhaupt sprechen kann. »Es war ein kleines italienisches Restaurant in Bensonhurst, und …«

»In Brooklyn?« Kendalls Augenbrauen ziehen sich zusammen. »Ist das dein Ernst?«

»Ja, warum nicht?« Ich klinge defensiv, aber ich kann nicht anders. Kendall ist ein totaler Snob, wenn es um die Stadtbezirke geht. Gleichgültig, dass einige Gebiete von Brooklyn jetzt cooler und teurer sind als bestimmte Teile von Manhattan; sie denkt immer noch, dass es die Provinz ist.

Sie seufzt und schüttelt den Kopf. »Du bist ein hoffnungsloser Fall. Bitte sag mir nicht, dass du nicht versucht hast, ihn in die Pizzeria bei dir zu schleppen.«

Ich spüre, wie mein Gesicht rot wird.

»Das hast du getan? Oh mein Gott, Emma!«

»Ich wusste es nicht, okay?«, fahre ich sie an, da es mir ungewöhnlich peinlich ist. »Ich hätte es offensichtlich nicht vorgeschlagen, wenn ich es gewusst hätte. Aber wir sind nicht dorthin gegangen, wir sind in ein Restaurant gegangen, das *er* vorgeschlagen hat – also ist alles in Ordnung.«

Sie reibt sich den Nasenrücken. »Sag mir, dass du ihn wenigstens bezahlen lassen hast.«

Ich starre sie unverblümt böse an.

»Emma!«

»Was?« Mein Kiefer spannt sich an. »Du weißt, was ich vom Schnorren halte.«

»Das ist kein Schnorren – es ist Tradition, dass ein

Mann bezahlt, wenn er eine Frau einlädt – und er hat wahrscheinlich mehr als dein Monatsgehalt in der Zeit verdient, die du gebraucht hast, um deine Brieftasche zu öffnen.«

Ich stelle eine schnelle Berechnung in meinem Kopf an. Sie liegt gar nicht so sehr daneben.

»Es ist mir egal, wie viel er verdient«, sage ich. »Darum geht es für mich nicht.«

Kendalls Gesichtsausdruck wird weicher. »Ich weiß, Ems. Aber einen Kerl für das Abendessen bezahlen zu lassen, ist nicht einmal ansatzweise wie …«

»Ich weiß. Ich bin kein Idiot. Ich kann einfach nicht …« Ich halte inne, um durchzuatmen und schaue dann auf die Uhr. »Ich sollte Schluss machen. Mein Chef wird gleich vom Mittagessen zurückkehren.«

»Okay, aber du musst mir sagen, wie es heute Abend gelaufen ist, okay? Versprich mir, dass du mich anrufst, sobald du zu Hause bist.«

»Werde ich tun, es sei denn, es ist schon spät.«

Sie bekommt große Augen. »Planst du …«

»Nein! Ich meine, ich weiß nicht. Ich meine … ach, egal. Ich rufe dich so schnell wie möglich an.«

Und ich lege auf, bevor Kendall mich *deshalb* ins Kreuzverhör nehmen kann.

WÄHREND ICH DIE ROMANE IM HINTEREN TEIL DES Ladens sortiere und ordne, kann ich nicht anders, als über das nachzudenken, was ich nicht mit Kendall besprechen wollte.

Habe ich vor, es zu tun?

Ich weiß, was Marcus will.

Sex. Ich und er, ineinander verschlungene verschwitzte Körper – genau wie die geistigen Bilder, zu denen ich gestern Abend masturbiert habe.

Die Frage ist: Werde ich es tun? Werde ich mit ihm schlafen, obwohl ich weiß, dass es höchstwahrscheinlich eine einmalige Sache ist?

Auch wenn es keine perfekte Emmeline gäbe, wird ein gutaussehender, wohlhabender Mann wie Marcus mit Sicherheit von Frauen überschwemmt. Wunderschöne, große, schlanke Frauen, deren Haare sich nicht einmal im Traum kräuseln würden, und die ihn ohne Bedenken für ihr Essen bezahlen lassen würden.

Würde er sie auch mit seiner rauen Samtstimme *Kätzchen* nennen, oder ist dieser Kosename nur für mich reserviert? Wie kam er überhaupt auf die Idee? Weil ich Katzen mag? Wenn das der Grund ist, sollte ich wahrscheinlich beleidigt sein, aber die Art und Weise, wie Marcus es gesagt hat, die Art und Weise, wie er mich angesehen hat …

»Emma? Kannst du bitte kommen?«

Ich halte mitten im Einordnen eines neuen Liebesromans mit Gestaltenwandlern inne und rufe: »Ich komm schon, Mr. Smithson«, während ich nach vorne eile, wo mein Chef gerade eine Kundin bedient.

»Kannst du Mrs. Wilkins eine neue Urban-Fantasy-

Serie empfehlen?«, fragt er und nickt in Richtung der Kundin – einer alten Frau, die so winzig klein ist, dass Mr. Puffs sie wegtragen könnte. »Sie mag Gedankenleser und solche Dinge.«

»Oh, kein Problem«, sage ich und schenke der Frau ein strahlendes Lächeln. »Ich weiß genau das Richtige für Sie.«

Ich schiebe alle Gedanken an mein Dilemma beiseite und konzentriere mich auf meinen Job.

arcus

DEN GANZEN FREITAGNACHMITTAG BEOBACHTE ICH DIE Uhr bis zu dem Punkt, an dem ich die Minuten während der wöchentlichen Überprüfung der Fondsperformance mit meinen Portfoliomanagern zähle. Es ist fast 17 Uhr, was bedeutet, dass ich Emma in zwei kurzen Stunden wiedersehen werde.

Ich kann es kaum erwarten.

»… und deshalb denke ich, dass das ein großartiger Beitrag für Ihre Alpha-Zone-Präsentation nächsten Monat sein wird«, sagt mein Portfoliomanager für Telekommunikation und lenkt meine Aufmerksamkeit wieder auf das Meeting. »Wenn Sie wollen, lasse ich Ihnen von meinem Analysten eine E-Mail mit seinen Nachforschungen schicken.«

Ich habe keine Ahnung, von welcher Aktie er spricht, nachdem ich wie ein Schuljunge, der von seinem Schwarm träumt, das Meeting ausgeblendet hatte, aber das werde ich auf keinen Fall vor allen zugeben. »Ja, er soll sie mir mailen«, sage ich kühl. »Ich werde sie mir am Wochenende ansehen.«

Alpha Zone ist eine Vereinigung der einflussreichsten Akteure der Wall Street, und die Dezember-Konferenz ist ihr Fundament. Dort präsentieren wir jeweils unsere beste Idee – ob es sich nun um ein Währungsspiel, eine Private-Equity-Investition oder etwas so Langweiliges wie das Kaufen einer bestimmten Aktie handelt – und die beste Investition wird bei der Veranstaltung im folgenden Jahr mit einem Preis ausgezeichnet. Der Preis selbst ist nichts Besonderes – eine Reise nach Bora Bora oder so etwas – aber die Wirkung auf den eigenen Ruf ist unbezahlbar.

Der Vorschlag des Telekom-PMs sollte besser gut sein.

Jarrod, mein Chief Investment Officer, wirft mir einen seltsamen Blick zu – er ist es nicht gewohnt, dass ich weniger als zu hundertzehn Prozent engagiert bin – und ich zwinge mich dazu, mich den Rest des Treffens zu konzentrieren und die wichtigsten Positionen des Fonds so gründlich zu untersuchen, wie ich es immer tue. Obwohl beim Gesundheitsteam gestern ein großer Handel schiefgelaufen ist, ist der Fonds diese Woche insgesamt um ein weiteres halbes Prozent gestiegen, was uns auf fast dreiundneunzig Milliarden verwaltete Vermögen hebt.

Wenn diese Siegesserie weitergeht, werden wir in kürzester Zeit hundert Milliarden überschreiten.

Normalerweise würde mich der Gedanke mit großer Vorfreude erfüllen, aber das Einzige, was ich im Moment kaum erwarten kann, ist, Emma in zwei Stunden abzuholen. Ich kann mir schon jetzt vorstellen, wie sich dieses Date entwickeln wird: Ich werde an ihrer Tür klingeln, und sie wird hinreißend errötet herausspringen, während sie vor ihren Katzen flüchtet. Ich werde ihre Hand in die meine nehmen und sie für einen sorgfältig kontrollierten Kuss an mich ziehen – unseren ersten –, und dann werden wir in mein Auto steigen. Dort werden wir rummachen, während Wilson uns in mein Lieblingsrestaurant im East Village fährt – eines, das zufällig preiswert ist, wie von ihr gewünscht.

Bis wir im Restaurant ankommen, wird das Essen das Letzte sein, woran wir beide denken, und sobald das Essen vorbei ist, werde ich sie in mein Tribeca-Penthouse bringen und sie ficken, bis sie alles vergisst.

Wir werden das Wochenende im Bett verbringen, und bis Montag werde ich genug von ihr haben.

Ich werde dieses ungesunde Verlangen für immer los sein.

19

*E*mma

ICH MACHE DAS WASSER AUS, ZIEHE DEN Duschvorhang auf, und entdecke, dass der Badezimmerboden aussieht, als wäre er verschneit. Einige Schnipsel sind so klein, dass sie in der Luft schweben, als ich aus der Dusche steige, und ich schreie so laut ich kann: »Puffs!«

Dieser verdammte Kater. Er muss gespürt haben, dass ich ihn und seine Geschwister den zweiten Abend in Folge allein lassen werde, also hat er die ganze Rolle Toilettenpapier zerfetzt, während ich unter der Dusche stand.

Fluchend springe ich auf einem Bein herum und versuche, die klebrigen Klopapierfitzelchen mit einem Handtuch von meinem anderen Fuß zu wischen. Das dauert ewig, genauso wie das Entfernen der Schnipselchen aus dem restlichen Badezimmer, und als ich mir gerade hektisch die Wimpern tusche, klingelt es an der Tür.

Mist. Ich bin immer noch in Unterwäsche.

»Moment!«, schreie ich, als ich durch den Raum renne, um meine Kleidung aus dem Schrank zu nehmen. Mr. Puffs faucht mich aus dem obersten Regal an, und Cottonball gibt ein anklagendes Miauen von sich und schlägt mein Bein mit seiner Pfote, damit ich mit ihm vor dem Fernseher kuschele, was wir normalerweise an einem Freitagabend tun.

»Tut mir leid, nicht heute Abend, Kumpel. Ich bin verabredet.« Ich beuge mich nach unten, um entschuldigend seinen Kopf zu kraulen, als Mr. Puffs vom obersten Regal direkt auf meine Schultern springt.

»Aah!« Ich falle mit einem erschrockenen Schrei nach vorne, da mich der Aufprall des Fünfzehn-Pfund-Katers mit seinem Sprung aus fast zwei Metern Höhe aus dem Gleichgewicht gebracht hat. Queen Elisabeth springt vom Bett, kommt zu mir und miaut in offensichtlicher Sorge, als ich auf allen vieren lande, und gleichzeitig klingelt die Türklingel wieder, gefolgt von einer tiefen Stimme, die meinen Namen ruft.

Es ist Marcus, und er klingt besorgt.

Mr. Puffs steht immer noch auf meinen Schultern, was er irgendwie schafft, ohne seine Krallen in meine Haut zu rammen, und ich werfe ihn ab, während ich aufstehe und schreie: »Ich komme!«

Aber ich stolpere über Cottonball und fliege mit einem panischen Schrei durch die Luft.

Ich lande auf dem Bauch, und der Aufprall schlägt mir die Luft aus der Lunge. Keuchend drehe ich mich auf den Rücken, kurz bevor etwas gegen meine Tür schlägt und sie an den Scharnieren klappen lässt und ich Marcus' tiefe Stimme rufen höre: »Emma, geht es dir gut?«

Heilige Scheiße. Hat er gerade versucht, die Tür aufzubrechen?

Wieder ein harter Schlag, und die Türscharniere knarren erneut und geben dieses Mal fast nach.

Ich möchte schreien, dass es mir gut geht, aber ich kann nicht genug Luft holen. Alles, was ich herausbekomme, ist ein erbärmliches Keuchen, dass es mir gut geht, und mit allen drei Katzen, die laut um mich herum miauen, kann sogar ich nicht hören, was ich sage.

Ich rolle mich auf den Bauch und drücke mich auf alle viere, damit ich hinüberkriechen und ihn aufhalten kann, als der nächste Tritt oder Körper oder was auch immer die Tür komplett aus den Angeln hebt.

Sie fliegt auf, wie bei einem SWAT-Einsatz in einem Actionfilm, und im Eingang steht Marcus in einem Anzug und einem weiteren kostspieligen offenen Mantel. Seine blauen Augen verengen sich sichtlich besorgt, und er eilt zu mir, um sich neben mich zu hocken, während Queen Elizabeth und Cottonball sich unter dem Bett verstecken. Nur Mr. Puffs bleibt an meiner Seite, macht einen Buckel und faucht den

Eindringling an, bevor er sich ebenfalls davonmacht, um sich unter dem Bett zu verstecken.

»Geht es dir gut? Was ist passiert?«, fragt Marcus und greift nach meinen Armen, um mir Halt zu geben, während ich versuche, aufzustehen. Mit seiner Hilfe gelingt es mir, obwohl sich mein linkes Knie laut beschwert – es muss auf dem Boden aufgeschlagen sein.

»Mir geht es gut. Alles in Ordnung«, krächze ich, als er anfängt, mich abzutasten und nach Verletzungen zu suchen. Seine großen Hände sind heiß auf meiner nackten Haut, und zu meinem völligen Entsetzen fällt mir auf, dass ich noch keine Gelegenheit hatte, mich anzuziehen.

Ich stehe vor ihm in nichts als meinem blauen Spitzen-BH und dem dazu passenden Höschen – was, zugegebenermaßen, mein schönstes Set ist, aber trotzdem.

»Was ist passiert?«, fragt er noch einmal, als ich mich mit brennenden Wangen zurückziehe und meine Arme um meinen Bauch schlinge – der ein ganzes Stück weicher ist, als es mir recht ist. Er ist zweifellos an Fitness-Häschen mit steinharten Bauchmuskeln gewöhnt –

Moment mal. Warum denke ich an meine fehlenden Bauchmuskeln, wenn er *meine Tür aufgebrochen hat*?

»Ich bin gestolpert, okay? Ich bin gestolpert.« Ich klinge immer noch aufgedreht, aber ich bin mir nicht sicher, wie viel davon vom Fallen stammt und wie viel von der Art und Weise, wie er mich anstarrt – mit Sorge, die sich allmählich in etwas anderes verwandelt.

Etwas Heißeres und unendlich Gefährlicheres.

»Also bist du nicht verletzt?«, will er mit einer heiseren Stimme wissen, und ich schüttele den Kopf, während mein Gesicht brennt, als die Hitze in seinen Augen zunimmt. Und es ist nicht nur mein Gesicht – mein ganzer Körper fühlt sich an, als würde er brennen, als er einen Schritt auf mich zukommt und seine kraftvollen Hände sich an seinen Seiten zu Fäusten ballen.

Es sieht nicht so aus, als ob mein Mangel an Bauchmuskeln ein Problem für ihn ist – zumindest dem dunklen Hunger in diesem Blick nach zu urteilen.

»Die Tür …« Meine Stimme klingt dünn und hoch. »Du … ähm, hast die Tür eingetreten.«

»Die Tür?« Er scheint nicht zu wissen, wovon ich spreche, als er einen weiteren Schritt auf mich zukommt und sein Blick auf meinen BH fällt – der meine üppigen Brüste nach oben schiebt, als ob er sie wie ein Opfer darbringt.

Ich schlucke, als er nach mir greift und eine große Hand sich zärtlich um meinen Kiefer legt, während die andere auf meiner nackten Schulter landet und leicht zudrückt. Seine Berührung brennt durch mich hindurch, lässt meinen Puls ansteigen und sendet ein heißes Schaudern über meine Wirbelsäule. Er ist so groß, dass ich meinen Hals verrenken muss, um seinen Blick zu erwidern, und es dämmert mir, dass ich mich noch nie so klein und verletzlich gefühlt habe … oder so begehrt.

»Emma.« Seine Stimme ist tief und voll, als seine Finger in mein Haar gleiten und sinnlich meinen Kopf bedecken. »Kätzchen, darf ich dich küssen?« Er beugt seinen Kopf nach unten, während er spricht, und das letzte Wort wird an meinen Lippen gemurmelt, wo sein warmer, schwach süßer Atem sich mit meinem eigenen flachen Atem vermischt.

Ich bekomme nicht die Möglichkeit, zu antworten, weil meine Hände nach oben wandern, um seine breiten Schultern zu umschließen, und sich meine Augen schließen, während sich meine Lippen wie von selbst an ihn drücken. Es gibt keine Logik in meiner Entscheidung, keinen guten Grund. Wir sind völlig falsch füreinander, und ich werde verletzt werden, wenn wir weitermachen, aber zum ersten Mal in meinem Leben kümmere ich mich nicht um das Risiko, das ich eingehe.

Es gibt keinen Platz für Angst in dem lodernden Verlangen, das mich verzehrt.

Er vertieft den Kuss, beugt mich über seinen Arm nach hinten, und meine Brüste schmiegen sich an seine harte Brust, während mein Kopf zurückfällt und nur von seiner Handfläche gehalten wird. Seine Lippen sind warm und weich, als seine Zunge meinen Mund mit sinnlicher Geschicklichkeit erkundet, und ein kleines Stöhnen entweicht mir, als seine Lippen die meinen verlassen und über meinen Kiefer streifen, um an meinem Ohrläppchen zu knabbern – wo die Hitze seines Atems Gänsehaut auf meinem Arm auslöst. Ich kann den sauberen, holzigen Duft seiner Haut riechen, wie Kiefer gemischt mit frischer Herbstbrise, und mein Körper strafft sich, während mein Unterleib sich anspannt. Ich bin so erregt, dass ich kurz vor dem Orgasmus stehe, und meine Hände zerren am Revers seines Mantels, weil ich ihn unbedingt ausziehen möchte, damit ich …

Ein fauchendes Miauen erschreckt mich und rüttelt mich aus meinem sinnlichen Dunst heraus. Ich reiße die Augen auf, drücke mich von Marcus' Brust weg, und er lässt mich los, obwohl sein Blick benommen und seine normalerweise gleichmäßig getönte Haut vor Erregung leicht gerötet ist.

Keuchend starren wir uns an, während Mr. Puffs sich um meine Beine schlängelt und abwechselnd Marcus anfaucht und mich anmaunzt.

»Dein Kater«, sagt Marcus heiser. »Wird er nicht weglaufen?«

Ich starre ihn verständnislos an und erinnere mich dann an die kaputte Tür. Meine Katzen laufen eigentlich nicht weg, aber andererseits hatten sie noch nie die Versuchung eines türlosen Eingangs. »Das sollte er nicht«, sage ich, aber um sicherzugehen, beuge ich mich nach unten, nehme Mr. Puffs und drücke ihn an meine Brust.

Das böse Tier beginnt zu schnurren, und ich streichele es, dankbar für den Schild, den sein großer, pelziger Körper bietet. Ich trage immer noch nichts außer meiner Unterwäsche, und mit der eisigen

Novemberluft, die durch die offene Tür hereinbläst, wird es in der Wohnung schnell kalt.

Außerdem gibt es da noch das Problem, dass ich halbnackt vor Marcus herumhüpfe.

»Also«, sage ich ungeschickt und schaue mit Mr. Puffs in meinem Arm zum Schrank. »Wegen der Tür …«

»Ich lasse sie reparieren, keine Angst.« Sein Blick verfolgt mich mit unverhohlenem Hunger, als ich zurück zum Schrank gehe und Mr. Puffs absetze, damit ich mich anziehen kann. »Sie sah sowieso so aus, als würde sie es nicht mehr lange machen.«

»Kannst du dich bitte umdrehen?«, platze ich heraus und halte meine Jeans vor mich, als er keine Anzeichen macht, wegzuschauen. Ich weiß, es ist albern – er hat schon das Meiste von mir gesehen –, aber ich will nicht, dass er meinen Hintern wackeln sieht, während ich die Manöver durchführe, die nötig sind, um meine enge Jeans anzuziehen.

Es gibt viel zu viel wackelnden Hintern für meinen Geschmack.

Er öffnet seinen Mund, um etwas zu sagen, überlegt es sich dann offensichtlich anders und dreht sich um. »Nur zu«, sagt er mit belegter Stimme. »Ich werde nicht hinsehen.«

Ich zwänge mich schnell in die Jeans, dann ziehe ich meine zweitschönste Bluse an – meine schönste war die, die ich gestern getragen habe. Ich komplettiere das Outfit mit meiner Strickjacke und fast neuen Stiefeln, und als ich in den Spiegel im Flur schaue, merke ich, dass mein Outfit identisch mit dem von gestern ist, der einzige Unterschied ist die Bluse. Noch schlimmer ist, dass durch die jüngsten Anstrengungen meine Wimperntusche verschmiert ist und einen waschbärähnlichen Fleck unter meinem linken Auge hinterlassen hat, während mein Haar aussieht, als hätte ich mit einer Wildkatze gerungen – was, wenn man Mr. Puffs Größe bedenkt, nicht weit von der Wahrheit entfernt ist.

So viel dazu, einen Milliardär zu beeindrucken.

Ich fluche leise und versuche, die verschmierte Wimperntusche abzureiben, als Marcus fragt: »Darf ich mich jetzt umdrehen?«

Mist. Ich fahre mir mit meinen Händen glättend über die Haare, werfe einen weiteren Blick in den Spiegel und sage mürrisch: »Von mir aus.«

Ich bräuchte eine Stunde, um das Chaos zu beheben, das ich im Spiegel sehe, nicht ein paar Minuten – nicht, dass es so oder so wichtig wäre. Jetzt, da ich nicht mehr so erschöpft bin und mein Gehirn nicht von Lust getrübt ist, fällt mir eine offensichtliche Tatsache auf.

Mit der kaputten Tür kann ich meine Wohnung und die Katzen nicht verlassen.

Das heutige Date findet nicht statt.

arcus

Meine Erektion droht immer noch ein Loch in meine Hose zu reißen, als ich mich umdrehe und Emma ansehe – die zu meiner großen Enttäuschung jetzt vollständig bekleidet ist. Das spielt aber fast keine Rolle. Ihr Anblick in nichts als Spitzenunterwäsche ist dauerhaft in mein Gehirn geätzt und wird in Zukunft in jedem feuchten Traum und jeder Fantasie von mir vorkommen.

Sexy beschreibt nicht einmal ansatzweise ihren kurvenreichen kleinen Körper. Jeder weiche, feminine Zentimeter von ihr scheint von meinen neu entdeckten Vorlieben im Hinterkopf gestaltet worden zu sein. Ihre cremige Haut ist an einigen Stellen mit attraktiven Sommersprossen übersät, und ihr Arsch ist der beste, den ich je gesehen habe: voll und herzförmig, unendlich drückbar. Oder zumindest stelle ich mir vor, dass er das ist – ich habe es irgendwie geschafft, meine Hände von ihm fernzuhalten, als ich ihren Mund verschlungen habe.

Und dann gibt es natürlich noch ihre üppigen Brüste, ihren sinnlichen Bauchnabel und ihre kleinen, perfekt geformten Füße mit den rot lackierten Zehennägeln.

Fuck, sogar ihre kleinen Zehen machen mich an.

»Also, wegen der Tür«, beginnt sie wieder, als ich weiterhin schweige und sie hungrig anstarre. »Soll ich einen Reparaturservice rufen oder ...?« Sie lässt die Frage unbeendet.

»Ich werde es tun«, sage ich heiser, zwinge mich, von dieser Versuchung, die sie für mich ist, wegzuschauen, und ziehe mein Handy heraus.

Mein Butler, Geoffrey, nimmt beim ersten Klingeln ab, und ich erkläre ihm die Situation. »Ich brauche innerhalb einer Stunde jemanden hier«, sage ich ihm, und er verspricht, dass das organisiert wird.

Ich lege auf und sehe, dass Emma mich, wieder mit dem großen Kater im Arm, mit offenem Mund anstarrt.

»Jemand wird an einem Freitagabend kommen?«, fragt sie ungläubig. »Also quasi sofort?«

»Natürlich. Man kann nicht über Nacht ohne Tür sein.«

Das ist für mich mehr als logisch, aber sie sieht mich an, als wüchse mir ein Horn auf der Stirn – und ihr Kater auch. »An einem Freitagabend«, murmelt sie und streichelt die flauschige Kreatur. »Ja, okay, sicher.«

»Wir bleiben hier, bis sie fertig sind«, sage ich und ziehe meinen Mantel aus. Sogar mit dem kalten Wind, der hereinkommt, ist es immer noch zu heiß in der Wohnung, als dass ich es ertragen könnte. Ich lege ihn über die Rückenlehne des einzigen Stuhls, den ich entdecken kann, und sage zu ihr: »Es wird eine Weile dauern, bis sie sie repariert haben, also sollten wir wahrscheinlich einfach schon etwas essen. Hast du Vorlieben für Lieferung oder Take Away in der Nähe?«

Sie blinzelt. »Du … willst hier essen?«

»Natürlich.« Ich runzele die Stirn. »Es sei denn, du hast keinen Hunger?«

»Oh, doch, ich habe Hunger«, versichert sie mir und nimmt die Katze höher auf ihre Brust. »Ich dachte nur, dass wir angesichts dessen, was passiert ist, den Termin verschieben würden oder so.«

Oh nein. Es ist unmöglich, dass ich sie in einer Wohnung in Brooklyn allein lasse, mit einer kaputten Tür zur Straße. Zugegeben, das ist nicht das, was ich mir für unser zweites Date vorgestellt habe, aber mir macht diese Entwicklung nichts aus – obwohl ich wegen der Fallgeräusche und dem Schreien fast einen Herzinfarkt bekommen habe.

Ich dachte, dass sie ernsthaft verletzt worden wäre, und die panische Angst, die ich verspürt hatte, stand in keinem Verhältnis zur Länge unserer Bekanntschaft.

Ich will nicht analysieren, warum das so ist oder warum ich nicht den Wunsch habe, aus ihrem engen Kellerapartment zu entkommen. Es erinnert mich an die Wohnung, in der meine Mutter und ich gelebt haben, als ich in der Mittelstufe war, und ich hasste den Ort, also sollte ich nach aller Logik auch diesen hassen. Aber ich verspüre hier eine ganz andere Atmosphäre. Obwohl das einzige Fenster in Emmas Ein-Zimmer-Wohnung derselbe winzige Schlitz in der Nähe der Decke ist, den wir hatten, und die Farbe an ihren Wänden sich auch stellenweise ablöst, fehlt der Geruch von Alkohol und Verzweiflung.

Ihre Wohnung ist heruntergekommen und winzig, aber sie ist gemütlich. Ein Zuhause, nicht nur ein Ort zum Schlafen.

Natürlich, wenn es keine Katzen gäbe, wäre sie noch besser. Ich kann zwei weitere weiße pelzige Kreaturen sehen, die ihre Köpfe unter dem Bett hervorstrecken und mich mit ihren großen, grünen Augen anstarren. All dem Miauen nach zu urteilen, das ich gehört hatte, als Emma hinfiel, habe ich den starken Verdacht, dass sie – oder der große Kater in ihren Armen – irgendwie verantwortlich dafür waren.

»Wir verschieben nicht«, sage ich Emma mit Nachdruck. »Ich bin hier, und du bist hier, und das«, ich zeige auf ihren winzigen Schreibtisch, »wird als Tisch dienen. Wir brauchen nur Essen, und wenn du mir sagst, was du willst, kann ich es liefern lassen oder meinen Fahrer bitten, es zu uns zu bringen.«

Bevor sie antworten kann, miaut der große Kater,

während sein flauschiger Schwanz von Seite zu Seite schwingt und er mir von seinem Sitzplatz auf Emmas Brust aus einen bedrohlichen Blick zuwirft. Ich schaue böse zurück. Ich weiß, dass er dieses abwechselnde Fauchen und Miauen absichtlich von sich gegeben hat, als wir uns geküsst haben, um uns zu unterbrechen.

Wenn nicht, hätten Emma und ich es vielleicht bis zu ihrem schmalen Bett geschafft, und ich wäre jetzt bis zu meinen Eiern in ihrem süßen, üppigen Körper vergraben.

»Tut mir leid«, sagt sie und streichelt die Kreatur, um sie zu beruhigen. »Er ist nur …«

»Besitzergreifend, ich weiß.« Ich wäre es auch, wenn sie mich so streicheln würde. Tatsächlich macht es mich eifersüchtig, wenn ich sehe, wie sich ihre kleine Hand über das weiße Fell der Katze bewegt.

Ich will, dass sie *mich* so berührt, dass ihre weichen Hände so über meinen ganzen Körper streichen.

»Also, ja, wegen des Essens«, sagt Emma, als der Kater anfängt zu schnurren. »Ich bin wirklich flexibel. Es gibt ein Feinkostgeschäft an der Ecke, das tolle Sandwiches macht, und es gibt auch einen Gyros-Laden, den ich mag, ein paar Blocks weiter. Keiner von beiden liefert, aber …«

»Wilson wird es bringen; das ist kein Problem. Also Sandwiches oder Gyros?«

Sie zögert und sagt dann: »Gyros. Der Laden heißt Gyro World.«

Okay, gut. Wir essen zusammen.

Um meine Zufriedenheit zu verbergen, nehme ich

mein Telefon heraus und schreibe Wilson die Anweisungen. Er antwortet sofort, dass er auf dem Weg ist, und ich lege mein Telefon weg und sehe, dass Emma mich mit einem seltsamen Ausdruck betrachtet.

»Was?« Ich runzele die Stirn. »Habe ich etwas falsch gemacht?«

Sie schüttelt den Kopf, bevor sie damit herausplatzt: »Ist es für dich immer so einfach? Schnippst du immer nur mit den Fingern – und die Dinge passieren?«

»Du meinst, ob ich mir immer Gyros liefern lassen kann? Ja, normalerweise. Ist das schlimm?«

Sie setzt die Katze ab. »Nein, natürlich nicht. Es ist nur … nicht das, woran ich gewöhnt bin, das ist alles.«

Sie geht hinüber, um sich auf das Bett zu setzen, und die beiden Katzen kriechen darunter hervor, um sich auf ihren Schoß zu legen. Der große Kater, den sie gerade auf dem Boden abgesetzt hat, schaut mich einen Moment lang böse an, so als ob er darüber nachdenken würde, ob ich eine gute Mahlzeit wäre, und stolziert dann mit erhobenem fluffigem Schwanz zum Bett, um sich den anderen anzuschließen.

Ich beschließe, seine Verachtung zu ignorieren. Er ist immer noch ein Kater.

Ich setze mich auf den Stuhl, über den ich meinen Mantel gehängt habe, betrachte Emma und versuche zu verstehen, was an ihr mich derart anzieht. Ihr Aussehen, sicher, ich kann es kaum erwarten, meinen Schwanz tief in ihrem leckeren kleinen Körper zu versenken – aber ihr Aussehen ist nur ein Teil der Anziehung.

Sie hat auch etwas Warmes und Zärtliches an sich, etwas, was mich auf eine Weise anspricht, die ich nicht ganz verstehe.

»Wie heißen sie?«, frage ich und denke, dass ich, da die Katzen so ein großer Teil ihres Lebens sind, zumindest versuchen könnte, sie kennenzulernen. »Du hast gesagt, dass einer davon Mr. Puffs ist, richtig?« Ich nicke dem schlecht gelaunten Riesen zu, der einen Platz auf ihrem linken Bein eingenommen hat, indem er seine viel kleinere Konkurrentin weggeschoben hat.

Sie lächelt, ihre Augen leuchten auf und ihre Grübchen treten mit voller Kraft hervor. »Ja, das ist richtig. Diese hier«, sie schaut auf ihr rechtes Bein, wo eine mittelgroße Katze sehr laut schnurrt, »ist Cottonball. Und das«, sie nickt der von dem Kater zur Seite geschobenen Katze zu, der kleinsten der Gruppe, die sich jetzt anmutig ihre Pfote leckt, »ist Queen Elizabeth«.

»Woher hast du sie?«, frage ich. »Und warum drei? Deine Wohnung ist … nicht sehr groß.« Meiner Meinung nach gibt es kaum genug Platz für eine kleine Frau.

Sie zieht eine Grimasse. »Ich weiß. Ich hasse es, dass sie in diesem Raum eingesperrt sind. Sie sind es gewohnt, weil sie hier aufgewachsen sind, aber trotzdem ist es nicht gut. Ich hoffe, mir eines Tages eine größere Wohnung leisten zu können, aber im Moment kann ich sie mir gerade so leisten.« Sie blickt über ihre Schulter auf die Wand auf der anderen Seite ihres Bettes, und ich bemerke, dass das, was ich für ein seltsames leeres Bücherregal hielt, eigentlich ein Katzenlabyrinth ist, das vom Boden bis zur Decke reicht – ein wahnsinniger Luxus an einem so engen Ort wie diesem.

Sie *liebt* ihre Haustiere wirklich.

»Du hast sie also, seit sie noch klein waren?«, frage ich, und sie nickt, wobei sich ihr Gesichtsausdruck aus irgendeinem Grund verdunkelt.

»Sie waren gerade mal zwei Wochen alt, als ich sie fand.«

»Du hast sie gefunden?«

»Sie kamen aus Versehen in mein Leben; ich hatte keine Haustiere eingeplant, als ich dieses Apartment gemietet habe«, sagt sie. »Meine Freundin Janie und ich fuhren nach Woodbury Common – du weißt schon, das große Einkaufszentrum im Upstate – und hielten auf dem Weg an einer Tankstelle. Ich ging auf die Rückseite, um die Toilette zu benutzen, und da hörte ich diese schwachen quiekenden Geräusche aus dem Mülleimer. Als ich hineinschaute, lag da eine Schachtel mit Kätzchen – so winzig, dass sie kaum ihre Augen geöffnet hatten.« Ihr zarter Kiefer strafft sich, und ein wilder Ausdruck beherrscht ihr hübsches Gesicht. »Ein Arschloch hat sie weggeworfen, als wären sie Müll.«

In der Tat ein Arschloch. Ich betrachte mich nicht als Tierliebhaber, aber meine Hände jucken mit dem Drang, denjenigen zu schlagen, der das verbockt hat. »Also hast du sie aufgenommen?«, frage ich und tue mein Bestes, den Zorn aus meiner Stimme herauszuhalten. Sie nickt wieder.

»Natürlich. Was hätte ich sonst tun sollen? Janie ist allergisch, und niemand an der Tankstelle hätte sie genommen. Ich habe darüber nachgedacht, sie in ein Tierheim zu bringen – der Tierarzt, zu dem ich sie gebracht habe, hat gesagt, dass sie reinrassige Perser sind und schnell adoptiert werden würden –, aber bis dahin hatten sie sich an mich gewöhnt, und ich wollte ihnen kein weiteres Trauma zumuten. Weil sie von ihrer Mutter nicht richtig entwöhnt wurden, versuchten sie in den ersten zwei Jahren ihres Lebens immer wieder, alles in Sichtweite zu saugen. Sie haben sich erst kürzlich beruhigt.« Sie blickt mit einem zarten Lächeln auf sie herab, und ihre Wildheit verschwindet, als sie erst eine pelzige Kreatur hinter dem Ohr krault und dann die anderen beiden.

Alle drei beginnen, laut zu schnurren, und ich kämpfe erneut gegen eine Welle der Eifersucht an, weil sie sie berührt, nicht *mich*.

Verdammt.

Ich sollte vielleicht einen Psychiater aufsuchen. Das kann nicht gesund sein.

Ich bin im Begriff, ihr eine andere Frage zu stellen, als ich ein Klopfen am Türrahmen höre, und ein würziger, leckerer Geruch den Raum erfüllt.

Wilson ist mit unserem Essen hier.

Ich gehe hinüber, um ihm die Taschen abzunehmen, und als ich ihm danke, kommt Emma.

»Bitte schön«, sagt sie fröhlich und stopft Wilson

einen Zwanziger in die Hand. »Das sollte meinen Anteil decken.«

Dann ignoriert sie den fassungslosen Blick auf dem Gesicht meines Fahrers und kommt zurück, um sich ihren Katzen auf dem Bett anzuschließen.

21

Emma

MARCUS SIEHT MICH AN, ALS HÄTTE ER NOCH NIE EINE Frau gesehen, die ein Gyros verschlingt – und vielleicht hat er das auch nicht. Ich wette, alle Supermodel-Typen, mit denen er ausgeht, überleben mit Grünkohl und Brokkoli. Andererseits schaut er mich so an, seit ich für meinen Anteil bezahlt habe, also hat es vielleicht etwas damit zu tun.

Sein Fahrer sah schockiert aus, als ich ihm den Zwanziger gab.

Natürlich ist es auch möglich, dass er es nicht gewohnt ist, eine Frau auf ihrem Bett essen zu sehen, umgeben von Katzen, die keine Gewissensbisse haben, Fleischstücke direkt aus ihrem Gyros zu stehlen. Ich versuche, sie von meinem Teller wegzustoßen, aber es ist sinnlos.

Sie sind zu dritt, und das Gyros hat zu viele Angriffspunkte.

»Bist du sicher, dass du nicht hier sitzen willst?«, fragt er erneut von seinem Platz an meinem Schreibtisch aus, und ich schüttele den Kopf, da mein Mund zu voll ist, um zu antworten. Der Schreibtisch ist der Ort, an dem ich immer esse, und abgesehen von der Küchentheke ist er die einzige tischähnliche Oberfläche in meiner Wohnung. Wenn ich dort, auf dem einzigen Stuhl, den ich besitze, sitzen würde, müsste er stehen oder auf meinem Bett essen, und im letzteren Fall würden die Katzen sich auf *sein* Essen stürzen – keine gute Lösung.

Ich fühle mich sowieso schon schlecht, weil ich ihn dem engen Chaos in meiner Wohnung aussetze.

»Sie wären überall auf dir«, erkläre ich, nachdem ich heruntergeschluckt habe. »Sie mögen Gyros wirklich gerne.«

»Wer tut das nicht? Gyros ist toll«, sagt er und nimmt einen weiteren großen Bissen von der saftigen Pita in seiner Hand.

Das verbessert meine Stimmung ein wenig. »Nicht wahr?« Ich hatte mir Sorgen gemacht, dass er das Gefühl haben würde, dass diese Art von Essen unter seinem Niveau ist – der winzige Laden, aus dem das Essen kommt, rangiert nur einen Schritt über einem Straßenkarren – aber es scheint ihm wirklich zu schmecken. Im Allgemeinen scheint er sich in meiner

Wohnung viel wohler zu fühlen, als ich es von einem Milliardär erwartet hätte – obwohl seine große, breitschultrige Gestalt in meinem winzigen IKEA-Stuhl ziemlich lächerlich aussieht.

»Ja, gute Wahl«, sagt er und nimmt einen weiteren Bissen, und ich schenke ihm ein strahlendes Lächeln.

Vielleicht ist dieses Date doch keine totale Katastrophe.

Er ist in Rekordzeit mit seinem Essen fertig, steht auf, nimmt seinen Teller mit in die Küche und ich höre, wie er den Wasserhahn anmacht.

Wäscht er wirklich ab?

Bevor ich das Phänomen bewundern kann – mein Ex-Freund wusste nicht, dass es so etwas wie Spülmittel gibt –, klopft es am Eingang.

Die Reparaturleute sind angekommen.

Sie sind zu zweit. Der eine sieht aus wie der jüngere Bruder des Weihnachtsmanns, komplett mit rosa Wangen und einem fast weißen Bart, und der andere ist ein gutaussehender Latino in meinem Alter. Er hat ein ansteckendes Grinsen, und ich lächele zurück, als ich aufstehe und mein halb gegessenes Gyros auf den Schreibtisch lege.

»Hallo«, sage ich und gehe zu ihnen, um sie zu begrüßen. »Ich bin Emma. Vielen Dank, dass Sie schnell gekommen sind.«

Ich strecke meine Hand aus, und der junge Mann packt sie eifrig und schüttelt sie kräftig. »Juan«, sagt er, und sein Grinsen wird immer breiter. »Schön, Sie kennenzulernen, Emma.«

»Und ich bin Rodney«, sagt der Weihnachtsmann und schüttelt als Nächster meine Hand. »Ist das die Tür, die wir reparieren sollen?« Er blickt auf die Tür auf dem Boden, dann betrachtet er den Rahmen, wo ich große Risse in der Nähe der Scharniere bemerke.

Gott, wie stark ist Marcus, dass er in der Lage war, so viel Schaden anzurichten?

»Das ist sie«, sage ich und versuche, nicht zusammenzucken, während ich mir das Loch auf meinem Bankkonto vorstelle, das die Kosten dieser Reparatur verursachen werden. »Haben Sie eine Ahnung, wie viel das kosten wird?«

»Oh, ähm …« Juan blickt verwirrt auf Rodney.

»Nichts«, sagt Marcus und kommt aus der Küche. Seine Stimme ist hart und völlig kompromisslos – so wie sein Gesichtsausdruck, als er mich anblickt. »Es wird dich absolut nichts kosten, denn ich bin derjenige, der sie kaputt gemacht hat.«

»Aber du hast es getan, um mir zu helfen – weil du dachtest, *ich* sei in Schwierigkeiten«, argumentiere ich, aber Marcus hört nicht auf mich.

»Sie werden mir die Rechnung schicken«, befiehlt er, starrt Rodney eindringlich an, und der Mann nickt schnell mit dem Kopf.

»Ja, natürlich, Mr. Carelli.«

Autsch. Ich bin versucht, weiterzukämpfen, aber ich habe im Moment nicht einmal hundert Dollar übrig, und ich vermute, dass ihre Rechnung höher sein wird als das. Es wäre sehr peinlich, wenn ich darauf bestehen würde, die Rechnung zu übernehmen, und dann um einen Aufschub bitten müsste. Außerdem hat Marcus recht: Es *war* sein Retterkomplex, der uns in diese Situation gebracht hat.

Dennoch fühlt sich meine Brust unangenehm eng an, als ich zu meinem Essen zurückkehre und ihn mit den Reparaturleuten reden lasse. Ich weiß, dass es mich nicht wie meine Mutter macht, Marcus für die Tür bezahlen zu lassen, die er kaputt gemacht hat – von der Logik her weiß ich es –, aber ich kann nicht anders, als das Gefühl zu haben, dass ich ihn ausnutze.

So als würde ich ihn ausnutzen, so wie sie immer ihre Liebhaber und jeden anderen, der Gefühle für sie hatte, benutzt hat.

Ich schüttele die Erinnerungen ab, setze mich an den Schreibtisch und schiebe Mr. Puffs von dem weg, was von meinem Gyros übrig geblieben ist – was nicht viel ist. Die Katzen haben das meiste Fleisch gestohlen, während ich weg war. Seufzend esse ich schnell den Rest und trage den schmutzigen Teller in die Küche, wo das Waschbecken tatsächlich sauber ist.

Marcus hat seinen Teller nicht nur abgewaschen, er hat ihn auch abgetrocknet und weggestellt.

Ich mache das Gleiche mit meinem und setze dann Kaffee auf, falls er eine Tasse möchte. Ich nehme auch meine letzte Packung meiner Salted-Caramell-Eiscreme und zwei Schalen heraus, da ich mir denke, dass ich ihm zumindest ein Dessert schulde.

Er betritt die Küche, als die hämmernden Geräusche am Eingang beginnen.

»Eiscreme?«, biete ichan, während ich eine

großzügige Portion in eine Schüssel fülle, aber er schüttelt den Kopf.

»Für mich nicht, danke.«

»Magst du keine?«

Er zuckt mit den Schultern. »Ich esse eigentlich nichts Süßes.«

Natürlich tut er das nicht. Eiscreme ist etwas für Normalos wie mich, nicht für Superhelden wie Marcus, zu deren Hobbys *Fitness* zählt. Ich bin überrascht, dass er das fettige Gyros gegessen hat; er ist wahrscheinlich genauso diszipliniert in seiner Ernährung, wie er in allem anderen zu sein scheint.

»Wie wär's mit Kaffee?«, frage ich, und er bejaht.

Schwarz, natürlich – weder Zucker noch Milch für ihn.

Ich gieße jedem von uns eine Tasse ein, dann trage ich meinen Kaffee und die Schüssel mit Eis zurück in den Raum. Die Katzen sind zunächst nirgendwo zu sehen, aber dann bemerke ich die Spitze eines flauschigen weißen Schwanzes, der unter dem Bett herausragt.

Sie müssen sich vor dem Lärm verstecken, der jetzt sowohl Hämmern als auch Bohren beinhaltet.

Ich stelle meinen Kaffee auf den Nachttisch, setze mich auf das Bett, um mein Eis zu essen, und zu meiner Überraschung schließt sich mir Marcus dort mit seinem Kaffee an, anstatt seinen Platz am Schreibtisch einzunehmen. Er sitzt neben mir, weniger als einen halben Meter entfernt, und obwohl wir beide voll bekleidet sind, fühle ich die Nähe seines großen

Körpers so intensiv, als wären wir nackt. Meine Gedanken wandern zu unserem Kuss von eben, und eine Hitzewallung fährt über meine Haut und mein Herzschlag rast, als ob ich gerade gerannt wäre, um einen Zug zu bekommen.

Oh Gott. Dieser Kuss.

Ich habe versucht, nicht darüber nachzudenken, um kein errötetes, stotterndes Durcheinander zu werden, aber ich kann es nicht länger vermeiden. Marcus zu küssen musste die heißeste Erfahrung meines Lebens sein, besser als jeder Sex, den ich jemals hatte – oder von dem ich geträumt habe. Alles daran war so falsch und doch so unglaublich richtig. Die Art und Weise, wie er mich festhielt, so als ob er mich nie gehen lassen wollte, wie sich seine Lippen anfühlten und schmeckten … Er hat mich nur an meinem Rücken und meinem Kopf festgehalten, aber ich war kurz davor, zu brennen, war so erregt, dass ich die Feuchtigkeit immer noch in meiner Unterwäsche spüren kann.

Es hilft nicht, dass, während wir auf dem Bett sitzen, sein Gewicht meine alte Matratze eindrückt und eine Delle in der weichen Oberfläche schafft, die es mir schwer macht, aufrecht zu sitzen, anstatt mich an ihn zu lehnen. Es ist wie bei den Illustrationen der Schwerkraft, wo ein großer Himmelskörper eine Vertiefung in der Raumzeit erzeugt, die verhindert, dass ein kleinerer Körper aus seiner Umlaufbahn entweicht.

Das ist Marcus für mich.

Ich kann seinem Sog nicht entkommen – und bin mir auch nicht sicher, ob ich das will.

Unsere Augen treffen sich, und das Bohrgeräusch verstärkt sich, was jeden Versuch eines Gesprächs unmöglich macht. Dennoch schaut keiner von uns weg. Da die Männer die Tür reparieren, haben wir keine Privatsphäre, aber die Arbeit könnte genauso gut meilenweit entfernt stattfinden. Alles, was ich wahrnehme, ist er, seine Nähe und die wachsende Hitze in seinem Blick.

Meine Hand zittert, als ich meinen Löffel in die Schüssel tauche und etwas von dem Eis nehme. Ich schließe meine Lippen um die cremige, salzig-süße Kühle und lasse sie in meinem Hals hinuntergleiten, während Marcus' Augen sich verdunkeln und seine harten Gesichtszüge sich anspannen, als er über mich greift und seine Kaffeetasse neben die meine stellt. Ich kann sein Verlangen nach mir spüren, seinen gefährlichen, starken Sog, und meine Atmung wird schneller, während meine Brustwarzen sich gegen meinen BH verhärten.

»Emma …« Seine Stimme ist leise und heiser, aber trotzdem hörbar über den Lärm hinweg. »Ich denke … ich möchte doch Eis.«

Meine Kehle wird trocken. »Willst du, dass ich dir welches hole?«

Er schaut mir weiterhin in die Augen und schüttelt langsam den Kopf. »Gib mir etwas von deinem.«

Oh Gott. Auf keinen Fall redet er nur über das Eis – nicht mit diesem Blick in seinen Augen.

Dennoch bewege ich mich, um ihm die Schale zu reichen, aber er stoppt mich, indem er eine große Hand auf mein Knie legt.

»Füttere mich«, befiehlt er heiser.

Mein ganzer Körper fühlt sich jetzt an, als würde er brennen, und ein elektrisches Kribbeln rast von der Stelle, wo seine Handfläche ruht, mein Bein hinauf. Die Bohrgeräusche hören auf und werden von Hämmern ersetzt, aber der Baulärm ist nichts im Vergleich zu dem Rauschen meines Pulses in meinen Ohren.

Ihn füttern.

Okay.

Meine Hand zittert, als ich einen Löffel Eiscreme nehme und an seinen Mund führe.

Seinen harten, männlichen und so umwerfend küssenden Mund.

Seine Lippen schließen sich um den Löffel, säubern ihn von dem Eis, und mein Atem stockt in meinem Hals, als seine Zunge zum Vorschein kommt, um das cremige Tröpfchen abzulecken, das noch am Griff hängt – weniger als einen Zentimeter von der Stelle entfernt, wo meine Finger krampfartig den Löffel umgreifen.

»Köstlich«, murmelt er, während sein Blick mich lebendig verbrennt, und ich erinnere mich endlich daran, dass ich atmen muss.

Ich hole hörbar Luft, ziehe den Löffel zurück und kippe fast die Eisschale um.

»Langsam, vorsichtig …« Seine Hand bedeckt meine, fängt die Schale in meinem Griff, und das

Funkeln voller dunklem Vergnügen in seinen Augen sagt mir, dass er genau weiß, was er mit mir macht – und dass er jedes bisschen davon genießt.

Arschloch.

Ich will wütend auf ihn sein, aber ich kann nicht genug Empörung aufbringen. Ich war noch nie so erregt. Niemals. Meine Unterwäsche ist klatschnass, und mein Geschlecht pocht buchstäblich bei dem Erotikfilm, der in meinem Kopf abläuft. Ich kann mir seinen geschickten Mund dabei vorstellen, wie er sich über meiner Brustwarze schließt, dann brennende Küsse über meinem Bauch verteilt, bevor sich diese warmen, geschmeidigen Lippen um meine Klitoris schließen und …

»Entschuldigung, Mr. Carelli? Wir sind fertig.«

Rodneys Stimme ist wie ein Eimer Eiswasser in meinem Gesicht.

Ich hatte völlig vergessen, dass die Arbeiter hier sind.

Beschämt springe ich hoch und klammere mich an die Schüssel vor mir, als ob sie die brennende Hitze, die meine Wangen überzieht, verbergen könnte. Was zum Teufel habe ich mir dabei gedacht? Ein paar Minuten länger, und Marcus und ich wären in der Horizontalen gelandet, Eiscreme und Publikum vergessend.

Juans Gedanken müssen mit den meinen übereinstimmen, denn er grinst, während er neben Rodney steht.

Marcus scheint das nicht zu beeindrucken. Er geht

zur wieder angebrachten Tür, inspiziert die Arbeit und nickt dann kurz. »Gute Arbeit, danke.«

»Ja, danke«, wiederhole ich seine Worte und kämpfe gegen meine Verlegenheit an, als die Männer ihre Werkzeuge einsammeln und mit einem freundlichen Winken in meine Richtung gehen.

Ich bin erleichtert, als sich die Tür hinter ihnen schließt – das heißt, bis mir klar wird, dass Marcus und ich jetzt ganz allein in meiner Wohnung sind.

Eine Wohnung mit einer Tür, die sich schließt und abschließbar ist.

arcus

MEIN HERZ SCHLÄGT VOLLER DUNKLER VORFREUDE, ALS ich die Tür schließe und mich Emma zuwende, die am Bett steht und mich mit riesigen grauen Augen beobachtet, wobei das Eis in der Schale schmilzt, die sie immer noch mit beiden Händen umklammert.

Das war es.

Endlich gehört sie mir.

Ich weiß, dass das eine große Annahme ist, aber die Anziehungskraft ist beidseitig. Ich konnte ihre Reaktion spüren, als ich sie geküsst habe, konnte das schnelle Schlagen des Pulses in ihrem Hals sehen, als ich meine Hand auf ihr Knie legte.

Sie will mich.

Sie braucht das genauso sehr wie ich.

Ich halte den Blickkontakt aufrecht, durchquere den Raum und bleibe vor ihr stehen. Mein Schwanz ist schmerzhaft hart, aber meine Bewegungen sind beherrscht, als ich die Schale aus ihren zitternden Händen nehme und sie auf den Nachttisch neben unsere Kaffeetassen stelle. Dann nehme ich ihre kleinen Hände in meine und ziehe sie zu mir.

Sie blickt mich mit großen Augen an, und ihre Atmung ist schnell und flach.

Wunderschön.

Sie ist so verdammt schön.

Ihre leicht mit Sommersprossen überzogene Haut ist so zart, dass sie fast durchscheinend ist, und ihre Erregung überzieht ihre Wangen mit einem warmen, pfirsichfarbenen Glanz. Ihre Rosenknospenlippen sind geöffnet und zeigen kleine, weiße Zähne, und ihre Locken fallen wie Feuerspiralen um ihr hübsches, weich gerundetes Gesicht.

Alles an ihr ist weich und hübsch, so köstlich wie der Löffel Eiscreme, den ich gerade hatte.

Ich lege eine Hand auf ihre Taille, bedecke mit der anderen die Hälfte ihres Gesichts und beuge meinen Kopf, um sie zu küssen, als ein weiteres lautes Miauen die Stille unterbricht.

Verdammt nochmal ... Ich zwinge meinen Blick zur Seite und starre den großen Kater an, der unter dem Bett hervorgekommen ist, auf seinem pelzigen Hintern sitzt und seinen buschigen Schwanz von Seite zu Seite schwingt, während er mich aus grünen Schlitzen anstarrt.

Ich wende mich wieder Emma zu, da ich entschlossen bin, diese Sexbremse zu ignorieren, aber sie zieht sich bereits aus meinem Griff und sieht unbehaglich aus.

Das geht nicht.

Das geht überhaupt nicht.

Ich halte sie an den Händen fest, bevor sie sich ganz zurückziehen kann. »Komm mit zu mir nach Hause.« Das ist ein Befehl, keine Bitte, aber ich kann nichts dagegen tun. Ich habe noch nie eine Frau so sehr gewollt, habe mich noch nie so außer Kontrolle gefühlt wie jetzt. Es ist unmöglich, sanft und verführerisch zu sein, wenn der gewalttätige Hunger mich antreibt und verlangt, dass ich sie nehme, dass ich alles tue, was nötig ist, um sie zu der meinen zu machen.

Wenn wir in primitiveren Zeiten wären, hätte ich sie bereits über meine Schulter geworfen und sie in meine Höhle getragen.

Ihre grauen Augen weiten sich vor Schreck. »Zu … zu dir nach Hause?«

»Ja.« Ich halte ihrem Blick stand, ohne mir die Mühe zu machen, die dunkle Lust zu verbergen, die sich in mir windet. »Zu mir nach Hause. Jetzt.«

Es gibt einen besseren Weg, das zu tun, ich weiß. Ich könnte sie auf einen Drink einladen; dann, wenn wir beide angenehm angeheitert sind, könnte ich ihr anbieten, ihr die seltene Büchersammlung in meinem Penthouse zu zeigen. Wir wüssten beide, was wirklich passieren würde, wenn wir dort ankommen, aber wir müssten nicht darüber reden. Sie könnte so tun, als würde sie nur ein paar Bücher zu sehen bekommen, und es wäre alles schön und zivilisiert, richtig romantisch.

Aber im Moment bin ich nicht in der Lage, zivilisiert zu sein. Alle meine sozialen Kompetenzen scheinen mich wieder verlassen zu haben, und das Furnier der Zivilisation verschwindet. Aus welchem Grund auch immer kann ich diese Spiele mit Emma nicht spielen, kann nicht sanft und Gentleman sein, wie ich es bei anderen Frauen bin.

Bei ihr werde ich von reinem Instinkt getrieben, und dieser Instinkt verlangt, dass ich sie *sofort* in mein Bett zerre.

Ihre kleine Zunge schießt heraus, um ihre Lippen zu befeuchten, und ich stöhne fast bei dieser Versuchung. »Was ist mit …« Sie schluckt sichtbar. »Was ist mit Emmeline?«

Verdammt. »Was ist mit ihr?«, knurre ich und ziehe sie näher heran. »Ich habe dir gesagt, dass es keine Verpflichtungen zwischen uns gibt.« Und die wird es nicht geben – nicht, bis ich Emma aus meinem Kopf bekommen habe.

Ich bin nicht die Art von Mann, der betrügt.

»Aber du willst trotzdem … mit ihr ausgehen, oder?« Ihre Stimme ist atemlos, als sich ihr Unterkörper gegen meinen drückt und meine Erektion in ihren weichen Bauch presst. »Damit du sie vielleicht heiraten kannst?«

»Das ist ein großes Vielleicht«, murmele ich und kann keine Sekunde länger widerstehen. Ich nehme ihr

Gesicht zwischen meine Handflächen und neige meinen Kopf, um sie zu küssen.

Ihre Lippen sind so weich wie beim ersten Mal, als ich sie probiert habe, weich und voll und so verdammt süß, dass alles Blut mein Gehirn verlässt und direkt in meinen Schwanz fließt. Aus der Ferne höre ich noch ein Miauen, aber ich schere mich einen Dreck um die Katze – oder Emmeline und meine lebenslangen Ambitionen. Alle meine Sinne sind mit Emma gefüllt, mit dem nassen, erhitzten Entlanggleiten ihrer Zunge an der meinen und dem schwachen Geruch von Karamell in ihrem Atem, mit der Art und Weise, wie sich ihre weichen Kurven an mir anfühlen, und wie ihre Hände sich an meine Seiten klammern, während ich sie in Richtung ihres Bettes schiebe.

Mein Zuhause ist vergessen. Hier wird es genauso gut gehen.

Die Rückseiten ihrer Beine berühren die Matratze, und plötzlich erstarrt sie. Sie ergreift meine Handgelenke und dreht sich von meinem Kuss weg. »Warte!«

Ich erstarre an Ort und Stelle und brauche jedes bisschen meiner Willenskraft, um bewegungslos zu bleiben, während sie sich aus meinem Griff windet, um sich zurückzuziehen, und nicht aufhört, bis sie so weit weg vom Bett – und mir – ist, wie sie nur kann.

»Hör zu, Marcus«, sagt sie abgehackt und schiebt sich mit zitternder Hand die Locken aus dem Gesicht. »Ich bin nicht … Das ist nicht …« Sie atmet tief ein.

»Wir fühlen uns offensichtlich zueinander hingezogen, aber das wird nicht funktionieren.«

Und während ich sie ungläubig anstarre, nimmt sie ihre Katze vom Boden auf und sagt leise: »Bitte geh. Ich möchte, dass du gehst.«

Emma

»DU HAST *WAS* GETAN?« KENDALLS STIMME SPRINGT IN eine Oktave höher, als sie mich mit ihrem halb gegessenen Croissant in der Hand anstarrt.

»Ich habe ihm gesagt, er solle gehen«, wiederhole ich und reibe meine Schläfen, weil sich die höllischen Kopfschmerzen verschlimmern.

Ich habe kaum geschlafen, nachdem Marcus gestern Abend gegangen war – meine zweite schlaflose Nacht diese Woche –, und obwohl ich mir heute Morgen genug Koffein eingeflößt habe, um ein Pferd zu wecken, fühlt sich mein Schädel an, als stecke er in einen Schraubstock. Angesichts dessen hätte ich wahrscheinlich nicht zum Frühstück zu Kendall gehen sollen, aber ich brauchte jemand anderen als meine Katzen, mit dem ich reden konnte.

»Okay, nochmal zurück.« Kendall lässt das Croissant auf ihre Serviette fallen und dreht ihren Barhocker, um mir direkt ins Gesicht zu schauen. »Lass uns das noch einmal durchgehen. Er brach deine Tür ein, um dich zu retten, nachdem du über deine Katze gestolpert bist, und ihr habt euch geküsst, während du fast nackt warst. Dann hat er mit dir Gyros gegessen, während seine Monteure die Tür repariert haben. Danach habt ihr euch wieder geküsst, und er hat dich in seine Wohnung eingeladen. *Und du hast ihm gesagt, dass es nicht funktionieren wird und dass er gehen soll?*«

»Technisch gesehen hat er mich geküsst, *nachdem* er mich in seine Wohnung eingeladen hat, aber ja, das ist das Wesentliche.«

»Emma! Was zum Teufel …?«

Ich blinzele. »Was? Er plant immer noch ein Date mit Emmeline, und du bist diejenige, die mir gesagt hat, ich solle vorsichtig sein. ›Männer sind Rüden‹, erinnerst du dich?«

»Du Dummkopf! Das war, *bevor* wir wussten, dass er ein Milliardär ist.«

»Kendall …«

»Nein, hör mir zu.« Sie lehnt sich auf die Arbeitsplatte, und ihr Ellenbogen zerquetscht beinahe das Croissant. »Das ist nicht irgendein Wall-Street-Arschloch – das ist *der Marcus Carelli*. Und er ist so sehr an dir interessiert, dass er deine Tür aufbricht und

Gyros in deinem beschissenen kleinen Apartment isst.«

»Richtig. Weil er mir ans Höschen will.« Ich massiere mir die Stirn, als ob das den Druck dahinter vermindern würde. Ich hätte definitiv nicht hierherkommen sollen, wird mir jetzt klar. Wenn ich heute Nachmittag ein Nickerchen gemacht hätte, wäre ich besser gerüstet, um mit Kendall und ihren verrückten Ansichten zum Thema Dating umzugehen. Da wäre …

»Na und?« Kendall springt von ihrem Hocker und starrt mich an, die Hände in die Hüften gestützt. »Du willst *ihm* doch auch an die Shorts, stimmt's?«

»Na ja, schon, aber …«

»Kein Aber! Er ist reich, er ist heiß, er will dich, und du willst ihn. *Und*«, sie beugt sich zu mir herüber, bis ihre Nase fast die meine berührt, »er war total ehrlich mit dir wegen dieser Emmeline. Sie sind noch nicht verheiratet oder daten sich, also wen kümmert es, dass er sie eines Tages *vielleicht* daten könnte?«

Bäh. Ich kneife die Augen zu und wünschte, ich wäre zu Hause bei meinen Katzen. Ich weiß nicht, was ich erwartet hatte, als ich mit den Croissants und dem Kaffee vom Straßenstand vor der Tür in Kendalls Wohnung aufgetaucht bin, aber es stand nicht auf der Liste, dass ich zusammengestaucht werde, weil ich nicht mit Marcus geschlafen habe.

Es ist schlimm genug, dass ich die ganze Nacht damit verbracht habe, meine Entscheidung zu hinterfragen und mich jedes Mal dreckig zu fühlen, wenn ich mich an den Ausdruck auf Marcus' Gesicht erinnert habe, als ich ihm sagte, er solle gehen. Eine Sekunde lang hatte er fast verletzt ausgesehen, aber dann hatte sich sein Blick verhärtet, und sein Gesicht hatte sich in eine steinerne Maske verwandelt. Ohne ein Wort zu sagen, hatte er sich umgedreht und war gegangen, und es war mir kaum gelungen, an Ort und Stelle zu bleiben, anstatt ihm nachzulaufen.

Anstatt ihn anzuflehen, zurückzukommen und zu beenden, was wir angefangen hatten.

»Emma, hör mir zu«, fährt Kendall fort, und ich öffne widerwillig die Augen, als sie wieder auf ihrem Barhocker Platz nimmt. »Marcus mag dich offensichtlich. Was ist, wenn du nicht zu seinen Anforderungen an eine Frau passt? Das bedeutet nicht, dass du keinen Spaß mit ihm haben kannst. Du hast erotische Träume mit diesem Mann gehabt, verdammt nochmal. Und denk einfach mal daran: *Marcus Carelli.* Weißt du, welche Art von Türen dir offenstehen würden, wenn du an seiner Seite wärst? Die Orte, an die er dich bringen könnte, die Leute, die du treffen könntest?« Als ich sie verständnislos anschaue, verdreht sie die Augen und sagt: »Der Job in der Verlagsbranche, den du schon immer wolltest? Er könnte dir sofort helfen. Zum Teufel, sein Fonds könnte wahrscheinlich jeden Verlag *kaufen*, und es wären Peanuts.«

Ich zucke zusammen. »Kendall …«

Sie hält eine Hand hoch. »Ich weiß, ich weiß. Du bist entschlossen, auf eigenen Füßen zu stehen, und das ist bewundernswert. Aber weißt du was, Ems? Der Boden unter deinen Füßen kann ein grüner Rasen oder ein Sumpf sein, und wir können uns nicht entscheiden, was wir wählen – es sei denn, wir haben großes Glück und das Schicksal öffnet uns einen Weg, um ihn zu wechseln. Und dir, mein Liebling, wurde gerade das Äquivalent der Golden Gate Bridge zu Füßen gelegt. Marcus Carelli kann dich auf die grünsten Wiesen führen, die man sich vorstellen kann. Alles, was du tun musst, ist, Ja zu sagen.«

AUF DER U-BAHNFAHRT NACH HAUSE tue ich mein Bestes, um Kendalls Worte zu vergessen, aber der bittere Geschmack in meinem Mund bleibt bestehen. Ich habe ihr mehr als einmal von meiner Kindheit erzählt, aber sie versteht es immer noch nicht, nicht wirklich. Für sie ist der Milliardärstatus von Marcus ein Plus, während er für mich ein riesiges Minus ist. Sein Geld und seine Verbindungen sind das Letzte, was ich will, und diese Tatsache allein hätte jede Beziehung, die wir vielleicht hätten beginnen können, scheitern lassen.

Nicht, dass er überhaupt eine Beziehung mit mir will. Ich bin mir ziemlich sicher, dass es höchstens etwas für ein oder zwei Nächte gewesen wäre. Und obwohl ich diese Möglichkeit in *Betracht* gezogen hatte, als ich eine Entscheidung fällen musste – als er nicht leugnete, dass er letztendlich Emmeline heiraten würde –, konnte ich es nicht durchziehen, egal wie sehr mein Körper mich darum bat.

Ich war zu überwältigt davon, wie ich mich durch in fühlte – und geradezu verängstigt, wie es sein würde, wenn er für immer aus meinem Leben verschwände.

Es ist also am besten, dass ich es gestern beendet habe, bevor ich tiefer hineingezogen wurde. Das ist es wirklich. Also was macht es schon, dass ich mich so beschissen gefühlt habe und nicht schlafen konnte, nachdem ich ihn abgelehnt hatte? Es war zu viel für mich – *er* war zu viel für mich –, und es ist gut, seine Grenzen zu kennen.

Oder zumindest habe ich mir das von dem Moment an gesagt, als Marcus ging und die reparierte Tür sich hinter ihm schloss. Ohne ihn fühlte sich meine Wohnung sofort kälter an, leerer … irgendwie weniger belebt.

Nein, das stimmt nicht. Ich weigere mich, das zu denken. Egal wie vulkanisch unsere Anziehungskraft ist, wir sind ansonsten völlig inkompatibel. Ich habe die richtige Wahl getroffen, egal was Kendall oder andere denken.

Alles, was ich tun muss, ist, mich selbst dazu zu bringen, das zu glauben.

Ich verbringe den Rest des Freitagabends damit, mir einzureden, dass das, was passiert ist, das Beste war, dass ich froh bin, dass Emma den Stecker dieses Wahnsinns gezogen hat, bevor er noch weiterging. Zugegeben, es wäre schön gewesen, sie zu ficken und die Spannung verschwinden zu lassen, die mich von dem Moment an ergriffen hatte, als ich sie sah, aber letztendlich konnte das nirgendwo hinführen.

Emmeline – oder eine andere Frau wie sie – ist das, was ich brauche, und Emma wäre nur eine Ablenkung gewesen. Eigentlich war sie bereits eine Ablenkung, die meine Konzentration bei der Arbeit und anderswo durcheinanderbrachte.

Trotz dieser vollkommen rationalen

Argumentation schlafe ich Freitagnacht kaum, fühle mich angespannt und unruhig, trotz zweier kalter Duschen und einer Begegnung mit meiner Faust. Jedes Mal, wenn ich meine Augen schließe, sehe ich Emma in ihrer Spitzenunterwäsche, und mein Körper brennt mit dem Bedürfnis, sie haben zu wollen, ihre weichen Kurven unter meinen Handflächen zu spüren und die Süße ihrer Lippen zu kosten.

Schließlich gebe ich es auf, schlafen zu wollen, und mache einen zehn Meilen langen Lauf. Das schnelle Tempo, das ich vorgebe, ist ausreichend anstrengend, um mich zu fordern, und als ich mich hinsetze, um das Gourmet-Frühstück zu essen, das mein Butler für mich vorbereitet hat, hat sich etwas von meiner Frustration gelöst. Trotzdem beschließe ich, Emmeline anzurufen, um mich wirklich von der Sache wegzubringen.

Wir führen ein weiteres angenehmes Gespräch. Ich erfahre, dass sie im Dezember auf eine Geschäftsreise nach New York kommen wird, und wir vereinbaren, uns in der Nacht, in der sie frei ist, zum Abendessen zu treffen. Es ist alles sehr ordentlich und zivilisiert, und als ich das Telefon weglege, verspüre ich nicht den geringsten Drang, sie zu verfolgen oder sie in eine Höhle zu schleppen.

Und so sollte es auch sein, sage ich mir, während ich in mein Home-Office gehe, um etwas Arbeit nachzuholen. Bei Emma war ich ständig kurz davor, die Kontrolle zu verlieren und zu vergessen, was wirklich wichtig ist. Der Hunger, den die kleine Rothaarige in mir erweckte, war zu stark, zu gefährlich. Ich möchte mich von der Frau angezogen fühlen, mit der ich zusammen bin, aber nicht so.

Nicht bis zu dem Punkt, an dem sie alles ist, was zählt.

Ich arbeite den Vormittag und den größten Teil des Nachmittags durch und rufe dann, weil meine Unruhe zurückkehrt, meinen Freund Ashton für eine Sparring-Session in unserem MMA-Fitnessstudio an.

Er hat zufällig frei, und wir treffen uns eine Stunde später. Er ist genauso gut in Martial Arts wie ich, und nach einer Stunde ununterbrochenem Hin und Her ist die Punktzahl ausgeglichen, und wir beide triefen vor Schweiß.

»Trinken wir noch was, wenn wir uns umgezogen haben?«, fragt er, als wir zur Umkleidekabine gehen, und ich sage ihm gerne zu.

Alles ist gut, was mich davon abhält, an Emma zu denken.

»Also, wie war die Heiratsvermittlung?«, fragt Ashton, als wir uns an die Bar setzen. Es ist nicht einmal sechs Uhr, also ist der Ort noch ruhig genug, um ein Gespräch zu führen, obwohl es Samstag ist. »Meine Tante hat mir gesagt, dass du Victoria kontaktiert hast«, fährt er fort, als der Barkeeper uns unsere Biere hinstellt. »Hat sie schon eine Frau für dich gefunden?«

Ich hebe mein Bier an und nehme einen großen

Schluck, um ihn nicht anzufahren. Das ist das Letzte, worüber ich jetzt sprechen möchte, aber da er derjenige ist, der mich auf Victoria Longwood-Thierry aufmerksam gemacht hat, schulde ich ihm eine Antwort.

»Sie hat mich mit einer vielversprechenden Kandidatin in Kontakt gebracht – einer Frau namens Emmeline Sommers«, sage ich und stelle mein Bier ab. »Aber sie ist aus Boston, also werden wir sehen, wie das läuft.«

»Siehst du? Ich habe es dir gesagt.« Er grinst und zeigt das perlmuttartige Weiß seiner Zähne. »Dieser Scheiß funktioniert – zumindest, wenn man es will. Du könntest mir nicht genug bezahlen, um für den Rest meines Lebens mit einer Frau zusammen zu sein, aber wenn es das ist, was man will, kann man genauso gut dafür sorgen, dass die Muschi erstklassig ist.«

Er klingt wie ein Arschloch, aber die beiden Frauen, die an der Bar stehen, sind von seinem Lächeln geblendet. Bei ihm ist es immer so. Ashton Vancroft gehört zum alten Geldadel – seriösem Geldadel –, und das sieht man. Seine angeborene Arroganz des reichen Jungen, gepaart mit seinem athletischen Körperbau und seinem goldenen Surfer-Look, zieht Frauen wie ein Magnet an, und das schon solange ich ihn kenne – was bald weit über ein Jahrzehnt ist.

Wir trafen uns an der Business School, wo wir beide unseren MBA machten – ich, damit ich Investoren davon überzeugen konnte, mir ihr Geld anzuvertrauen, und Ashton, weil es von ihm erwartet wurde. Wie er mir einmal erklärte, waren seine Karrieremöglichkeiten Anwalt, Arzt oder Investmentbanker; alles andere wurde für einen Vancroft als inakzeptabel angesehen. Schließlich rebellierte er, indem er die Business School abbrach, um Personal Trainer zu werden, aber der Schaden war angerichtet.

Er hatte zu viel Geschäftssinn erworben, um das arme und sorgenfreie Leben zu führen, das er sich immer gewünscht hatte.

Was am Wochenende mit ein paar Kunden begann, entwickelte sich schnell zu einem profitablen Geschäft, dank der Mundpropaganda über seinen Hardcore- und No-Nonsense-Ansatz zur Fitness und der App, die Ashton entwickelte, um seine Kunden während ihrer Reisen aus der Ferne zu trainieren. Bald hatte er Tausende von Kunden auf der ganzen Welt, und als ihre Vorher-Nachher-Bilder Instagram überfluteten, explodierte seine Trainings-App und schoss an die Spitze aller App-Stores. Jetzt ist er auch ohne das Geld seiner Eltern ein Multimillionär – und leugnet die ganze Sache.

»Wie läuft das Geschäft?«, frage ich, weil ich weiß, dass ihn das ärgern wird – was nur fair ist, wenn man bedenkt, wie sehr mich seine Fragen zu meinen Dating-Fortschritten geärgert haben.

Wie erwartet zieht er eine Grimasse. »Schrecklich. Die Einnahmen sind letzten Monat um weitere zwanzig Prozent gestiegen, und ich werde mit Sponsorenangeboten überflutet. Ich will nichts von dem Scheiß, aber hören sie zu? Nein. Sie sind überzeugt, dass ich total scharf darauf bin, um ihre dämlichen Nahrungsergänzungsmittel oder Fitnessgeräte oder was auch immer sie verkaufen zu verticken. Nichts von dem schnellwirkenden Bullshit funktioniert. Es geht um die richtige Ernährung und darum, den Körper herauszufordern und …«

Ich schalte automatisch ab, während er sich in sein übliches Geschwätz über Stubenhocker stürzt, die nach magischen Lösungen für ihre Faulheit suchen, und meine Gedanken wandern zu Emma. Ich frage mich, was sie diesen Samstagabend macht. Ist sie im Schlafanzug und kuschelt mit ihren Katzen, oder ist sie irgendwo draußen?

Vielleicht bei einem Date?

Meine Hand klammert sich fester an das Bier, als ich sie mir vorstelle, wie sie mit einem Arschloch in einem Restaurant sitzt und ihm eines ihrer hübschen Lächeln mit diesen Grübchen schenkt. Ihm würde ihretwegen das Wasser im Mund zusammenlaufen, bis er sabbert, während sie ihr billiges Stück Pizza oder was auch immer essen würde, und dann würden sie die Rechnung freundschaftlich teilen, bevor sie zusammen zu ihrer Wohnung gingen und …

Verdammt, nein. Ich werde mir nicht solche Szenarien ausmalen.

Ich fühle mich schon jetzt mörderisch.

Sie ist nicht die deine, sage ich mir, als ich mein Bier leere. Sie hat jedes Recht, sich mit allen zu treffen, die sie treffen will, und zu tun, was ihr gefällt. Wir sind nicht mehr zusammen – nicht, dass wir das je waren. Zwei Dates machen keine Beziehung, und ein paar Küsse auch nicht … zumindest dann nicht mehr, nachdem man die Highschool beendet hat.

Es hat also keinen Sinn für mich, das Gefühl zu haben, dass dies eine echte Trennung ist, so als hätte ich tatsächlich etwas verloren, als sie sagte, dass das vorbei sei und ich gehen solle. Höchstens mein Stolz sollte durch ihre Ablehnung verletzt sein, mehr nicht.

Doch als die beiden Frauen an der Bar näher kommen, flirten und mit ihren langen Wimpern klimpern, kann ich nur an Emma und ihr Grübchenlächeln denken. Und als ich mich entschuldige und nach Hause gehe, sind es ihre üppigen Kurven, die ich mir vorstelle, während ich mit meinem Schwanz in meiner Faust unter der Dusche stehe.

Es ist ihr Gesicht, das ich in meinem Kopf sehe, als ich komme.

DIE NÄCHSTEN ELF TAGE ziehen im SCHNECKENTEMPO vorbei. Ich gehe zur Arbeit, komme nach Hause und ich arbeite an meiner Lektoratswebsite. Finanziell geht es aufwärts: Ich habe durch Empfehlungen ein paar neue Kunden gewonnen, einer meiner Stammkunden hat mir gerade einen neuen Roman geschickt, und ein Autor, der finanzielle Schwierigkeiten hatte, erhöhte schließlich die Zahlung, die er mir für die Bearbeitung seines tausendseitigen Epic-Fantasy-Romans schuldete. Meine Katzen hatten auch keine kostspieligen Tierarztbesuche, so dass mein Kontostand ausnahmsweise vierstellig ist. Ich habe sogar einen kleinen Teil meiner Studentendarlehen zurückgezahlt, so dass der aktuelle Zinssatzanstieg etwas weniger wehtut.

Es gibt also keinen Grund, mich zu fühlen, als würde ich mich mit einem 50-Pfund-Rucksack auf dem Rücken durch einen Sumpf schleppen.

»Ruf ihn an«, drängt mich Kendall am Mittwochmorgen erneut, als ich mich beschwere, dass ich antriebslos bin und Schlafstörungen habe. »Sag ihm, dass du deine Meinung geändert hast und ihn wiedersehen willst. Oder schreib ihm wenigstens ein kurzes Hallo. Vielleicht ist er noch interessiert und antwortet dir.«

Ich weise ihren Vorschlag zurück und behaupte, dass meine schlechte Laune nichts *damit* zu tun hat, aber den ganzen Mittwoch über verspottet mich mein Telefon, und das leuchtend rosa Gehäuse reizt mich wie ein roter Umhang einen Stier. Ich rufe nicht an – heldenhaft widersetze ich mich dem Drang – aber in dieser Nacht träume ich, dass ich nachgebe – und Marcus sofort vorbeikommt.

Ich wache nass und begierig auf, brenne von meinem bisher schmutzigsten Traum. Ich setze mich hin, schalte die Nachttischlampe ein, und die Katzen starren mich von meinem Kissen an, verärgert darüber, dass sie aus einem tiefen Schlaf gerissen wurden.

»Ja, ja, erinnerst du dich an die Vase, die du letzte Woche mitten in der Nacht zerstört hast?«, murmele ich in Richtung von Mr. Puff, und er schwingt seinen Schwanz, um mir zu verstehen zu geben, dass er meinen Standpunkt versteht.

Die Katzen schlafen sofort wieder ein, aber ich stehe auf, da ich zu aufgeregt bin, um still zu liegen. Das Telefon liegt auf meinem Nachttisch, verspottet mich wieder, ruft nach mir. Ich greife danach, ziehe aber im letzten Moment meine Hand zurück und sage mir, dass das eine schlechte Idee ist.

Eine sehr schlechte Idee.

Dennoch kann ich meine Augen nicht von dem Gerät abwenden, und meine Hand greift wieder nach ihm und hebt es auf.

Tu es nicht, Emma.

Ich erstarre und versuche, auf die Stimme der Vernunft zu hören, aber eine Sekunde später bewegen sich meine Finger von selbst und springen über den Bildschirm, um meinen Nachrichtenverlauf mit Marcus zu suchen. Mein Herz rast in meiner Brust, als ich »Hey …« tippe.

Schick es nicht ab. Löschen, löschen, löschen!

Ich kaue auf meiner Lippe, starre auf den Bildschirm, und mein Finger schwebt über der Lösch-Taste. Senden oder nicht senden?

Ein weiches Miauen schreckt mich aus meinem existentiellen Dilemma, und als ich aufblicke, sehe ich, wie Queen Elisabeth anmutig über die Decke zu mir geht.

»Denkst du, ich sollte es abschicken?«, frage ich sie, und sie miaut erneut.

»Wirklich?«

Sie wirft mir einen Blick zu, der sagt, dass ich dumm bin, weil ich mit einer Katze darüber rede.

»Nun, mit wem soll ich sonst mitten in der Nacht reden?«

Sie setzt sich hin und beginnt, sich die Pfote zu lecken.

»Okay, dann eben nicht.« Verärgert schaue ich auf mein Telefon – und mein Magen zieht sich zusammen.

Irgendwie ist mein Finger, als ich mit der Katze gesprochen habe, abgerutscht und hat auf »Senden« gedrückt.

MEIN TELEFON KLINGELT UM 2.49 UHR MORGENS UND weckt mich weniger als zwei Stunden, nachdem ich von der Arbeit nach Hause gekommen bin. Fluchend nehme ich es in die Hand und sehe, dass es eine SMS ist.

Von Emma.

Ich bin sofort hellwach, mein ganzer Körper brummt vor Adrenalin, als ich mich schnell aufsetze und über den Bildschirm streiche.

Hey ...

Das ist alles, was in der Nachricht steht.

Ich werfe meine Decke zurück und schalte das Licht ein. Ich kann die drei Punkte auf dem Bildschirm tanzen sehen, die mir sagen, dass Emma im Begriff ist, eine zweite Nachricht zu senden.

Hey ... willst du vorbeikommen?

Hey ... ich habe dich vermisst.

Hey ... ich habe gemerkt, dass ich einen Fehler gemacht habe.

Hey ... was machst du heute Abend?

Die Möglichkeiten sind endlos, und ich sterbe verdammt nochmal vor Neugier, zu erfahren, was sie sagen wird.

Die drei Punkte verschwinden, als hätte sie aufgehört zu tippen und ihre Nachricht gelöscht. Fünf Sekunden später tauchen sie wieder auf.

Ich starre auf das Telefon, und mein Herz schlägt voller raubtierhafter Vorfreude. Ich kann es kaum erwarten, dass sie zugibt, dass sie mich will, dass sie ihre Meinung darüber, mich wegzuschicken, geändert hat. Ich habe gleich morgen früh ein wichtiges Investorengespräch, aber wenn sie will, dass ich gleich vorbeikomme, bin ich dabei.

Wenn ich könnte, würde ich mich nach Brooklyn teleportieren, damit ich vor ihrer Tür stehe, sobald ich diese Nachricht erhalte.

Sie lässt sich Zeit, es in Worte zu fassen, also stehe ich auf, weil ich nicht stillsitzen kann. Ich halte das Telefon fest und gehe ins Badezimmer, um mich fertig zu machen, falls sie, wie ich hoffe, fragt, ob ich vorbeikomme.

Ich bin fast fertig mit dem Rasieren, als das Telefon endlich mit einer neuen Nachricht klingelt. Ich setze den Rasierapparat ab und streiche mit einem halbtrockenen Finger über den Bildschirm.

Sorry, an die falsche Person geschickt.

Ich lese die Worte ungläubig und mit wachsender Wut erneut.

Was zum Teufel …?

Sie hat um drei Uhr morgens *jemand anderem* geschrieben?

Um den Drang zu bekämpfen, das Telefon gegen die Marmorfläche zu schlagen, wische ich grob die Reste der Rasiercreme ab und werfe das Handtuch in das Waschbecken. Theoretisch könnte dieser Jemand ein Freund oder ein Verwandter sein, aber praktisch sind die Chancen dafür null.

Es gibt nur eine Person, der man um diese Zeit schreibt, und das ist jemand, den man fickt – oder den man ficken will.

Und dieser Jemand bin nicht ich.

Gleißende Wut durchdringt mich, als ich mir den Kerl vorstelle – wahrscheinlich ein Arschloch frisch aus dem Peace Corps, das eine Million Katzen besitzt. Er hätte keine Ahnung, wie man einer Frau Lust bereitet, aber *er würde* in Emmas Bett kommen, weil er ein Tierliebhaber und verdammt *nett* wäre.

Nun, *ich* bin nicht nett – und ich habe noch nie etwas aufgegeben, was ich wirklich will. In den letzten zwölf Tagen habe ich mein Bestes getan, um sie zu vergessen, mich selbst davon zu überzeugen, weiterzumachen, aber jede Nacht habe ich von ihr geträumt, und jeden Morgen bin ich hart und frustriert aufgewacht, unfähig, mich zu konzentrieren, bis ich mich mit meiner Faust erleichtert habe. Ob es mir gefällt oder nicht, diese neue Besessenheit von mir verschwindet nicht, und es ist an der Zeit, dass ich sie akzeptiere.

Grimmig öffne ich meine E-Mail und verfasse eine Nachricht an den Privatdetektiv, mit dem ich die Führungskräfte der leitenden Angestellten der Unternehmen, in die wir stark investiert haben, im Auge behalte. Er hat seine nicht immer legalen Mittel und Wege und kann einen Skandal jahrelang ausspionieren, bevor ein Klatschblatt einen Hinweis darauf bekommt. Ich habe ihn noch nie eine Frau verfolgen lassen, an der ich interessiert bin, aber es gibt immer ein erstes Mal.

Stalker-Aktion oder nicht, ich muss wissen, wen Emma sehen könnte – denn ich bin fertig damit, mich an die Spielregeln zu halten.

So oder so, der kleine Rotschopf wird mir gehören.

 Emma

DIE BLUMEN KOMMEN DONNERSTAGNACHMITTAG, genau als mein Chef mir alles über seine neue Diät erzählt. Der Strauß ist so groß, dass der Lieferant Mühe hat, ihn auf die Theke zu heben, und als es ihm schließlich gelingt, blockiert der riesige Strauß aus rosafarbenen, gelben und roten Tulpen fast die Kasse.

»Hast du heute Geburtstag?«, fragt Mr. Smithson und schaut verwirrt auf die Blumen, als ich in dem Wald aus Stielen und Blättern nach einem Kärtchen suche. »Ich hätte schwören können, dass er im September war.«

»Ähm … er ist definitiv im September.« Mein Gesicht wird knallrot, als ich die Karte finde und die aus einem Wort bestehende Nachricht lese. Mein Chef schaut mich immer noch fragend an, also lüge ich: »Das ist nur so ein Ding von meinen Großeltern. Ich liebe Tulpen, und sie tun das ab und an, um mir zu sagen, dass sie an mich denken.«

»Oh.« Mr. Smithson blinzelt. »Okay, dann genieße es.«

Er schlendert weg, um die Thriller wieder aufzufüllen, und ich atme aus, während meine Hand mit einer Mischung aus Angst und Aufregung zittert, als ich die Karte anhebe und die Nachricht erneut lese.

Es ist nur ein einfaches Wort.

Hey.

ICH BIN BEINAHE RUHIG, ALS ICH VON DER ARBEIT NACH Hause komme, und habe mich davon überzeugt, dass der Blumenstrauß Marcus' Rache für meine dummen Nachrichten der letzten Nacht war. Es war definitiv ein feiger Zug meinerseits, zu behaupten, dass ich dieses »Hey« an die falsche Person geschickt hatte, aber ich war in Panik geraten und wusste nicht, was ich sonst tun sollte.

Es gab keinen Grund für mich, ihm um fast drei Uhr morgens eine Nachricht zu schreiben, außer dem Offensichtlichen – und ich bin nicht bereit, *das* zuzugeben.

Ich bin versucht, Kendall anzurufen und ihr von den Nachrichten und den Tulpen zu erzählen – die zufällig meine Lieblingsblumen sind –, aber ich widerstehe dem Drang. Sie würde alles verdrehen, und bevor ich mich versehe, würde ich denken, dass Marcus immer noch an mir interessiert ist, anstatt auf dem besten Weg dahin zu sein, Emmeline oder eine andere ebenso perfekte Frau zu heiraten.

Nein, ich muss alles über Marcus und seine seltsam schöne Reaktion vergessen. Sie bedeutet nichts – und schon gar nicht, dass er immer noch an mir interessiert ist. Diese Sache zwischen uns ist vorbei, und jetzt, da er mich wissen lassen hat, wie dumm meine Nachrichten waren, bin ich sicher, dass ich nichts mehr von ihm hören werde.

Das ist meine volle Überzeugung, bis es an der Tür klingelt, während ich die Katzen füttere.

»Eine Sekunde!«, schreie ich auf und versuche, nicht über Mr. Puffs zu stolpern, als ich seinen Teller abstelle und zur Tür eile. Ich muss den Sturz vom letzten Mal nicht wiederholen.

Es ist niemand an der Tür, als ich sie öffne, aber auf der Fußmatte *liegt* ein Paket.

Mein Puls wird schneller.

Ich erwarte keine Lieferung.

Die Schachtel ist klein und leicht, so dass ich keine Probleme habe, sie anzuheben. Mit klopfendem Herzen trage ich sie in die Küche und stelle sie auf die Theke, bevor ich mir ein Messer nehme, um das Band durchzuschneiden.

Im Inneren befindet sich ein weiterer Karton, ein viel schönerer mit dem Logo von Saks Fifth Avenue. Ich öffne ihn und starre auf den Inhalt.

Ein weißer Kaschmirschal, einer genau wie die billige chinesische Marke, die ich zu Weihnachten auf meine Amazon-Wunschliste gesetzt hatte – nur, dass er von einem italienischen Designer stammt und tausendmal teurer aussieht.

Was zum Teufel …?

Ich durchwühle die Box und finde eine Nachricht.

Von deiner falschen Person, steht da.

~

»OKAY, ALSO LASS MICH DAS VERSTEHEN«, SAGT Kendall am Freitagmorgen, als ich nach einer weiteren schlaflosen Nacht nachgebe und sie von der Arbeit aus anrufe. »Du hast ihm am Donnerstag um drei Uhr morgens aus Versehen eine SMS geschickt, und er hat dir bereits *zwei* Geschenke gemacht?«

»Ja!« Eine Frau, die durch den Mystery-Bereich stöbert, schaut mich verärgert an, und ich sinke in meinen Stuhl, damit ich halb hinter der Theke versteckt bin. »Warum sollte er das tun?«, fahre ich mit gedämpfter Stimme fort. »Und mit diesen Nachrichten? Glaubst du, er spielt nur mit mir?«

»Warum sollte er mit dir spielen? Emma, zieh deinen Kopf aus dem Sand. Er will dich offensichtlich immer noch. Er hat dir was geschickt? Blumen und einen Schal?«

»Ja. Einen riesigen Strauß Tulpen und einen weißen Kaschmirschal, genau wie der, von dem ich gehofft hatte, dass ich ihn Weihnachten von meinen

Großeltern bekommen würde, aber unendlich schicker. Woher wusste er, dass ich einen Schal brauche? Oder dass ich Tulpen liebe, was das betrifft?«

»Die meisten Leute mögen Tulpen, und er muss dich ohne Schal gesehen haben. So oder so, was spielt das für eine Rolle?« Kendalls Stimme wird aus Verzweiflung lauter. »Er hat dir *Geschenke* geschickt. Das bedeutet, dass er immer noch in dich verliebt ist. Hast du ihm wenigstens ein Dankeschön geschrieben?«

Ich beiße mir auf die Lippe. »Ich wollte es, aber …«

»Ernsthaft jetzt? Das musst du machen. Jetzt gleich. Bedanke dich bei ihm und sag ihm, dass du ihn wiedersehen willst.«

»Kendall …«

»Hör auf mit diesem ›Kendall‹. Schreib ihm eine Nachricht und ruf mich zurück, wenn es erledigt ist.«

»Entschuldigung.« Die Frau, die den Mystery-Abschnitt durchforstet hat, nähert sich der Theke, und ihr breites Gesicht ist zu einem missbilligenden Stirnrunzeln verzogen. »Ich kann den neuesten James Patterson nicht finden.«

»Natürlich.« Ich beende das Gespräch mit Kendall und springe, froh über die Unterbrechung, auf. »Ich zeige Ihnen gerne, wo er steht.«

Während ich die Frau durch die Buchhandlung führe, versuche ich, Kendalls Anweisungen komplett zu vergessen – und den Mann, der die Ursache meiner Unruhe ist.

ICH HABE IMMER NOCH NICHT DEN MUT AUFGEBRACHT, Marcus anzurufen oder ihm zu schreiben, als ich nach Hause komme. Teilweise liegt es daran, dass ich keine Ahnung habe, was ich sagen soll. Spielt er mit mir, oder ist das echt? Soll ich böse oder dankbar sein? Die Geschenke, die er mir geschickt hat, sind unverschämt teuer – ich weiß das, weil ich online recherchiert habe, was sie kosten –, also sollte ich sie ablehnen. Aber das würde bedeuten, mit Marcus in Kontakt zu treten, was mich wieder zu meinem Dilemma bezüglich seiner Absichten zurückführt.

Worauf will er hinaus?

Will er sich immer noch mit mir verabreden, oder ist das alles nur ein Spiel für ihn?

Ich habe die Katzen gefüttert und mein eigenes Abendessen halb aufgegessen, als die Türklingel erneut ertönt.

Ich springe auf und eile zur Tür, aber der FedEx-Typ, der das Paket vor meiner Tür liegen gelassen hat, steigt bereits in seinen Lieferwagen.

Das Päckchen ist schwer für seine Größe. Ich bringe es in die Küche und schneide mit zitternden Händen das Paketband durch.

Im Inneren befinden sich Bücher, jedes einzelne in einem hermetisch verschlossenen Plastikbeutel.

Gullivers Reisen, Vom Winde verweht und *Der Graf von Monte Cristo.*

Meine drei allerliebsten Lieblingsbücher – und jedes davon eine signierte Erstausgabe.

ZUM ERSTEN MAL VERSTEHE ICH MENSCHEN, DIE laufen gehen, wenn sie gestresst sind.

Ich kann nicht stillsitzen – genauso wenig wie die gesamte letzte Stunde. Das Gleiche gilt für das Aufessen. Ich gehe in meiner kleinen Wohnung umher, von der Küche in das Schlafzimmer, ins Badezimmer und zurück. Meine Katzen starren mich an, als hätte ich den Verstand verloren, und es ist möglich, dass ich das habe.

Es ist unmöglich, dass ein paar Milliarden Dollar an seltenen Büchern auf meiner Küchentheke liegen, zusammen mit einer Nachricht, auf der steht: »Hole dich heute Abend um 7.00 Uhr ab.«

Das ist ein Scherz. Das muss es sein.

Zum zwanzigsten Mal schnappe ich mir mein Handy und beginne, eine Nachricht an Marcus zu schreiben.

Vielen Dank für deine wahnsinnig großzügigen Geschenke, aber ich fürchte, ich kann sie nicht akzeptieren – und ich habe heute Abend andere Pläne. Außerdem: Spielst du mit mir?

Ich lösche diese Nachricht, bevor ich sie absenden kann, genau wie ich die neunzehn Entwürfe vorher gelöscht habe.

Nichts, was ich schreibe, klingt richtig. Ich kann einen Roman mit rücksichtsloser Präzision bearbeiten und Wörter und Sätze vorschlagen, die die Bedeutung perfekt vermitteln, aber ich kann diese Nachricht nicht schreiben.

Ich war noch nie so aus dem Gleichgewicht. Und das Schlimmste von allem: die Uhr tickt und nähert sich zwangsläufig der Sieben. In siebzehn Minuten wird Marcus mich abholen, und ich konnte immer noch nicht den Mut aufbringen, ihn anzurufen oder ihm eine Nachricht zu schreiben, um sicherzustellen, dass das nicht passiert.

Es ist wahrscheinlich am besten, wenn ich mit ihm persönlich darüber spreche, überlege ich mir, weil ich versuche, mich mit meiner unerklärliche Feigheit besser zu fühlen. Wenn ich seinen Gesichtsausdruck sehen kann, werde ich vielleicht wissen, worauf er aus ist, anstatt dumme Theorien aufzustellen. Denn nichts davon – die Geschenke, die mehrdeutigen Notizen – ergibt Sinn.

Offensichtlich habe ich nicht die Absicht, ein Date mit ihm zu haben – wenn »Hole dich ab« überhaupt ein Date bedeutet. Und wenn doch, welche Art von Arschloch *sagt* einer Frau, dass er sie abholt, anstatt zu fragen? Was wäre, wenn ich andere Pläne hätte? Zugegeben, das habe ich nicht, aber das kann er nicht wissen, oder?

Andererseits, woher weiß er, was meine Lieblingsbücher oder -blumen sind? Oder was für einen Schal ich wollte? Wir haben noch nie darüber gesprochen.

Mein Kopf beginnt von den ganzen Überlegungen zu schmerzen, also schaue ich bei meinem Bett vorbei, um Cottonball hochzunehmen, der sofort anfängt zu schnurren.

»Ich weiß, Baby.« Ich drücke ihn an meine Brust und streichele sein weiches Fell. »Ich habe heute Abend nicht mit dir gekuschelt, und das tut mir leid. Vielleicht taucht Marcus nicht auf. Das könnte alles ein riesiger Witz sein, weißt du? Die Bücher sind vielleicht nicht einmal echt, sondern eine Art Reproduktion – obwohl ich keine Ahnung habe, warum er sich die Mühe machen sollte.«

Queen Elizabeth hebt ihren Kopf von meinem Kissen und schaut mich mit fast geschlossenen Augen an.

»Denkst du *nicht*, dass es ein Scherz ist?«, frage ich über das laute Schnurren von Cottonball hinweg, und sie gähnt demonstrativ.

»Ja, okay, vielleicht ist er nicht so lustig, aber was könnte es sonst sein? Ich habe ihm gesagt, dass es zwischen uns nicht klappen wird, und ich bin sicher, dass er eine Million Frauen hat, die ihn daten möchten.«

Sie gähnt erneut und legt ihren Kopf wieder auf das Kissen.

»Ich weiß. Es ist alles so verwirrend, nicht wahr?« Ich seufze und setze mich auf das Bett neben sie – was Mr. Puffs als Einladung versteht, Cottonball von meinem Schoß zu schieben. Er wird eifersüchtig, wenn ich mit seinen Geschwistern kuschele, also kraule ich ihn hinter seinen Ohren, weil ich weiß, dass, wenn ich es nicht tue, meine restlichen Accessoires darunter leiden werden.

Während ich Mr. Puffs streichele, wandert mein Blick auf mein Handy.

18.53 Uhr.

Wenn das ein Date wäre, würde ich über die Tatsache ausflippen, dass ich immer noch in meiner schäbigen alten Jogginghose und einem T-Shirt mit Katzenhaar stecke, aber das tue ich nicht. Das tue ich wirklich nicht. Weil das kein Date ist. Selbst wenn Marcus wie versprochen vor meiner Tür auftauchen sollte, werde ich ihm einfach die wahnsinnig teuren Bücher zurückgeben und ihm ruhig erklären, dass ich nirgendwo hingehen werde. Ich werde ihm sagen, dass er aufhören soll, mir Geschenke mit spöttischen Botschaften zu schicken und … ach was, wem mache ich da etwas vor?

Ich ignoriere Mr. Puffs beleidigtes Miauen, als ich ihn von meinem Schoß schiebe, zum Schrank eile und verzweifelt ein Outfit nach dem anderen herausziehe. Ich werde mich nicht für Marcus schick machen; das ist für mich, sage ich mir. Ich möchte vorzeigbar sein, weil es zivilisiert ist. Ich würde es für jeden tun, sogar für Kendall. Besonders Kendall, wenn ich darüber nachdenke. Sie würde mich nie in Ruhe lassen, wenn ich wie ein Landstreicher aussehen würde.

Wie der Zufall es will, ist natürlich diesen Samstag Waschtag, und ich habe fast nichts in meinem Schrank. Aber alles ist ein Upgrade gegenüber dem, was ich gerade trage, also zwänge ich mich in meine Skinny-

Jeans – so benannt, weil ich viel dünner sein müsste, damit sie beim Tragen bequem wäre – und ziehe mir einen grauen Pullover über, der nur ein wenig mit Katzenhaar bedeckt ist.

So. Fertig. Egal, ob ich den Knopf an der Jeans kaum schließen kann oder das Ziehen am Pullover statische Aufladung verursacht hat, so dass meine Haare aussehen, als ob ich vom Blitz getroffen worden wäre. Ich streiche mit meinen Handflächen über die wahnsinnig aufgeladenen Locken, kneife in meine Wangen, um ihnen ein wenig Farbe zu verschaffen, und lege einen rosa Lipgloss auf – nur für den Fall.

Es klingelt an der Tür, als ich im Begriff bin, mir Stiefel anstelle meiner kuscheligen Hausschuhe anzuziehen.

Mist, Mist, Mist.

Ich hatte gehofft, dass er nicht auftauchen würde.

Nein, das ist eine Lüge. Ich wäre enttäuscht gewesen, wenn er nicht aufgetaucht wäre – aber nur, weil ich ihm ein paar Takte sagen wollte. Was zum Teufel glaubt er, wer er ist? Mir diese unverschämt teuren Geschenke zu machen – dieser Blumenstrauß muss auch ein hübsches Sümmchen gekostet haben – und mir zu befehlen, mit ihm zu einem Date zu gehen?

Ich bin so aufgeregt, dass ich zur Tür stolpere und sie aufreiße – und mich erst dann an die kuscheligen rosa Pantoffeln erinnere, die ich noch anhabe.

»Hi«, murmelt Marcus, blickt auf mich herab, und ich vergesse alles über meine Empörung und meine

Pantoffeln, da mein Atem bei der dunklen Hitze in diesen kühlen blauen Augen stockt.

Irgendwie habe ich in den letzten zwei Wochen vergessen, wie groß er ist und wie auffällig seine harten, männlichen Gesichtszüge sind. In seiner einschüchternden Kleidung aus perfekt geschnittenem Anzug, steifem, blauem Hemd, subtil gestreifter Krawatte und aufgeknöpftem knielangem Mantel ist er wie eine Art moderner König, der Reichtum und Macht ausstrahlt – und mehr starken animalischen Magnetismus als fair wäre. Ich kann buchstäblich spüren, wie mein Blut schneller durch meine Venen fließt und jeden Zentimeter meiner Haut erwärmt, bis sich die eisigen Windböen draußen wie eine laue Sommerbrise anfühlen.

»H-hi«, stottere ich, als ich merke, dass ich ihn mit offenem Mund anstarre. »Ich meine … hallo.« Die Unfähigkeit, Wörter zu finden, die mich bereits bei den Textnachrichten geplagt hatte, ist nicht verschwunden, stelle ich mit dem kleinen Teil meines Gehirns fest, der noch funktioniert. Der Rest meines Verstandes ist leer. Ich kann mich an keine der Reden erinnern, die ich vorbereitet habe, als ich in meinem Zimmer umhergegangen bin, oder warum ich sie überhaupt vorbereitet habe. Alles, woran ich denken kann, wenn ich ihn ansehe, ist, wie sich diese großen, warmen Hände auf meiner Haut angefühlt hatten und wie diese weichen, männlichen Lippen an meinem Ohr geknabbert und einen Lustschauer über meinen Körper geschickt haben.

»Emma.« Seine Stimme ist tief und so samtig wie eine Massage mit einem Happy End für meine Ohren. »Kätzchen, bist du bereit?«

»Bereit?« *Oh Gott, reiß dich zusammen, Emma! Er meint das nicht sexuell!* Es sei denn, er tut es, und in diesem Fall ist die Antwort Ja, tausendmal Ja. Vielleicht werden andere menschliche Frauen nicht läufig, aber genau das scheint mir zu passieren, wenn ich mit Marcus zusammen bin. Schon jetzt ist mein Höschen feucht, und ich muss mich anstrengen, um ruhig stehen zu bleiben, anstatt mich nach vorne zu beugen und mich an ihm wie eine Katze zu reiben, die ihr Territorium markiert.

»Zum Gehen«, fügt er hinzu, blickt nach unten, und ich folge seinem Blick zu meinen Pantoffeln – die noch so rosa und flauschig sind wie immer.

Mit einer massiven Willensanstrengung sammele ich mein zerstreutes Gehirn. »Wohin gehen? Ich bin nicht …«

»Zu dem Griechen, den wir das letzte Mal nicht ausprobieren konnten«, sagt er sofort. »Er ist wirklich gut, ich verspreche es – und überhaupt nicht teuer.«

»Aber …«

»Er ist auch sehr ungezwungen«, sagt er. »Aber vielleicht willst du trotzdem deine Schuhe anziehen. Hier, die reichen.« Er tritt vor, und wie ferngesteuert trete ich instinktiv zurück, lasse ihn in die Wohnung und schließe die Tür hinter ihm.

Marcus ignoriert Mr. Puffs, der ihn anfaucht, geht an mir vorbei und nimmt die Stiefel, die ich aus dem

Schrank geholt habe. Dann kommt er zurück und kniet wie ein Assistent in einem Schuhgeschäft vor mir nieder. Er umfasst meinen Knöchel mit einer großen Hand, zieht meinen Pantoffel aus und beginnt, meinen Fuß in den Schuh zu stecken.

Was von meinen Gehirnkurzschlüssen übrig bleibt, ist das Gefühl seiner harten, warmen Finger an meinem Knöchel, das so erotisch ist, als hätte er angefangen, an meinen Zehen zu saugen. Oh Gott, ist das eine neue Fantasie von mir? Denn plötzlich fällt mir nichts ein, was ich mir mehr wünsche, als dass Marcus mir die Socke auszieht und seine Lippen an meinen Knöchel bringt, um dann meinen Fuß mit heißen, nassen Küssen zu bedecken, bevor …

»Hier, gib mir deinen anderen Fuß«, murmelt er und reißt mich aus meinem verdorbenen Tagtraum, und ich blinzele, während sich eine Hitzewelle auf meinem Hals ausbreitet, als ich merke, dass ein Fuß bereits in einem Stiefel steckt – und dass er ihn mir angezogen hat.

Ich fühle mich wie ein perverses Aschenputtel, als ich damit herausplatze: »Ich kann das machen«, und mich nach unten beuge, um ihn abzufangen, während er nach meinem anderen Fuß greift. Aber ich verkalkuliere mich, und mein Fuß kommt hoch, während ich meinen Kopf senke.

Mit einem erschrockenen Aufschrei falle ich vornüber, kann mich aber auf Marcus' breiten Schultern abfangen. Seine Hände schließen sich sofort um meine Taille, geben mit Halt, und wir enden Nase an Nase, so nah, dass ich seinen warmen Atem auf meinen Lippen spüren und den schwachen Hauch von kühler Brise und frischem Kiefernholz riechen kann – sein Aftershave, höchstwahrscheinlich.

Seine Augen sind nicht nur blau, bemerke ich benommen, als er mich neben sich auf die Knie zieht. Seine Iris hat silberne Flecken, einige hell genug, um beinahe weiß zu sein. Sie sind wunderschön, und die Art und Weise, wie sich seine Pupillen erweitern, fasziniert mich, auch wenn die wachsende Erregung meinen Atem beschleunigt und mein Geschlecht mit warmer Flüssigkeit überflutet.

»Emma.« Das weiche, tiefe Timbre seiner Stimme vibriert durch mich hindurch und verstärkt den hypnotischen Effekt, als eine seiner Hände meine Taille verlässt, um sich mit einer sowohl zärtlichen als auch besitzergreifenden Geste um meinen Kiefer zu legen. Er beugt sich noch einen Zentimeter nach vorne und murmelt heiser: »Kätzchen, wenn du das nicht willst, sag es mir jetzt.«

Ja, sag es ihm. Aber mein Mund weigert sich, zu kooperieren und die Worte zu formen, die nötig sind, um diesen Wahnsinn zu stoppen. Weil ich das will. Ich will es so sehr, dass es mir wehtut. Ich weiß, dass es Gründe gibt, warum dies keine gute Idee ist, aber ich kann mich nicht mehr daran erinnern, was sie sind.

Er interpretiert mein Schweigen richtig, und seine Lippen schweben nur noch einen Moment lang neben meinen, bevor er sie mit einem zärtlich fordernden Kuss auf meine drückt. Seine Zunge streicht über die geschlossene Naht meiner Lippen, um einen Spalt zum Eindringen zu finden, und ich lasse ihn mit einem leisen Stöhnen hinein. Meine Augen schließen sich, und meine Hände ballen sich um das Revers seines Mantels zu Fäusten, während heiße Lustwellen durch meinen Körper jagen.

In der Ferne höre ich ein angepisstes Miauen, aber es kann den sinnlichen Nebel nicht durchdringen, der mein Gehirn umhüllt. Die Spannung in meinem Unterleib wächst, windet sich mit jeder geschickten Liebkosung seiner Zunge weiter in die Höhe, und meine Hände gleiten über seinen Hals nach oben, um das Gefühl seines dicken, seidigen Haares zu genießen. Meine Berührung scheint ihm zu gefallen, und ein Stöhnen knurrt tief in seiner Kehle, als er mich auf meine Füße zieht und uns beide zum Bett manövriert, wobei er auf dem Weg dorthin seinen Mantel und die Jacke auszieht.

Es gibt noch mehr empörtes Miauen, als die Katzen vom Bett springen und den Raum für uns freimachen, und dann werde ich auf meinem Rücken ausgestreckt, Marcus erscheint über mir, und seine Lippen verschlingen meine, während seine Hände gierig über meinen bekleideten Körper streifen. Eine große Hand schiebt sich unter meinen Pullover, die Handfläche ist heiß und rau auf meiner nackten Haut, und ich erschaudere vor Vergnügen, als seine Finger sich über meiner linken Brust schließen und sie mit festem Druck durch meinen BH kneten. Sein Daumen streicht über meinen harten Nippel, und ich wölbe mich in seine Berührung, sehne mich nach mehr, brauche mehr.

Ich brauche alles.

So muss es sein, wenn man von Leidenschaft übermannt wird, wird mir unterschwellig klar, als meine Hände am Knoten seiner teuren Krawatte reißen, die ich verzweifelt abreißen will, um ihm das Hemd auszuziehen und seine nackte Brust zu spüren. Ich habe immer gedacht, dass das nur eine poetische Redewendung ist, eine romantische Übertreibung. Aber genau so fühlt es sich an: wie eine unaufhaltsame Welle, ein Tsunami an Empfindungen, über den ich keine Kontrolle habe. Mein ganzer Körper steht in Flammen, meine Brustwarzen sind hart und schmerzen, und meine Klitoris pocht, als das Verlangen sich wie eine Spirale immer enger in meinem Unterleib zusammenzieht.

Ich weiß nicht, wie ich es schaffe, ihm in diesem Zustand Krawatte und Hemd auszuziehen, aber das tue ich, und die Hitze in mir wird zu einem Feuerwerk, als meine Hände über seine breite muskulöse Brust und seinen ebenso kräftigen Rücken gleiten. Er ist überall warm und hart, und die Glätte seiner Haut wird nur durch leichten Haarwuchs in der Nähe seiner flachen Brustwarzen und der Spur, die über seinen geriffelten Bauch läuft, aufgeraut. Seine Bauchmuskeln fühlen sich an, als wären sie aus Stein gehauen, jede einzelne so perfekt geformt, dass ich die Dinge verlangsamen möchte, damit ich ihn anstarren und sabbern kann. Aber er zieht bereits meinen

Pullover und meine zu enge Jeans aus, zusammen mit meinen Socken und dem einen Stiefel, und alle Gedanken an eine Verlangsamung verfliegen, als er seine Hand in meinem Haar vergräbt und mich wieder küsst. Seine Zunge fegt mit heftigem Hunger in meinen Mund, während seine freie Hand meinen Körper hinuntergleitet und in mein nasses Höschen taucht.

Ja, oh Gott, ja, genau da. Ich möchte die Worte von den Dächern schreien, als er zielsicher meine pochende Klitoris findet, aber alles, was ich schaffe, ist ein abgehacktes Keuchen an seinen Lippen, als meine Stimmbänder sich zusammen mit jedem Muskel in meinem Körper anspannen. Mit zusammengekniffenen Augen wölbe ich mich ihm stöhnend entgegen, und meine Nägel graben sich in seine Seiten, als sein Daumen auf das geschwollene Nervenbündel drückt und beginnt, quälende Kreise zu ziehen. Ich bin nah dran, so nah …

»Sieh mich an«, befiehlt er, hebt seinen Kopf, und meine Augen öffnen sich, um auf seine zu treffen, als sein Zeigefinger sich weiter nach unten bewegt und die Nässe am Rand meines Eingangs verschmiert, während sein Daumen damit fortfährt, meine Klitoris zu quälen. Seine Augen sind dunkel und hungrig, als er heiser sagt: »Ich will dich kommen sehen.«

Ja, oh ja, bitte. Die besitzergreifende Note in seiner tiefen Stimme trägt zu der unerträglichen Spannung bei, die sich in mir aufbaut, und ich schwebe für eine köstliche Sekunde am Rand, bevor der Druck seines

Daumens zunimmt und ich mit einem erstickten Schrei komme.

Meine Entladung ist wie eine Bombe, die in meinem Körper explodiert und dabei alles implodieren lässt. Die Lust pulsiert gewaltig durch meine Nervenenden, und in jeder Zelle pocht eine Welle von Gefühlen. Die ganze Zeit beobachtet er mich, und in seinem Blick erkenne ich dunklen Triumph – und sein eigenes immer stärker werdendes Verlangen.

Emma

DIE NACHBEBEN POCHEN IMMER NOCH IN MEINEM Unterleib, als Marcus nach oben greift, meinen BH öffnet und dann seinen Kopf nach unten senkt, um seine Lippen um meine rechte Brustwarze zu schließen, sobald meine Brüste freiliegen. Dieses plötzliche Gefühl ist fast grausam, und sein heißer, nasser Mund saugt so stark, dass ich schreie und mich mit an Schmerzen grenzender Lust in seinem Haar festkralle, während ich meine Augen wieder fest zusammendrücke. Aber er ist unerbittlich, und zu meinem Entsetzen beginnt mein Unterleib erneut zu pochen, als die Anspannung steigt. Ich bin beim Sex noch nie zweimal gekommen, nur allein mit meinem Vibrator, aber ich weiß, dass es mit Marcus möglich ist.

Es ist sogar unvermeidlich.

Er richtet seine Aufmerksamkeit auf meine andere Brust und saugt mit starken Zügen an meinem Nippel, während seine Hand tiefer zu meiner getränkten Unterwäsche wandert. Er zieht das Höschen über meine Beine nach unten, dann kehren seine Finger zu meinen Falten zurück. Nur diesmal spielt er nicht mit ihnen. Während er meinen Nippel mit seiner Zunge streichelt, dringt er mit einem langen, dicken Finger tief in mich ein, während sein Daumen auf meine Klitoris drückt.

Ich verbrenne. Es gibt kein anderes Wort dafür.

Irgendwie hatte mich mein erster Orgasmus nur auf das hier vorbereitet, und mein ganzer Körper spannt sich vor intensivem, heißem Vergnügen an, während ich schreie und unter ihm zucke. Die nasse Hitze seines Mundes auf meiner Brust, das Gefühl seines großen Fingers so tief in mir, das schwere Gewicht, mit dem er auf meine Beine drückt – das ist alles zu viel und gleichzeitig nicht genug.

Ich brauche mehr.

Ich brauche ihn in mir.

»Ja, das brauchst du«, knurrt er, und meine Augen fliegen auf, um seinem brennenden Blick zu begegnen.

Ich muss die Worte laut gesagt haben. Normalerweise würde mich das Wissen dazu bringen, überall zu erröten, aber ich bin schon viel zu weit gegangen, als dass es mir etwas ausmachen würde – und der Anspannung in Marcus' harten Gesichtszügen nach zu urteilen ist das Letzte, woran er denkt, mich damit aufzuziehen.

Er trägt immer noch seine Hose und seinen Gürtel, und unsere Hände prallen aufeinander, als wir gleichzeitig nach der Schnalle greifen. Das wäre lustig, wenn ich nicht so erregt wäre, dass diese Verzögerung die schlimmste Art von Folter ist. Ich habe das Gefühl, dass die beiden Orgasmen nur meinen Appetit geweckt haben, so als ob ich jetzt, da ich eine Kostprobe hatte, nicht aufhören kann, bis ich das Hauptgericht verschlungen habe.

Und was für ein Gericht es ist. Mein Atem stockt, als er seine Hose öffnet, endlich seine Erektion befreit und ein Kondom aus seiner Tasche zieht. Ich hatte diese harte Wölbung das letzte Mal an mich gedrückt gefühlt, und sie schien definitiv beeindruckend zu sein, aber ich hatte trotzdem nicht *das* erwartet …

»Schaust du gern Pornos?«

Diese Worte entweichen aus meinem Mund, bevor ich sie verhindern kann, und diesmal erröte ich – weil ich *nicht* wie die halbe Jungfrau klingen wollte, die ich bin. Er ist zweifellos an Frauen mit sexueller Erfahrung gewöhnt, die so umfangreich sind wie seine eigenen, nicht an sechsundzwanzigjährige Katzenladys, die in ihrem ganzen Leben nur mit zwei Freunden geschlafen haben.

Seine dunklen Augenbrauen ziehen sich zu einem Stirnrunzeln zusammen, aber zu meiner Erleichterung scheint er nicht vorzuhaben, über mich zu lachen. Stattdessen murmelt er: »Nein«, und zieht sich das

Kondom über. Dann bewegt er sich auf mich und bedeckt mich mit seinem großen Körper. Er nimmt mein Gesicht in seine Hände und beansprucht meine Lippen mit einem weiteren tiefen, verzehrenden Kuss, und gleichzeitig schiebt sich sein Knie zwischen meine Oberschenkel und drückt sie auseinander. Der breite Kopf seines Schwanzes streift an meinem inneren Oberschenkel entlang, und ich spüre den starken Druck von ihm an meinem Eingang.

Heilige Scheiße, er fühlt sich groß an, sogar in meinem extrem erregten Zustand.

Viel zu groß.

Ich löse meine Lippen von seinen. »Ähm, Marcus …«

Die Spitze seines Schwanzes ist weniger als einen Zentimeter in mir, als er sofort innehält. Er drückt sich auf einem Ellenbogen nach oben und fragt heiser: »Tue ich dir weh?«

Ich schlucke und erwidere seinen Blick. »Ein bisschen.«

Sein Kiefer zuckt. »Willst du, dass ich aufhöre?«

»Was? Oh, nein. Aber … mach bitte langsam, okay?«

Seine blauen Augen sehen erleichtert aus. »Natürlich«, verspricht er, und dann beugt er seinen Kopf und küsst mich wieder. Gleichzeitig beginnen sich seine Hüften hin und her zu bewegen und sich einen Millimeter nach dem anderen in mich hineinzuarbeiten. Die Dehnung brennt immer noch, aber ich bin so erregt, dass mir der leichte Schmerz nichts ausmacht – und seine Zunge, die sich um meine windet, verstärkt die Nässe, die ihm das Eindringen erleichtert.

Zuerst bin ich dankbar für das langsame Tempo, aber eine Minute später, als er noch weniger als zur Hälfte in mir ist, bin ich bereit, seinen Rücken blutig zu kratzen.

Ich brauche ihn in mir. Bis zum Anschlag. Jetzt.

Ich versenke meine Zähne in seine Unterlippe und hebe meine Hüften an, um ihn noch ein paar Zentimeter weiter in mir aufzunehmen – und mein Atem stockt, als er mit einem leisen Stöhnen bis zum Anschlag in mich eindringt.

Oh, verdammt. Er ist *groß*.

Ich muss es noch einmal laut gesagt haben, denn er versteinert auf mir und hebt seinen Kopf. »Habe ich dir wehgetan?« Seine Stimme ist angespannt, genauso wie jeder Muskel in seinem großen Körper, während er sich völlig bewegungslos hält. »Emma, Kätzchen … sag es mir. Willst du, dass ich aufhöre?«

Ich schaffe ein kleines Kopfschütteln. »Nein. Nicht aufhören.« Meine inneren Muskeln flattern in Panik und versuchen immer noch, sich an die überwältigende Größe von ihm zu gewöhnen, aber die neu erwachte Nymphomanin in mir verlangt nach mehr.

Ich will meinen dritten Orgasmus, und zwar sofort.

Er starrt mich an, seine leicht gebräunte Haut ist mit einer dünnen Schweißschicht bedeckt, und ich fühle den Moment, in dem seine Selbstbeherrschung zerbricht, ganz deutlich. Mit einem leisen Knurren zieht er sich zurück und stößt so hart in mich hinein, dass ich keuche. Aber diesmal hört er nicht auf. Mit verengten Augen schaut er mich an und legt dann ein hartes, treibendes Tempo vor.

Das Feuer, das in mir brodelt, entzündet sich heißer, und jeder Stoß seines massiven Schwanzes bringt mich näher an diesen köstlichen Orgasmus. Keuchend versenke ich meine Nägel in seinen Seiten und erwidere seine Stöße, bis die erotische Spannung auf unerträgliche Höhen steigt. Ich werde gleich kommen, und es fühlt sich anders an, intensiver mit ihm in mir. Mein Herz rast, meine Haut brennt, und alle meine Muskeln sind so angespannt, dass ich zittere. Es ist, als würde ein Zug auf mich zukommen, den ich weder aufhalten noch verlangsamen kann. Jedes Mal, wenn er ganz in mir ist, reibt sein Becken gegen meine geschwollene Klitoris, und keuchende Schreie entweichen aus meiner Kehle. Es ist zu viel, zu intensiv, aber ich will mehr.

»Komm mit mir«, knirscht er heraus und verzieht sein Gesicht, als er gnadenlos in mich hämmert. Mein Orgasmus trifft mich so hart, dass ich schreie. Meine inneren Muskeln ziehen sich um ihn zusammen, als das Vergnügen durch jedes Nervenende in meinem Körper vibriert, und ich spüre, wie sein Schwanz tief in mir zuckt und pulsiert, während er sich mit geschlossenen Augen in mir reibt und sein Kopf mit einem orgastischen Stöhnen zurückwirft.

Die Nachbeben sind wie eine Reihe von Mini-Erdbeben in meinem Körper, als er auf mir zusammenbricht, sich dann auf die Seite rollt und mich in einem besitzergreifenden Griff an sich drückt, während sein langsam weich werdender Schwanz aus mir herausrutscht. Schweiß lässt unsere Haut zusammenkleben, und unsere abgehackte Atmung ist im stillen Raum hörbar, während ein einziger Gedanke durch meinen Kopf kreist.

Ich bin so am Arsch.

29

Marcus

ICH ZIEHE EMMA FESTER AN MICH, WÄHREND SIE SICH bewegt und versucht, Abstand zwischen uns zu schaffen. Ich sollte sie gehen lassen, damit ich das Kondom entfernen und mich säubern kann, aber ich kann mich nicht dazu bringen. Mein Herz pumpt wie eine überarbeitete Dampfmaschine, und trotz der Entspannung vom Orgasmus, die sich in meinen Muskeln ausbreitet, vibriere ich mit einem Übermaß an Adrenalin.

Ich habe so etwas noch nie in meinem ganzen Leben erlebt – habe mich noch nie so vollständig in einer Frau verloren. Von dem Moment an, als sie mich an den Schultern griff, wurde ich von einem einzigen urtümlichen Drang angetrieben: in sie einzudringen, sie zu beanspruchen und sie zu der meinen zu machen. Ich habe alle meine Pläne für eine aufwendig inszenierte Verführung vergessen, bei der ich das, was der Detektiv herausgefunden hat, nutzen wollte, um sie davon zu überzeugen, mir eine zweite Chance zu geben.

Ich wollte sie heute Abend wie ein Gentleman umwerben, aber stattdessen bin ich mit der Raffinesse eines sexhungrigen Sträflings über sie hergefallen und habe mich nicht einmal zurückgezogen, als ich ihre extreme Enge gespürt habe und wusste, dass ich ihr wehtue.

»Geht es dir gut, Kätzchen?«, murmele ich und ziehe sie näher heran, bis wir in Löffelchenstellung liegen, wobei eine Hand ihre Brust wiegt und der andere Arm unter ihrem Hals ausgestreckt ist. Ihr kleiner, üppiger Körper fühlt sich so richtig an, so perfekt an mir. Ihr Arsch ist köstlich voll und rund an meiner Leiste, und die weiche runde Brust füllt meine Handfläche, als wäre sie für sie gemacht.

Sie erinnert mich wirklich an ein Kätzchen, ein süßes, warmes, kuscheliges.

»Es geht mir gut.« Eine sichtbare Röte kriecht über ihre nackte Schulter und färbt ihre Haut in einem zarten Pfirsichton, als sie wieder versucht, sich wegzuschieben, und murmelt: »Ich sollte mich sauber machen.«

Diesmal habe ich keine andere Wahl, als sie gehen zu lassen. Widerwillig hebe ich meinen Arm an, und sie springt aus dem Bett, bevor sich ihre wilden roten

Locken und blassen Kurven zum Badezimmer bewegen. Ich setze mich auch auf und greife nach einem Tuch aus der Box auf dem Nachttisch. Gerade noch rechtzeitig – das Kondom rutscht schon von mir ab. Als ich das benutzte Tuch mit dem Kondom im Inneren zusammenknülle, sehe ich zwei der Katzen, die beiden Kleineren, die mich mit ihren grünen Augen anschuldigend anstarren. Ihr größeres Geschwisterkind ist zum Glück nirgendwo zu sehen.

Vielleicht war er beleidigt, weil ich seinen Platz auf dem Bett eingenommen habe?

»Was?«, knurre ich sie an, als sie mich weiterhin anstarren, und dann merke ich, dass ich mit verdammten *Katzen* rede.

Ich stehe auf, ziehe meine Hose hoch und gehe hinüber zum Badezimmer, wo ich eine Dusche laufen höre.

»Emma?« Ich klopfe. »Darf ich reinkommen?«
Keine Antwort.

Ich interpretiere das als ein Ja und öffne die Tür. Wie die meisten Menschen, die allein leben, ist sie es nicht gewohnt, die Badezimmertür abzuschließen.

Im Inneren ist der kleine Raum mit Dampf gefüllt, und der Spiegel ist beschlagen. Durch den halbtransparenten blauen Vorhang, der vor ihrer Wanne hängt, sehe ich den Umriss ihres Körpers unter dem Wasserstrahl, und obwohl ich nach dem Orgasmus immer noch zu Atem kommen muss, zuckt mein Schwanz mit neuem Interesse.

Verdammt. Es sollte eigentlich besser werden, sobald ich sie hatte.

Ich zögere, betrachte sie einen Moment lang, und ziehe dann meine Schuhe, meine Hose und den Slip aus. Ich hänge die Kleidung über die Handtuchstange und ziehe den Vorhang zur Seite. »Darf ich mit dir duschen?«

Sie erstarrt mitten in der Bewegung, sich Duschgel auf die Handfläche zu geben, und ihre Augen runden sich vor Schreck. »Was?«

»Darf ich mit dir duschen?«, wiederhole ich, und meine Stimme wird heiser, als mehr Blut in meine Leiste strömt. Mit den wunderschönen Locken, die lose auf ihren Kopf gesteckt sind, und dem Wasser, das über ihre glatte, blasse Haut fließt, ist sie das sexyeste Ding, das ich je gesehen habe. Ich bin es gewohnt, dass Frauen rasiert oder gewachst sind, aber sie ist nur ordentlich getrimmt, und der kleine Fleck aus flammendem Haar zwischen ihren Beinen zieht meine Augen wie ein Leuchtfeuer an.

Eine echte Rothaarige – nicht, dass ich je daran gezweifelt hätte.

Ihre entzückende Haut färbt sich hübsch rot, als sie erkennt, wohin ich schaue. »Ähm … ja.« Sie klingt erstickt, und als ich aufblicke, sehe ich, dass sie auf meinen sich schnell härtenden Schwanz starrt. »Du kannst … kommen, wenn du willst.«

Oh, ich will. Ich trete in die Wanne, ziehe den Vorhang zu, drehe den Duschkopf so, dass das Wasser uns nicht direkt trifft, und nehme die Flasche für Duschgel aus ihren versteinerten Fingern. »Lass mich.«

Sie blinzelt mich verständnislos an.

»Ich will dich waschen«, erkläre ich und schütte das Gel in meine Handfläche, bevor ich die Flasche auf der Ecke der Wanne abstelle. »Dreh dich um.«

Sie gehorcht, und ich verteile Schaum über ihren blassen Schultern, bevor ich meine Hände über die weiche Haut ihres Rückens gleiten lasse und meine Herzfrequenz sich mit wachsender Erregung beschleunigt. Sie hat diese sexy Kerben am Ansatz ihrer Wirbelsäule, wo ihre winzige Taille in einen köstlich vollen Arsch übergeht. Meine Hände rutschen nach unten, um diese weichen, runden Kugeln zu waschen, und ich kann mich nicht davon abhalten, sie besitzergreifend zu drücken.

Meins.

Dieser süße kleine Arsch gehört jetzt mir, wie jeder andere leckere Teil von ihr.

Das ist ein völlig primitiver Gedanke – eine Frau zu ficken bedeutet nicht, dass man sie besitzt – aber ich kann ihn nicht unterdrücken. Es ist eine Überzeugung, die bis ins Mark geht.

Emma gehört jetzt mir. Ich habe Anspruch auf sie erhoben, und ich werde nicht zurückweichen.

Die Wanne, in der wir uns befinden, ist voll, besonders für jemanden meiner Größe, aber ich schaffe es, mich hinter sie zu knien, um die Seife auf ihren Beinen zu verteilen, und mein Schwanz versteift sich weiter, während ihre Wadenmuskeln sich bei meiner Berührung anspannen. Ihr köstlicher Po ist jetzt näher auf meiner Augenhöhe, und Wasser läuft in meinem Mund zusammen, vor Lust, in dieses cremige, geschmeidige Fleisch zu beißen und meine Zähne darin zu versenken, als wäre es ein Apfel.

»Dreh dich um.« Meine Stimme ist so heiser vor Lust, dass ich sie kaum wiedererkenne. Ich verstehe nicht, was mit mir passiert, warum ich dieses überwältigende Bedürfnis verspüre, sie zu markieren, sie als die meine zu brandmarken. Ich hatte nie den geringsten Drang, eine Frau zu verletzen, aber etwas Dunkles in mir – etwas, von dem ich nicht wusste, dass es existiert – mag den Gedanken, ihre blasse Haut zu beschädigen und die Zeichen meines Besitzanspruches auf ihrem glatten Fleisch zu sehen.

Ich unterdrücke die bizarr sadistische Neigung, warte darauf, dass sie sich umdreht, und als sie es tut, ergreife ich ihre Hüften und ziehe sie zu mir. Selbst kniend bin ich zu groß – oder sie ist zu klein –, als dass ich mein Ziel erreichen könnte. Also hebe ich ihr Bein an, so hoch, bis sie auf ihren Zehen balanciert und sich an der gefliesten Wand festhält, um nicht den Halt zu verlieren, und dann lehne ich mich zurück, bis ihre Muschi direkt über meinem Gesicht liegt.

Ihre grauen Augen sind weit aufgerissen, als sie mich anstarrt. »Was tust …«, fängt sie an, aber ich tauche bereits in mein Festessen ein und lecke an ihren rosa Falten, als ob ich nicht genug bekommen könnte. Und ich kann es auch nicht. Es ist, als wäre ihr Geschmack speziell für mich kreiert worden. Ich muss sie schmecken, ihr weiches, glattes Fleisch unter meiner Zunge spüren.

Sie schreit auf, und ihr Bein spannt sich in meinem Griff an, als ich zu ihrer Klitoris komme und ihre Erregung schmecke, als mehr Feuchtigkeit aus ihr heraustropft, um ihren Eingang zu bedecken.

Sie will mich.

Verdammt, ja, sie will mich.

Ich vergesse alle Zurückhaltung und esse ihre Pussy, angetrieben von den erotischen Schreien und dem Stöhnen aus ihrem Mund. Sie ist so süß, wie ich es mir vorgestellt hatte, und ihr Fleisch ist seidig weich unter meiner Zunge. Ihr Kitzler ist geschwollen von meinen vorherigen Behandlungen, und ich lutsche daran und fühle, wie ihr Oberschenkel bei jeder Bewegung meiner Lippen erzittert. Noch mehr köstliche Nässe umhüllt meine Zunge, und ich benutze meine freie Hand, um mit zwei Fingern in sie einzudringen und meine Fingerspitzen gegen den schwammigen G-Punkt an ihrer Innenwand zu drücken.

Ihre Schreie nehmen zu, ihr ganzer Körper zittert, und ich fühle den genauen Moment, in dem es passiert. Ihre Muskeln krampfen um meine Finger, und ein heftiges Zittern durchfährt sie. Ich höre auf zu saugen und lecke sie sanft, während sie mit den Nachbeben erschaudert, und dann ziehe ich meine Finger heraus, lasse ihr Bein sinken und gehe in eine kniende Position vor ihr zurück.

Sie schwankt ein wenig, als wäre sie schwach von

ihrem Orgasmus, also ergreife ich ihre Hüften, um sie zu stützen, bevor ich mich hinstelle und sie drehe, so dass sie wieder unter dem Duschstrahl steht. Der Geschmack von ihr ist auf meinen Lippen, und mein Schwanz ist so steif, dass es wehtut. Aber ich habe kein Kondom zur Hand, und sie könnte wund von unserem ersten Mal sein, also zwinge ich mich, sie loszulassen und meine Finger stattdessen um meinen Schwanz zu legen.

Während sie mich benommen beobachtet, bewege ich meine Faust in pumpenden Bewegungen auf und ab und lasse dabei meine Augen über ihren kurvenreichen Körper schweifen.

Es dauert nur ein paar schnelle Bewegungen, bis ich komme und ihren hellen Oberschenkel mit dicken weißen Spritzern meines Samens markiere.

30

MEIN VERSTAND IST IMMER NOCH BENEBELT, UND MEINE Gedanken sind von postsexuellen Endorphinen verworren, während ich auf meine Beine starre, wo Marcus' Sperma langsam die Vorderseite meines linken Oberschenkels hinuntergleitet und sich mit dem Wasser vermischt, das über mich strömt. Ich fühle mich, als wäre ich irgendwie in einem Pornofilm gelandet – einem besonders langen, abwechslungsreichen Film mit dem heißesten Schauspieler, den ich je gesehen habe.

Marcus ist auf mir gekommen.

Auf meinem Bein.

Während ich ihm zusah.

Das war so schmutzig – und so unglaublich heiß.

Genau wie die Sexträume, die ich hatte, nur besser, denn das war mein vierter Orgasmus. *Vierter.* Ich bin noch nie viermal hintereinander gekommen, nicht einmal mit meinem Vibrator. Und ich hatte recht, dass seine Zunge unglaublich geschickt ist. *Gott, ist die geschickt.* Die Art und Weise, wie sie meine Klit…

»Alles in Ordnung?«, murmelt er, und ich blinzele und erröte, als ich nach oben schaue.

»Was?«

»Alles in Ordnung?«, wiederholt er, während seine dicken Augenbrauen sich zusammenziehen und ich merke, dass ich völlig abwesend dastehe, so als wäre ich die Einzige unter der Dusche.

Als ob dies einer dieser schmutzigen Träume von mir wäre, anstatt einer echten sexuellen Begegnung mit dem Mann, den ich wegschicken wollte, sobald er vor meiner Tür auftaucht.

»Die Bücher«, platze ich heraus, als mein Verstand sich endlich an etwas anderes als an die Tatsache klammert, dass ich seinen Samen auf mir habe.

Dass er gerade *in mir* war, so tief im Inneren, dass ich mich immer noch wund von seiner harten Inbesitznahme fühle.

»Was ist mit ihnen?« Er klingt amüsiert, als er das Duschgel wieder hochnimmt und etwas auf seine Handfläche schüttet, bevor er sich mit so entspannten Bewegungen wie ein Sportler in einer Umkleide überall einseift.

»Ich kann nicht …« Ich schlucke, als mein Blick auf sein erschlaffendes Geschlecht fällt, während er es gründlich wäscht. Sogar so ist es beeindruckend groß, größer als die meiner beiden Ex. Mit Mühe zwinge ich mich, nach oben zu schauen. »Ich kann sie nicht annehmen.«

Sein Gesichtsausdruck verdunkelt sich. »Warum nicht? Du magst Bücher, nicht wahr?«

»Natürlich. Aber das sind Erstausgaben. Die müssen mehr kosten als meine Wohnung. Und den Schal kann ich auch nicht annehmen. Das ist zu viel.«

So, ich habe es gesagt. Ich bin bizarr stolz auf mich selbst – zumindest, bis er näher kommt, um sich zu mir unter den Strahl zu stellen, und ich mich daran erinnere, dass ich ihm das sagen wollte, *bevor* so etwas passiert.

Der ganze Punkt war, ihn wegzujagen, damit ich dieser gefährlichen Attraktion nicht nachgeben musste.

Er muss das Gleiche denken, denn sein Mundwinkel zuckt amüsiert, während er den Duschkopf so hindreht, dass das Wasser ihn direkter trifft. »Das sind Geschenke, Kätzchen. Du bist mit dem Konzept vertraut, oder?«

Er ist jetzt so nah dran, dass meine Brustwarzen seine von den Haaren raue Brust streifen, und mein Atem stockt, als er mit dieser beunruhigenden Lässigkeit nach unten greift, um die Reste seines Samens von meinem Oberschenkel zu wischen, wobei er leicht über mein Geschlecht streicht.

»Da«, sagt er heiser. »Jetzt ist alles sauber.«

Er dreht sich um, spült schnell den restlichen Schaum von seinem Körper und tritt aus der Dusche, so dass ich unter dem Strahl stehen und die zerrissenen Fetzen meiner Fassung zusammensammeln kann.

~

ICH ERWARTE FAST, DASS MARCUS WEG IST, ALS ICH AUS dem Badezimmer komme – schließlich hat er bekommen, was er wollte –, aber er ist da, sitzt in seiner Geschäftskleidung auf meinem Bett und sieht aus, als wäre nichts passiert.

Das heißt, wenn man die besitzergreifende Hitze in seinen kühlen blauen Augen ignoriert, während sie über meinen kurzen rosa Bademantel und die nackten Beine darunter fahren.

Heilige Scheiße. Will er mehr Sex?

Mit mir?

Wird das jetzt eine regelmäßige Sache sein?

Ich bleibe vor meinem Schrank stehen und sehe ihn unsicher an, als Mr. Puffs von seinem Sitzplatz im oberen Regal miaut. »Also«, fange ich an und ignoriere den Kater, »wegen der …«

»Ich habe Wilson gesagt, er soll unsere Reservierung um eine Stunde verschieben.« Marcus steht auf, so dass seine große, hohe Gestalt mein Apartment noch kleiner erscheinen lässt. »Wir schaffen es rechtzeitig, wenn du nicht zu lange brauchst, um dich anzuziehen.«

Ich starre ihn an. »Du willst immer noch mit mir essen gehen?«

Er runzelt die Stirn. »Warum sollte ich nicht?«

Weil du mich gerade nach allen Regeln der Kunst gefickt hast, ohne mit mir irgendwo hingehen zu müssen, möchte ich sagen, aber ich halte die Worte rechtzeitig zurück. »Nichts«, murmele ich stattdessen und schnappe mir ein sauberes Höschen aus dem Schrank, bevor ich zum Schreibtisch gehe, wo die Jeans, der Pullover und der BH, die ich getragen habe, ordentlich zusammengefaltet liegen – mit Queen Elizabeth und Cottonball darauf.

Marcus muss meine Kleidung vom Boden oder vom Bett aufgehoben haben – oder wo auch immer sie gelandet war, als er sie mir ausgezogen hat.

Von der Logik her sollte ich mich weigern, mit ihm zu Abend zu essen. So heiß der Sex auch war, es ändert nichts an unserer Inkompatibilität – oder an der Tatsache, dass er die Frau, die er heiraten könnte, bereits getroffen hat. Im Moment kann ich das noch im Keim ersticken, den Wahnsinn stoppen, bevor ich schwer verletzt werde. Das wäre das Vernünftige, das Intelligente, aber ich weiß bereits, dass ich es nicht tun werde.

Ich will mehr von Marcus.

Ich will, dass der Wahnsinn weitergeht.

»Gib mir eine Sekunde«, sage ich atemlos, schiebe die Katzen von meinem Schreibtisch, schnappe mir meine Kleidung und eile zurück ins Badezimmer, um mich anzuziehen.

31

Marcus

ALLE DREI KATZEN SCHEINEN UNZUFRIEDEN ZU SEIN, dass sie mit mir geht, und der große Kater miaut mich an, als ich Emma aus der Wohnung führe, wobei meine Handfläche tief auf ihrem Rücken ruht.

Genau dort, wo sie diese verlockenden Kerben hat.

Verdammt, diese kleinen Vertiefungen sind heiß – so wie alles an ihr. Ich lag falsch, zu denken, dass es dieses Verlangen sättigen würde, sie ein paarmal zu haben. Wenn überhaupt, ist es jetzt stärker, denn die Realität hat meine Vorstellungskraft weit übertroffen. Diese sexy Grübchen am Ansatz ihrer Wirbelsäule, zum Beispiel – ich hatte noch nie über sie nachgedacht, und jetzt kann ich es kaum erwarten, sie anzustarren, wenn ich sie von hinten nehme ... ihre Muschi *und* ihren üppigen kleinen Arsch ficke.

Zu meinem Schrecken rührt sich mein Schwanz wieder, und ich zwinge mich, mich auf etwas anderes zu konzentrieren als auf die schmutzigen Dinge, die ich mit ihr machen will.

Etwa ihr ein anständiges griechisches Essen zu besorgen.

Das steht definitiv ganz oben auf meiner Liste der nicht-schmutzigen Aktivitäten.

»Du hast sie gefüttert, oder?«, frage ich, als ich sie auf den Rücksitz des Autos schiebe. »Sie werden heute Abend nichts brauchen?«

Sie blinzelt, als ich neben sie klettere und die Trennwand zwischen uns und Wilson hochfahre. »Die Katzen? Ja, ich habe sie gefüttert, sobald ich nach Hause kam.«

Gut. Das bedeutet, dass sie das nicht als Ausrede benutzen kann, um nach dem Abendessen nicht mit zu mir zu kommen. Weil ich mit ihr noch nicht fertig bin – noch lange nicht.

»Also, wegen dieser Bücher ...«, beginnt sie wieder, als unser Auto in den Verkehr einfädelt. »Ich meinte das, was ich vorhin gesagt habe, ernst ... Ich kann sie nicht akzeptieren. Sie sind viel zu ...«

»Sie sind ein Geschenk, Emma, ebenso wie die Blumen und der Schal.« Mein Tonfall ist sanft, aber kompromisslos. Die Bücher sind in der Tat mehr wert als ihre Wohnung, aber ich habe nicht die Absicht, sie zurückzunehmen. Nachdem ich den Bericht des

Detektivs durchgegangen bin, verstehe ich, was hinter ihrer absoluten Selbstständigkeit steckt, und ihre Reaktion auf die teuren Geschenke ist genau die, die ich erwartet hatte.

Ich hatte vermutet, dass sie mich treffen würde, wenn auch nur, um die Geschenke zurückzugeben, und ich hatte recht.

»Aber woher hast du diese Bücher überhaupt?«, fragt sie und runzelt die Stirn. »Und woher wusstest du, dass das meine Lieblingsbücher sind?«

Ich zucke mit den Schultern. »Du hast es einmal in den sozialen Medien erwähnt.« Eigentlich war es ein Teil ihres Bewerbungsaufsatzes, den der Detektiv fand, als er sich in ihre Hochschulakte gehackt hat. Ich habe ihn in den letzten zwei Tagen mehrmals gelesen, zusammen mit den Kurzgeschichten, die sie für ihren Creative-Writing-Kurs geschrieben hatte.

Es hat sich herausgestellt, dass Emma nicht nur eine ausgezeichnete Lektorin, sondern auch eine brillante Autorin ist. Ihre Worte fließen so, dass die einfachsten Sätze fesselnd werden, und der Rhythmus ihres Schreibens erzählt seine eigene Geschichte. Es ist jedoch der Inhalt ihrer Geschichten – und des Bewerbungsaufsatzes –, der mich in ihren Bann gezogen hat.

Es gibt so viel mehr, als man bei meiner kleinen Rothaarigen auf den ersten Blick sieht, so viel Dunkelheit in ihrer Vergangenheit, dass ich es mir nicht hätte vorstellen können. Wenn ich vorher von ihr fasziniert war, bin ich es jetzt doppelt, seit ich einen

Blick in ihren Kopf geworfen habe. Ein paar Nächte, um meine Lust zu löschen, werden nicht genug sein, das erkenne ich jetzt.

Ich habe noch nicht verarbeitet, was das bedeutet, aber ich kann es nicht mehr leugnen.

Meine Besessenheit von Emma Walsh ist nicht mehr rein sexuell.

»Du hast mich über mein Profil verfolgt?« Sie klingt entsetzt.

Ich behalte im Hinterkopf, niemals den Detektiv vor ihr zu erwähnen. »Natürlich. Ist es nicht das, wofür es da ist? Warum breitest du sonst dein Leben dort aus, damit es jeder sehen kann?«

»Meine Freunde sollen es sehen, keine Fremden.« Sie beißt sich auf die Lippe. »Das ist schlimm. Ich muss meine Datenschutzeinstellungen überprüfen.«

»Das ist generell eine gute Idee«, sage ich, und ich meine es ernst. Obwohl es sie nicht vor mir schützen wird, werden gewöhnliche Stalker – oder neugierige Reporter, die aufgrund unserer Beziehung über sie herumschnüffeln könnten – nicht so leicht auf ihr Profil zugreifen können.

Sie schaut aus dem Fenster, kaut immer noch an ihrer Unterlippe und dreht sich dann um, um mich wieder anzusehen. »Hast du deshalb von dem Schal gewusst? Durch meine Kontakte? Weil ich mich nicht erinnere, dass ich das jemals online erwähnt habe.«

Ich lächele sie gelassen an. »Du solltest vielleicht die Datenschutzeinstellungen auf deiner Amazon-Wunschliste überprüfen.«

Sie stöhnt und bedeckt ihr Gesicht mit ihren Handflächen. »Gott, du *bist* ein Stalker.«

Du hast ja keine Ahnung. Ich wusste das von mir selbst – dass ich rücksichtsloser, entschlossener als die meisten anderen bin – aber bis ich sie traf, war all meine Energie auf meine Karriere gerichtet. Um erfolgreich zu sein, habe ich Dinge getan, die andere vielleicht abgeschreckt hätten, und ich bereue nichts. Ich war schon immer so, angetrieben und unerbittlich, und wenn mein Lehrer in der zweiten Klasse, Mr. Bond, nicht meine Begabung für Mathematik gefördert hätte, hätte ich vielleicht beschlossen, mein Vermögen in der kriminellen Unterwelt statt an der Wall Street aufzubauen.

Für ein Kind wie mich wäre es der logischere Weg zu Reichtum gewesen.

Wie dem auch sei, ich will Emma so, wie ich einst meine erste Milliarde wollte: mit einer zielstrebigen Intensität, die alles wegfegt, was mir im Weg steht. Ich bin froh, dass sie mir eine SMS geschickt hat – denn ich hätte nicht mehr lange von ihr fernbleiben können.

»Was soll ich sagen? Ich bin ein Mann, der dem nachjagt, was er will«, sage ich leichtfertig, als ob es nur ein Witz wäre. Aber dem Blick nach zu urteilen, den Emma mir zuwirft, als sie ihre Hände sinken lässt, weiß ich, dass sie meine Worte für bare Münze nimmt.

Kluges Mädchen.

»Warum ich?«, fragt sie unverblümt. »Warum verfolgst du nicht diese Emmeline? Entspricht sie nicht deiner Traumfrau?«

»Im Moment nicht.« Ich hatte in den letzten zwei Tagen keinen einzigen Gedanken für Emmeline übrig – oder in der ganzen vergangenen Woche, wenn ich es mir genau überlege. Wir haben immer noch unseren Termin, wenn sie auf ihrer Geschäftsreise in New York sein wird, aber ich kann bei diesem Gedanken nicht die kleinste Begeisterung aufbringen.

Wenn überhaupt, dann fühlt sich der Gedanke, mit Emmeline zum Abendessen zu gehen, wie eine unangenehme Verpflichtung an.

»Du hast sie also seit der ersten Nacht, in der wir uns getroffen haben, nicht mehr gesehen?«, fragt Emma, und ihre grauen Augen sind intensiv auf mein Gesicht gerichtet, als ich den Kopf schüttele.

»Nein. Das habe ich nicht.« Und das werde ich nicht, wird mir mit einer eigentümlichen Enge in meiner Brust klar – nicht, solange diese Besessenheit von Emma anhält. Nicht nur, dass ich nicht die geringste Lust habe, das zu tun, aber es wäre auch keiner der beiden Frauen gegenüber fair.

Emma und ich haben vielleicht gerade erst angefangen, uns zu verabreden, aber ich würde jeden Mann zerstören, der sich ihr nähert – was bedeutet, dass ich für die Dauer dessen, was zwischen uns ist, auch niemand anderen sehen kann.

Ich bin kein Heuchler.

Emmas angespannter Ausdruck entspannt sich, aber dann verengen sich ihre Augen. »Was ist mit anderen Frauen? Hat dein Heiratsvermittler dich mit jemand anderem zusammengebracht?«

Wenn ich Ashton oder die meisten anderen Typen wäre, die ich kenne, hätte ich mich vielleicht vor der Frage gedrückt – denn sie klingt sehr nach einer Forderung nach Exklusivität, ein ernsthafter Schritt so früh in der Beziehung. Aber angesichts dessen, was ich gerade entschieden habe, antworte ich ruhig: »Nein. Es gibt sonst niemanden.«

»Oh.« Sie starrt mich an. »Okay, dann.«

»Was ist mit dir?«, frage ich, obwohl ich die Antwort bereits kenne. »Triffst du dich mit dem Kerl, dem du eigentlich schreiben wolltest?«

Eine bezaubernde Röte überzieht ihre sommersprossigen Wangen. »Ähm, nein. Das heißt … Ich habe vielleicht geflunkert.«

»Hast du?« Ich wusste das, natürlich – ihr Dating-Status war das Erste, was mein Detektiv überprüft hat – aber ich genieße ihr Unbehagen zu sehr, um sie vom Haken zu lassen. »Du meinst, du wolltest *mir* um drei Uhr morgens eine Nachricht schicken?«

Sie starrt mich an. »Es war ein Fehler, okay? Ich sprach mit meiner Katze, und mein Finger drückte versehentlich auf ›senden‹. Ich wollte das nicht tun.«

»Ich verstehe.« Ich greife hinüber zu ihrer Hand. Ich spiele mit ihren zarten Fingern und frage: »Hat deine Katze auch meine Nummer gewählt und das ›Hey‹ eingegeben?«

Eine köstlichere Farbe überflutet ihr Gesicht, und ihre Hand ballt sich unter meiner zu einer winzigen Faust. »Vielleicht. Ich bin mir nicht sicher, was passiert ist. Lass es einfach, okay?«

Ein dunkles Lächeln erscheint auf meinen Lippen. »Das würde dir gefallen, nicht wahr? Wie wäre es, wenn ich dir erzähle, was passiert ist?« Ich beuge mich nach vorn, und meine Stimme wird tiefer, während ich murmele: »Du warst mitten in der Nacht ganz allein in deinem Bett und konntest nicht schlafen. Vielleicht hast du abends eine sexy Geschichte gelesen ... oder vielleicht, nur vielleicht, hattest du einen Traum.« Ihre Hand zuckt in meinem Griff, und mein Lächeln wird immer böser. »Ah, ja, es *war* ein Traum. War ich Teil von ihm, Kätzchen? Was habe ich mit dir gemacht? Dich gefickt? Deine süße Muschi geleckt? Mit dem Finger dein enges kleines Poloch bearbeitet? Oder vielleicht alles davon?«

Während ich spreche, nimmt ihre Farbe weiter zu, und ein sichtbarer Puls erscheint an ihrem Hals. »Still«, zischt sie, ihre Augen huschen zu der Trennwand, die uns von Wilson trennt. »Er wird dich hören.«

»Dann sag mir, ob ich recht habe.« Ich führe ihre Hand zu meinem Mund und streiche ihre Knöchel immer wieder über meine Lippen. »War ich derjenige, von dem du in jener Nacht geträumt hast? War ich ...«

»Ja!« Sie ist jetzt überall errötet, und ihre Atmung ist schnell und ungleichmäßig, als sie ihre Hand wegzieht. »Du hast recht. Okay? Du hast recht. Bist du jetzt zufrieden?«

Verdammt. Ich. Zu hören, dass sie das zugibt, ist wie Viagra direkt in meinen Schwanz gespritzt zu bekommen. Ich bin so hart, dass es sich anfühlt, als hätte ich seit Jahren keinen Sex mehr gehabt, anstatt nur wenige Minuten.

Wenn ich Emma nicht das Abendessen versprochen hätte, würde ich Wilson sagen, dass er uns in mein Penthouse bringen soll, damit ich direkt zu meinem Dessert übergehen kann.

»Ja«, sage ich heiser, als ich wieder reden kann. »Sehr zufrieden.«

Und während sie mit leuchtendroten Wangen aus dem Fenster starrt, atme ich tief durch und versuche, das wütende Feuer in meinem Blut zu kühlen.

32

»OH MEIN GOTT, DAS IST SO GUT«, STÖHNE ICH MIT einem Mund voller Käse, der noch vor wenigen Augenblicken in Flammen stand. Ich hatte Halloumi noch nie zuvor probiert, und ich hatte wirklich etwas verpasst. Es hat nicht nur Spaß gemacht, zu beobachten, wie der Kellner den Käseblock in Brand setzte, als er ihn herausbrachte, sondern das Ergebnis ist auch jenseits von köstlich – vollmundig, salzig, außen etwas knusprig und innen klebrig-geschmolzen.

Wahrscheinlich eine Million Kalorien mit jedem Bissen, aber sie sind es wert.

»Das ist eines meiner Lieblingsgerichte hier«, sagt Marcus heiser, während seine blauen Augen auf mein Gesicht gerichtet sind, und eine frische Röte überzieht mich, als ich merke, dass meine fast orgastische Reaktion auf das Essen ihn wieder anmacht.

Der Mann ist eindeutig ein Sexsüchtiger – und ich auch, wenn ich in seiner Nähe bin.

Nachdem er dieses peinliche Geständnis aus mir herausgeholt hatte, haben wir für den Rest der Fahrt irgendwie ein normales Gespräch geführt, wobei ich über meinen Job in der Buchhandlung gesprochen habe und Marcus aufmerksam zugehört hat. Ich weiß nicht, ob er wirklich interessiert war oder mich nur beruhigen wollte, aber ich kann nicht leugnen, dass es sich gut angefühlt hat, seine ungeteilte Aufmerksamkeit zu haben. Und ich habe sie immer noch – obwohl mindestens zwei Frauen an diesem Ort ihr Bestes tun, damit er sie bemerkt.

Ich habe keine Ahnung, ob sie wissen, wer er ist, oder ob sie nur auf sein umwerfend gutes Aussehen reagieren, aber so oder so, ich mag es nicht.

Zum Glück scheint Marcus ihre Existenz nicht zu bemerken – auch wenn die Supermodel-heiße Blondine ihre Handtasche absichtlich vor seinen Stuhl wirft, damit sie sich bücken und ihren winzigen, muskulösen Arsch in ihrem knappen Kleid zeigen kann. *Ich* starre sie an, verblüfft von ihrer Unverschämtheit, aber Marcus schert sich nicht um sie. Er schaut auch nicht auf die wunderschöne Brünette zwei Tische weiter, die bereits zweimal vor unserem Tisch hin und her stolziert ist, wobei sie jedes Mal ihre langen, geraden Locken über die Schulter geworfen und Marcus angelächelt hat, als wäre er der reinkarnierte Thor.

»Kommst du oft hierher?«, frage ich und unterdrücke den Drang, der Brünetten ein Bein zu stellen, als sie wieder einmal an unserem Tisch vorbeigeht und ihre schlanken Hüften schwingt, als wäre sie auf einem Laufsteg. »In dieses Restaurant, meine ich.«

Er nickt und schneidet seinen eigenen Teil des Halloumi durch. »Es ist nur ein paar Blocks von meinem Haus entfernt, also bin ich mindestens einmal im Monat hier.«

Das erklärt alles. Ich wette, die beiden haben herausgefunden, dass ein Milliardär dieses Restaurant besucht, und sie sind extra hier, um ihn zu treffen. Vielleicht haben sie sogar einen Kellner bestochen, um von Marcus' Reservierung zu erfahren.

Warum sonst würde die Blondine ganz allein an einem Tisch sitzen? Frauen – insbesondere schöne Frauen – gehen nicht allein in nette Restaurants. Die Brünette scheint zumindest mit einer Freundin hier zu sein – die mich, wie mir gerade auffällt, anstarrt, als ob sie den Kellner bitten wollte, *mich* in Brand zu setzen.

Ich schaue weg, als der letzte Bissen Käse in meinem Mund bitter wird, da ich merke, dass sie wahrscheinlich denkt, dass ich wie ihre Freundin bin – eine Goldgräberin.

Ene, mene, kutte, deine Mutter ist 'ne Nutte!

Ich greife mit einer zitternden Hand nach meinem Glas Wasser, und der Kinderreim klingt in meinen

Ohren, als ob es erst Minuten statt Jahre her ist, seit ich ihn gehört habe.

»Emma.« Eine große, warme Handfläche bedeckt meine freie Hand. »Geht es dir gut?«

Ich nicke und zwinge ein Lächeln auf mein Gesicht. »Ja, natürlich. Warum sollte es das nicht?«

»Vielleicht, weil du plötzlich aussahst, als hätte jemand auf deinen Teller gespuckt«, sagt Marcus trocken und zieht seine Hand zurück.

»Nein, ich bin nur …« Ich nehme einen Schluck Wasser und stelle das Glas ab. »Die Leute hier wissen, wer du bist, nicht wahr?«

»Ah.« Sein Blick wird klar, so als ob er ein Rätsel gelöst hätte. »Ja, das tun sie – zumindest der Besitzer und das Personal. Ist es das, was dich bedrückt? Du hast Angst, dass einige von ihnen denken könnten, dass du wegen meines Geldes mit mir hier bist?«

Ich zucke instinktiv zusammen. Marcus ist entweder unheimlich scharfsinnig, oder meine Ticks sind offensichtlicher, als ich dachte. Es sei denn …

»*Glaubst* du, ich bin wegen deines Geldes bei dir?«, platzt es entsetzt aus mir heraus. »Weil ich dir verspreche, dass es überhaupt nicht darum geht, was …«

»Nein, natürlich nicht.« Sein Kiefer spannt sich an. »Das glaube ich überhaupt nicht.«

»Oh, okay.« Ich kaue auf meiner Lippe und betrachte seinen verschlossenen Gesichtsausdruck. »Bist du sicher? Weil ich verstehe, wenn du dir Sorgen machst, und ich kann dir versichern, dass ich nie …«

»Ich weiß, Kätzchen.« Sein hartes Gesicht wird weicher, und er greift über den Tisch, um meine Hand wieder mit der seinen zu bedecken. »Ich weiß, dass du mich nie benutzen würdest.«

Mich benutzen.

Ich starre ihn an, und die Luft in meiner Lunge verdickt sich, bis es sich anfühlt, als würde ich Wasser einsaugen.

Benutzer. Hure. Soziopath. Manipulative Schlampe.

»Woher weißt du das?« Meine Stimme klingt so erstickt, wie ich mich fühle, als all diese Schimpfwörter für meine Mutter als Endlosschleife in meinem Kopf ablaufen. »Was macht dich so sicher?«

»Du.« Sein Blick liegt ruhig auf meinem Gesicht, während sein Daumen einen Kreis auf der Innenseite meines Handgelenks fährt. »Weil du so bist, wie du bist.«

»Aber du kennst mich nicht wirklich. Wir haben uns gerade erst getroffen und …«

»Ich weiß genug.«

Ich starre ihn an, während sich mein Brustkorb immer mehr zusammenzieht. Sein Vertrauen ist sowohl herzerwärmend als auch erdrückend. Weil er es nicht weiß – nicht wirklich. Wenn er die volle Wahrheit wüsste, würde er diese Möglichkeit nicht so schnell ausschließen.

Ich würde das an seiner Stelle sicher nicht tun.

Zitternd ziehe ich meine Hand aus seinem Griff zurück. »Meine Mutter … sie war ein Ausnutzer«, sage ich und zwinge die Worte durch die Enge in meinem

Hals heraus. Ich weiß nicht, warum ich mich gezwungen fühle, ihm das zu sagen, aber das tue ich.

Wenn ihn das derart abschreckt, dass er gehen will, will ich, dass es jetzt ist, bevor ich tiefer in seinen Bann gezogen werde.

Sein Blick wird unergründlich. »Was meinst du damit?«

»Ich meine, dass sie Menschen benutzt hat – alle Menschen, aber vor allem Männer, die an ihr interessiert waren.« Ich schlucke den wachsenden Knoten in meinem Hals hinunter. »Als ich neun Jahre alt war, schlief sie mit meinem Naturwissenschaftslehrer, damit er mir bei einem Test keine schlechte Note geben konnte. Und bevor du fragst – nein, sie hat sich nicht wirklich für meine Noten interessiert. Sie wollte ihren Eltern – meinen Großeltern – nur ein anständiges Zeugnis zeigen, damit sie aufhören würden, ihr vorzuwerfen, mich zu vernachlässigen, weil sie in der ganzen Stadt feierte und mich von einem Freund zum nächsten schleppte, wenn sie sich langweilte.«

Marcus' Gesichtsausdruck ändert sich nicht, also mache ich weiter, damit er es wirklich versteht. »Sie haben gesagt, sie hätte eine unsoziale Persönlichkeitsstörung, mangelndes Einfühlungsvermögen und all das. Eine Soziopathin, aber keine besonders kluge. Weil die Klugen im Leben weit kommen, und das tat sie nicht – obwohl sie nicht durch etwas wie Moral oder Ethik zurückgehalten wurde. Die einzige Person, um die sie sich kümmerte, war sie selbst, und sie tat alles, was nötig war, um ihren Weg zu gehen – lügen, betrügen, stehlen … und immer wieder hat sie Menschen benutzt.«

»Dich eingeschlossen?«, fragt er leise, und ich zucke mit den Schultern, obwohl sich meine Kehle noch enger anfühlt.

»Ich nehme es an, obwohl ich zu jung war, um ihr von großem Nutzen zu sein. Sie mochte es, mich hübsch anzuziehen und mich vor ihren Freunden vorzuführen – so wie ein Haustier. Meistens ignorierte sie mich aber – doch das ist nicht der Punkt.« Ich hole tief Luft. »Schau, Marcus, der Grund, warum ich dir das sage, ist …«

»Du bist nicht wie sie.« Sein Blick durchdringt mich. »Hörst du mich? Du bist nicht wie sie.«

Ich starre ihn an, erschrocken von der Intensität seiner Stimme. »Ich weiß, aber …«

»Du bist nicht wie deine Mutter«, wiederholt er in einem weicheren Ton, und etwas in mir – ein kalter Knoten, von dem ich nicht wusste, dass er da ist – beginnt zu schmelzen, während sich ein warmes Gefühl ausbreitet.

»Danke«, sage ich heiser, und dann muss ich wegschauen, als unser Kellner kommt und den Hauptgang bringt.

Ich will nicht, dass er oder Marcus das Funkeln der Tränen in meinen Augen sehen.

33

Marcus

SCHULDGEFÜHLE, STARK UND UNGEWOHNT, WÜRZEN jeden Bissen des butterigen Wolfsbarschs, der mein Hauptgericht ist. Emma hat einen griechischen Salat, und meine Brust schmerzt, als ich ihr dabei zusehe, wie ungewöhnlich ruhig sie ihn isst.

Sie hat sich mir geöffnet.

Sie hat mir von ihrem schmerzhaften Geheimnis erzählt – und alles, was ich tun konnte, war, sie weitermachen zu lassen, so als ob ich es zum ersten Mal hören würde.

Als ob ich nicht schon von der ganzen hässlichen Vergangenheit wüsste.

Sie hat mir natürlich nicht alles erzählt – wie die Tatsache, dass ihre Mutter einmal wegen Prostitution verhaftet wurde, oder dass sie bei einem Autounfall ums Leben kam, während sie von einem Liebhaber verfolgt wurde, dessen Bankkonto sie zuvor an diesem Tag geleert hatte. Aber was sie mir gesagt hat, war genug.

Genug zu wissen, dass ihre Angst, wie ihre Mutter zu werden – die Angst, über die sie in ihrem College-Essay geschrieben hatte – immer noch da ist, ebenso ein Teil von ihr ist, wie ihr rotes Haar und ihre leicht sommersprossige Haut.

Und ich Arschloch habe diese Angst gegen sie benutzt, habe ihr teure Geschenke geschickt, so dass sie keine andere Wahl hatte, als mich persönlich zu sehen.

In gewisser Weise bin *ich* wie ihre Mutter – bereit, alles zu tun, was nötig ist, um meinen Willen durchzusetzen.

»Es tut mir leid«, sage ich leise, als sie weiterisst, ohne zu sprechen. »Emma, Kätzchen, es tut mir so leid, dass du das alles durchmachen musstest.«

Mein Handy vibriert in meiner Tasche, aber ich ignoriere es. Die Arbeit kann warten.

Sie schaut von ihrem Teller auf und blinzelt. »Was? Oh, nein, es ist in Ordnung. Meine Mutter hat mich nicht missbraucht oder so, und sie starb sowieso bei einem Unfall, als ich elf Jahre alt war, weshalb mich meine Großeltern von da an aufgezogen haben. Ich habe dir das alles nur für den Fall gesagt, na ja …« Sie hält inne, und eine schöne Farbe breitet sich auf ihrer hellen Haut aus.

»Falls es ernst wird?«

Ihre Röte vertieft sich. »Ich wollte nicht ...«

»Es ist alles in Ordnung.« Verdammt, es ist mehr als in Ordnung. Ich mag den Gedanken. Ich liebe ihn sogar.

Zu meinem Entsetzen merke ich, dass ich *möchte*, dass sie darüber nachdenkt, dass es ernst wird, dass sie sich eine gemeinsame Zukunft vorstellt ... weil ich selbst das bereits mache.

Ich schiebe den beunruhigenden Gedanken beiseite und konzentriere mich auf das derzeitige Thema. »Emma, hör mir zu«, sage ich, als sie weiterisst. »Deine Mutter ist mir scheißegal. Na ja, nicht ganz – ich würde gerne in der Zeit zurückgehen und dich ihr wegnehmen lassen, lange, bevor du elf bist – aber es ist mir egal, welche Art von Frau dich geboren hat. Das bestimmt nicht, wer du bist, und ändert meine Meinung über dich in keinster Weise.«

Sie legt ihre Gabel ab, und auf ihren Lippen erscheint ein leichtes Lächeln. »Glaubst du nicht, dass ich es im Blut habe?«

»Nein, das glaube ich nicht.« Wie könnte ich, mit Eltern wie den meinen? Ich zögere einen Moment lang und sage dann unverblümt: »Mein Vater wurde im Gefängnis getötet, als ich zwei Jahre alt war – er war wegen bewaffneten Raubüberfalls und Körperverletzung dort – und meine Mutter war eine Alkoholikerin. Und nicht die funktionelle Art, sondern rund um die Uhr vierundzwanzig Stunden an sieben

Tagen in der Woche betrunken. Sie starb an Leberversagen, als ich achtzehn war.«

Ich habe das seit Jahrzehnten niemandem gesagt; ich habe mir sogar große Mühe gegeben, meine Vergangenheit in den Medien zu verschleiern, sobald ich die Mittel dazu hatte. Das Einzige, was meine derzeitigen Freunde und Bekannten über meine Kindheit wissen, ist, dass ich in Staten Island von einer alleinerziehenden Mutter aufgezogen worden bin, die an einer seltenen Lebererkrankung gestorben ist.

Nichts Hässliches, kein Drama, nur ein gewöhnliches Aufwachsen in der unteren Mittelschicht.

Aus irgendeinem Grund möchte ich jedoch, dass Emma alles weiß – damit sie versteht, mit welcher Art von Mann sie es zu tun hat. Denn wenn es ein Körnchen Wahrheit in diesem Es-im-Blut-Haben gibt, ist meines viel unreiner als ihres.

Ihre Augen weiten sich bei meinen Offenbarungen, aber zu meiner Erleichterung sieht sie weder verärgert noch angewidert aus. »Das tut mir leid«, sagt sie leise und greift über den Tisch, um ihre kleine Hand auf meinen Arm zu legen. »Das muss so schwer für dich gewesen sein, so aufzuwachsen. Hattest du niemanden, an den du dich für Hilfe wenden konntest? Großeltern? Andere Familienmitglieder?«

Ihre Stimme ist voller aufrichtigem Mitgefühl, und ich weiß, dass gerade sie versteht, wie es ist, im Wesentlichen allein aufzuwachsen und von klein auf für sich selbst zu sorgen.

Zu wissen, dass man seiner Mutter, der Person, die angeblich dein Bestes im Sinn hat, nicht trauen kann.

»Keiner meiner Elternteile kam aus einer Familie, deren Mitglieder sich nahestanden, aber ich hatte viel Unterstützung in der Schule«, antworte ich, weil ich mir denke, dass sie ruhig alles wissen kann. »Mein Lehrer in der zweiten Klasse, Mr. Bond, hat mir besonders geholfen, und mich durch die Grundschule und darüber hinaus begleitet. Ihm habe ich es zu verdanken, dass ich mich auf mein Studium konzentriert habe, anstatt schnelles Geld auf der Straße zu verdienen.«

»Ach?«

Ich lächele über die Neugierde in ihrem Blick. »Das Geld war knapp, wie du dir vorstellen kannst, und als ich acht Jahre alt war, tat ich alles, was nötig war, um Essen auf den Tisch zu bringen – Besorgungen für die lokalen Banden, Gras auf den Straßen verticken, Schulmaterial stehlen. Es ist Letzteres, bei dem ich erwischt und fast von der Schule geworfen wurde. Mr. Bond trat im letzten Moment dazu, verbürgte sich für mich, und dann setzte er sich mit mir zusammen und erzählte mir von einigen legalen Möglichkeiten, wie ich Geld verdienen könnte – angefangen mit der Betreuung von Kindern, deren mathematische Fähigkeiten nicht so gut waren wie meine eigenen. Er gab mir auch mehrere Ausgaben des *Forbes*-Magazins und erzählte mir alles über die reichen Leute auf dem Cover, darüber, wie sie dorthin gekommen sind und wie ich auch dorthin gelangen könnte.«

Ein sanftes Lächeln umspielt ihre Lippen. »Und das bist du, nicht wahr?«

»Das bin ich.« Ich versuche nicht, die Zufriedenheit in meiner Stimme zu verbergen. »Sie haben einen Bericht über mich geschrieben, kurz nachdem ich meine erste Milliarde gemacht hatte.«

»Wow.« Ihr Lächeln wird breiter und enthüllt die süßen Grübchen. »Mr. Bond muss so stolz auf dich sein. Stehst du immer noch in Kontakt zu ihm?«

»Das hatte ich. Leider ist er vor einigen Jahren gestorben. Bauchspeicheldrüsenkrebs«, erkläre ich, und mein Hals wird eng.

Ich habe alles in meiner Macht Stehende getan, um ihm zu helfen, aber weder die von mir eingestellten Weltklasse-Ärzte noch die experimentellen Behandlungen, für die ich bezahlt habe, konnten die tödliche Krankheit stoppen.

Ich hatte mich als Erwachsener noch nie so machtlos gefühlt.

Emmas Lächeln verschwindet. »Das tut mir leid. Das muss ein schrecklicher Verlust für dich gewesen sein.«

»Ja«, sage ich ruhig. »Er war ein guter Mann.«

Mein einziger Trost ist, dass seine Kinder und Enkelkinder dank des 70-Millionen-Dollar-Trustfonds, den ich auf seinen Namen eingerichtet habe und der den Anwälten als Lotteriegewinn kurz vor seinem Tod erklärt wurde, nie finanzielle Probleme haben werden.

Der Kellner kommt, um unsere Teller abzuräumen

und die Dessertkarte zu bringen, und ich nutze die Ablenkung, um die Trauer beiseitezuschieben. Ich habe noch nie mit jemandem darüber gesprochen, aber irgendwie fühlte es sich richtig an, sich Emma anzuvertrauen, damit sie mich wirklich kennt, nicht die desinfizierte Maske, die ich der Welt zeige.

Der Kellner geht, und Emma blickt für eine Sekunde auf die Dessertkarte, bevor sie sie beiseitelegt.

Ich lächele schief. »Lass mich raten. Keinen Hunger?« Jetzt, da ich weiß, dass sie versucht, ihren Teil der Rechnung auf ein Minimum zu reduzieren, kann ich ziemlich genau vorhersagen, was sie bestellen wird und was nicht.

»Ich habe wirklich schon zu Hause gegessen – na ja, nur mein halbes Abendbrot –, bevor ich dein letztes Geschenk bekommen habe«, sagt sie. »Wo wir gerade davon sprechen ...«

»Wenn es dir nichts ausmacht, werde ich die Baklava nehmen«, sage ich, als ob ich sie nicht gehört hätte. Sie wird wieder versuchen, die Bücher abzulehnen, und ich werde das nicht zulassen. »Es ist unglaublich gut hier, das Beste, was ich je hatte.«

Sie blinzelt. »Natürlich, mach nur.«

Ich lächele breiter und gebe dem Kellner ein Zeichen. »Die Baklava, bitte«, sage ich ihm, als er zu uns kommt. »Und bitte zwei Teller dazu. Wir werden teilen.«

»Oh, ich werde nicht ...«, beginnt Emma, aber ich erhebe meine Hand, während der Kellner weggeht.

»Das ist nur fair. Du hast dein Eis mit mir geteilt,

also schulde ich dir zumindest einen Bissen von meinem Dessert«, sage ich mit äußerster Ernsthaftigkeit.

»Aber …«

»Kein Aber. Und ich bekomme das Dessert auf meinen Teil der Rechnung. Du bist nicht die Einzige, die an Fairness glaubt.«

»Oh.« Ihre kleinen, weißen Zähne kauen auf ihrer Unterlippe. »Okay, dann nehme ich an, dass ich einen Bissen probieren kann.«

Ich verberge ein zufriedenes Grinsen. Das mag nur ein kleiner Schritt sein, sie dazu zu bringen, mein Dessert mit mir zu teilen, aber es ist ein Schritt in die richtige Richtung. Bald werde ich für alle unsere Mahlzeiten bezahlen, ebenso wie für alles andere, was sie vielleicht will oder braucht.

Zuerst muss ich sie jedoch von ihrer Angst befreien, wie ihre Mutter zu sein, einen Bissen Baklava nach dem anderen.

Der Kellner kommt zurück und bringt das Dessert. Bevor Emma etwas sagen kann, schneide ich ein Stück ab und lege es auf ihren Teller. »Probiere es«, dränge ich sie, schiebe den Teller zu ihr, und sie nimmt eine Gabel des honigdurchtränkten Gebäcks in den Mund.

Sie hat nicht die orgastische Reaktion, die der Halloumi hervorgerufen hat, aber mein Schwanz verhärtet sich trotzdem, als sie kaut und mit einem glückseligen Ausdruck auf ihrem Gesicht schluckt.

Verdammt. Ich muss sie wirklich zu mir nach Hause bringen, bevor ich, wie ein Sexbesessener, in den ich mich gerade verwandele, in der Öffentlichkeit über sie herfalle.

Die Baklava ist klein, also ist sie schnell aufgegessen, und dann frage ich nach der Rechnung. Emma schnappt sie sich wieder, und ich lasse sie gewähren, obwohl es mich schmerzt, wenn ich sehe, dass sie ihren Teil sorgfältig ausrechnet.

Im Bericht des Detektivs gab es einen Abschnitt über ihre Finanzen – deren erbärmlicher Zustand es noch wahnsinniger macht, dass sie das tut.

Schließlich bezahlen wir die Rechnung, und ich führe sie aus dem Restaurant, wobei meine Hand auf ihrem Rücken ruht.

»Wo ist Wilson?«, fragt sie und sucht nach dem Auto. »Oder nehmen wir ein Taxi?« Dann weiten sich ihre Augen, und ihre Wangen röten sich, als sie erkennt, was sie andeutet. »Egal, ich habe vergessen, dass du in der Nähe wohnst. Ich nehme einfach die U-Bahn nach Hause und …«

»Wir sind weniger als vier Blocks von meiner Wohnung entfernt, also habe ich Wilson den Rest des Abends freigegeben«, sage ich und wende mich ihr zu. Ich ergreife ihre Hände und blicke auf ihr nach oben gerichtetes Gesicht. »Emma, Kätzchen … Ich möchte, dass du mit mir nach Hause kommst.«

34

Emma

ICH WEISS NICHT, WAS ICH VON EINEM Milliardärszuhause erwartet hatte, aber Marcus' Penthouse in Tribeca ist wie etwas aus einer anderen Welt – einer Welt, die ich nur in Hochglanzmagazinen und Fernsehsendungen über den Lebensstil der Reichen und Schönen gesehen habe.

Dieser riesige Ort – zumindest für New York City – ist hochmodern und in Grau- und Weißtönen gestaltet. Vielleicht im Süden oder Mittleren Westen, wo Land billig ist, wäre eine Wohnung dieser Größe nichts Besonderes, aber im Herzen von Manhattan ist es das Äquivalent eines fünfzigkarätigen Diamanten. Als Marcus mich herumführt, sehe ich ein riesiges

Wohnzimmer mit einer schlanken Wendeltreppe in der Mitte, einen kinoähnlichen Medienraum, ein voll ausgestattetes Fitnessstudio, einen Essbereich mit einem Tisch, der groß genug für zwanzig Personen ist, und eine geräumige Küche mit glänzenden Geräten, die auf einem Raumschiff nicht fehl am Platz aussehen würden.

Und einen Pool.

Einen zwölf Meter langen, rechteckigen Swimmingpool, der vom Rest der Wohnung durch eine dicke Glaswand getrennt und teilweise durch zwei Meter fünfzig hohe Topfpflanzen mit Blättern von der Größe meines Kopfes abgeschirmt ist.

»Sind sie echt?«, frage ich in einem gedämpften Ton, strecke eine Hand aus, um ein glänzendes Blatt zu berühren, und Marcus nickt lächelnd.

»Ja, natürlich. Es gibt eine Indoor-Landschaftsbaufirma, die sich einmal pro Woche um sie kümmert, sie gießt und so weiter.«

Richtig, natürlich. Denn das ist es, was wohlhabende Menschen tun: Professionelle Landschaftsgärtner einstellen, die sich um ihre Zimmerpflanzen kümmern.

»Hast du auch einen Koch und eine Haushälterin?«, frage ich, aber zu meiner Überraschung schüttelt Marcus den Kopf.

»Mein Butler kümmert sich um alles, einschließlich des Kochens und der Reinigung. Nun, er überwacht die Reinigung; es gibt eine Firma, die hier alles sauber macht.«

»Ich verstehe.« Ich klinge leicht erstickt, aber ich kann nicht anders.

Ein verdammter Butler? Bin ich in *Downton Abbey*?

»Komm, ich zeige dir die obere Etage«, sagt Marcus, und ich folge ihm zur Wendeltreppe und versuche, nicht so überwältigt auszusehen, wie ich mich fühle. Ich wusste natürlich, dass er reich war, aber bis jetzt hatte ich das noch nicht so richtig verinnerlicht.

Überall, wo ich hinschaue, gibt es Objekte, die mehr kosten als der gesamte Besitz meiner Familie zusammen. Von den abstrakten Gemälden an den Wänden bis hin zu den schlanken Skulpturen, die in einem Museum für moderne Kunst stehen könnten, stinkt dieses Penthouse nach Geld. Wahnsinnig viel Geld. Die Art von Geld, die einen Witz aus meinen Versuchen macht, so zu tun, als ob wir irgendwie auf gleichem Niveau sind, weil ich für meine Mahlzeiten bezahle.

Gott, was mache ich hier?

Ich gehöre nicht mehr an diesen Ort, als es eine U-Bahn-Ratte tun würde.

»Das ist die Bibliothek«, sagt Marcus und führt mich in den ersten Raum neben der Treppe im zweiten Stock, und ich sehe zwei Sessel vor einem Kamin und Wände mit Büchern. Einige der Bücherregale sind hinter hermetisch versiegeltem Glas – hier muss er die wertvollen Bücher aufbewahren, solche wie die signierten Erstausgaben, die er mir geschickt hat.

Ich fühle mich wie Belle in *Die Schöne und das Biest*, gehe zu einer der Glasvitrinen und schaue hinein.

Ja. Hemingways *Der alte Mann und das Meer* mit vergilbten und leicht ausgefransten Seiten. Ich habe keinen Zweifel daran, dass ich, wenn ich den stoffgebundenen Umschlag öffne, die kühne Handschrift des Autors auf der Titelseite sehen würde.

»Hast du die alle gelesen?«, frage ich und schaue auf, als Marcus zu mir kommt und neben mir stehen bleibt.

»Die meisten, aber nicht alle«, sagt er. »Einige der ersten Ausgaben – wie die, die du hier siehst – sind nur ein Teil meiner Sammlung. Wie ich dir bei unserem ersten Date angefangen habe zu erzählen, mag auch ich Bücher, sowohl zum Lesen als auch zum Sammeln.«

Huch. Vielleicht haben wir doch mehr gemeinsam, als ich dachte. Es war schon immer mein Traum, ein Regal mit den signierten Kopien meiner Lieblingsautoren zu haben. »Hast du dort die ersten Ausgaben her, die du mir geschickt hast? Aus deiner Sammlung?«

Er lächelt. »Ja. Ich bin froh, dass ich zufällig deine Favoriten hatte.«

Ich atme tief durch. »Richtig. Ich danke dir dafür. Leider kann ich sie nicht ...«

»Hier, ich zeige dir den Rest des Hauses.« Geschickt führt er mich aus der Bibliothek in ein Gästezimmer, das größer ist als mein ganzes Apartment. Sein Büro, mit fünf Computermonitoren und drei Fernsehern an den Wänden, kommt danach, und endlich betreten wir das Hauptschlafzimmer.

Sofort wird mein Herzschlag schneller, und meine Haut prickelt mit zunehmendem Bewusstsein für den Mann neben mir. Während der Tour war ich so überwältigt von dem Überfluss um mich herum, dass ich fast vergessen hätte, warum ich hier bin. Aber jetzt ist er alles, woran ich denken kann, da ich mich an den erhitzten Blick in Marcus' Augen erinnere, als er meine Hände hielt und mich bat, mit ihm nach Hause zu kommen.

Seine Gedanken müssen in die gleiche Richtung wandern, denn seine stählernen Finger schlingen sich um mein Handgelenk, und als ich aufblicke, sehe ich, dass sein Blick von dunkler, und animalischer Lust erfüllt ist. »Emma ...« Seine Stimme ist leise und rau, als er mich an sich zieht. »Kätzchen, ich will dich.«

Und während sich mein Unterleib mit dem gleichen Verlangen zusammenzieht, prallen seine Lippen für einen tiefen, unersättlichen Kuss auf meine.

35

Emma

ICH WACHE LANGSAM UND MIT GROßER UNLUST AUF, DA ich die kuschelige Wärme der Decke und die seidige Weichheit der Laken nicht verlassen möchte. Meine Gliedmaßen fühlen sich schwer an, als ich mich ausstrecke, und ich habe einen seltsamen Muskelkater in meinen Oberschenkeln, so als ob ich Hardcore-Yoga gemacht hätte. Sogar meine Haut ist seltsam empfindlich, besonders in den intimeren …

Oh Gott. Ich setze mich hin, schaue mich in dem unbekannten Schlafzimmer um, und ein Adrenalinschub verjagt die Benommenheit, als ich merke, wo ich bin und warum ich mich so fühle.

Ich bin in Marcus' Schlafzimmer, und er hat mich die ganze Nacht gefickt.

Okay, vielleicht ist der letzte Teil eine Übertreibung, aber genau so fühlte es sich an. Der Mann war unersättlich und nahm mich immer wieder, so als hätten wir nicht vor nur ein paar Stunden Sex gehabt. Ich habe den Überblick verloren, wie oft ich gestern Abend gekommen bin. Sieben, acht … neun Male vielleicht?

Kein Wunder, dass sich mein Geschlecht anfühlt, als wäre es von männlichen Barthaaren wundgescheuert worden.

Weil es so ist.

Meine Haut erwärmt sich bei der Erinnerung, und ich ziehe die Decke zurück, nur um zu bemerken, dass ich völlig nackt bin. Zum Glück bin ich allein. Ich kralle mich in die Decke und suche nach meiner Kleidung. Ich sehe sie nirgendwo, aber es hängt ein flauschiger rosafarbener Bademantel an der Tür, der sehr stark dem ähnelt, den ich zu Hause habe – und passende flauschige Pantoffeln stehen neben dem Bett.

Ich zögere einen Moment, dann schiebe ich meine Füße in die Pantoffeln und laufe schnell zum Bademantel.

Ich hasse die Vorstellung, dasselbe wie Marcus' andere Frauen zu tragen, aber es ist besser, als nackt herumzutollen.

Zu meiner Überraschung hängt an dem Bademantel noch das Etikett.

Hat er ihn nur für mich besorgt, oder hat er einen Vorrat für solche Situationen?

So oder so, ich reiße dankbar das Etikett ab, ziehe

den Bademantel an und wickele den Gürtel um meine Taille. Im Gegensatz zu meinem ist der Bademantel lang, bis hinunter zu meinen Knöcheln, und ich fühle mich sofort warm und eingekuschelt, als ob ich zu Hause mit meinen Katzen schmusen würde.

Apropos Katzen, ich muss bald wieder zu ihnen zurück. Sie sind es nicht gewohnt, dass ich die ganze Nacht unterwegs bin, und ich bin mir sicher, dass Mr. Puffs bereits auf dem Pfad der Zerstörung wandelt. Außerdem … wenn ich heute nicht die Wäsche wasche, habe ich keine Unterwäsche für morgen.

Marcus ist immer noch nirgendwo zu sehen, also eile ich ins angrenzende Badezimmer, gehe schnell duschen und putze mir dann die Zähne mit einer Zahnbürste, die jemand noch in ihrer Verpackung aufmerksam neben das Waschbecken gelegt hat. Es gibt auch eine schöne, teure Gesichtspflege – ohne Duftstoffe, genau so, wie ich sie am liebsten mag – und sogar eine Flasche Haargel, mit der ich das Schlimmste der krausen Explosion auf meinem Kopf zähme.

Mein Gastgeber ist wirklich hervorragend mit diesem Einen-weiblichen-Gast-haben-Ding.

Während ich das alles tue, versuche ich, nicht wie ein Bauer meine Umgebung anzustarren. Dann ist die quadratische Whirlpoolwanne in der Ecke eben tief genug, um in ihr zu stehen, na und? Und wen interessiert es, dass die Vollglas-Duschkabine doppelt so groß wie mein gesamtes Badezimmer und mit fünf rotierenden Duschköpfen ausgestattet ist? Nichts davon beeindruckt mich, nicht einmal die futuristisch anmutende Toilette mit eingebautem Bidet und einem Sitz, der meinen Hintern wärmt.

Ach, wem mache ich etwas vor? Ich könnte nicht beeindruckter sein, wenn die Möbel um mich herum schweben würden. Die 0,1 Prozent wissen wirklich, wie man lebt.

Ich schüttele den Kopf und gehe zurück ins Schlafzimmer, um zu versuchen, meine Kleidung wiederzufinden.

Ich habe kein Glück – obwohl ich mich genau erinnere, dass meine Jeans und mein Pullover auf dem Boden landeten, als Marcus sie mir vom Leib gerissen hat. Er muss sie aufgehoben und irgendwo hingelegt haben, aber wohin? Ich sehe sie nicht im begehbaren Schrank, wo Marcus' Anzüge und Hemden ordentlich sortiert nach Farbe hängen. Sie befinden sich auch nicht in einer der Schubladen in der eleganten weißen Kommode im Schrank. Dort gibt es nur Socken, T-Shirts, Herrenunterwäsche – und ich schließe die Schublade schnell, weil ich mich wie eine Perverse fühle – und andere faltbare Kleidungsstücke. Wie der Rest des Schranks ist alles in den Schubladen perfekt ordentlich arrangiert, als ob Marie Kondo gerade durch den Ort geflitzt ist.

Entweder hat Marcus eine Zwangsstörung, oder sein Butler.

Meine Stiefel sind auch nirgendwo zu finden, aber das ergibt mehr Sinn. Ich habe sie im Eingangsbereich zurückgelassen, weil ich nicht den Schmutz von New

York City auf dem glänzenden Boden verteilen wollte, als wir hereinkamen.

Ich stelle mich auf Zehenspitzen, um in ein eingebautes Regal zu schauen, in der schwachen Hoffnung, dass Marcus meine Kleidung dort untergebracht haben könnte. Nein. Nur eine Schachtel mit Manschettenknöpfen und …

»Emma?«

Mit rasendem Herzen drehe ich mich um und sehe, dass Marcus mit hochgezogenen dunklen Augenbrauen mir gegenüber in der Tür des Schranks steht.

Oh Mist.

Ich hätte wissen müssen, wie das aussehen könnte.

»Hi. Guten Morgen.« Ich klinge atemlos – und wahrscheinlich schuldig wie die Sünde. »Es tut mir so leid, aber meine Kleidungsstücke, sie waren nicht da. Ich schwöre, ich habe nicht versucht, herumzuschnüffeln. Es ist nur so, dass ich nach meiner Kleidung gesucht habe und …«

»Es ist alles in Ordnung.« Er tritt ein, und ein leichtes schelmisches Lächeln umspielt seine Lippen. »Du kannst so viel schnüffeln, wie du willst. Was die Kleidung betrifft, so habe ich sie Geoffrey zum Waschen gegeben. Sie sollte in etwa einer Stunde fertig sein.«

»Oh.« Dass jemand meine Kleidung waschen könnte, war mir nicht einmal in den Sinn gekommen. »Okay, danke.«

So viel zu meinem Plan, heute Morgen schnell zu fliehen.

»Musst du irgendwo hin?«, fragt er mit zur Seite geneigtem Kopf, und meine Wangen erwärmen sich, als ich merke, dass er eine Jogginghose und ein weiches T-Shirt trägt – das erste Mal, dass ich ihn in etwas anderem als seiner Geschäftskleidung sehe.

Oder nackt.

Weil ich ihn definitiv nackt gesehen habe.

Hör auf, an Sex zu denken, Emma. Und hör auf, zu erröten. »Meine Katzen werden verärgert sein, wenn ich nicht bald nach Hause komme«, sage ich, und mein Gesicht brennt trotz meines eigenen Verbotes. »Und ich soll um 11.30 Uhr mit meinen Großeltern skypen. Wo wir gerade davon sprechen, weißt du, wie spät es ist?«

Er grinst. »Als ich das letzte Mal nachgesehen habe, war es 11.23 Uhr.«

»*Was?*«

»Was soll ich sagen? Du hast letzte Nacht nicht so viel geschlafen.«

Weil er mich immer wieder aufgeweckt hat, indem er in mich eingedrungen ist, oder mich geleckt oder an meinen Brüsten gesaugt hat – oh Gott, nicht schon wieder.

»In Ordnung.« Mit Mühe konzentriere ich mich auf etwas anderes als die Art und Weise, wie sich das weiche Material des T-Shirts an seine definierten Brustmuskeln schmiegt. »Wo ist meine Handtasche?

Ich muss meinen Großeltern eine SMS schreiben, um den Termin zu verschieben.«

»Warum? Du kannst hier skypen. Meine Internetverbindung ist wirklich schnell, und ich gebe dir Privatsphäre.«

Ich blinzele. »Hier? In deinem Schlafzimmer?«

»Oder in der Bibliothek oder im Gästezimmer – wo immer du willst. Du solltest es aber vielleicht nicht unten machen. Geoffrey kocht gerade einen Brunch, und die Gerüche werden dich verrückt machen.«

Er macht mich verrückt. Ist ihm nicht klar, dass ich, wenn ich meine Großeltern von einem anderen Ort als meiner Wohnung aus anskype, ihnen erklären muss, wo ich bin?

»Nein, schon gut, danke. Ich werde einfach …«

»Warum nicht?« Er verschränkt seine kräftigen Arme vor der Brust und lenkt meine Aufmerksamkeit auf die sich bewegenden Muskeln. »Das Essen wird sowieso erst in einer halben Stunde fertig sein. Geoffrey hat spät angefangen zu kochen, da ich mir nicht sicher war, wann du aufwachen würdest.«

Ich reiße meinen Blick von diesem beeindruckenden Bizeps. »Du verstehst das nicht. Meine Großeltern sind neugierig – und ich will sie nicht anlügen und behaupten, dass ich in einem schicken Hotel bin.«

»Warum solltest du sie anlügen?«

Ich starre ihn verblüfft an. »Nun, ich werde ihnen nicht sagen, dass wir … du weißt schon.«

»Warum nicht? Sind sie altmodisch? Erwarten sie, dass du bis zur Hochzeit wartest?«

»Nein, sie sind eigentlich ziemlich liberal, aber sie sind meine *Großeltern*.« Wie schwer von Begriff ist er? »Wenn ich ihnen von dir erzähle, werden sie denken, dass es eine große Sache ist und eine Million Fragen stellen und dich treffen wollen und so weiter.« *So, das war doch jetzt ganz detailliert beschrieben. Und jetzt sieh zu, dass du Land gewinnst, so wie es jeder vernünftige Mann tun würde.*

Er nimmt seine Arme aus der Überkreuzung und sieht nicht das kleinste bisschen besorgt aus. »Das ist in Ordnung. Ich freue mich, sie kennenzulernen.«

»D-das tust du?« Stimmt etwas nicht mit meinem Gehör? Weil ich mir ziemlich sicher bin, dass Marcus mir gerade gesagt hat, dass er meine Familie treffen will.

»Ja, warum nicht? Du kannst mich gerne vorstellen, wenn du mit ihnen sprichst. Ich bin in meinem Büro, ein wenig Arbeit erledigen. Oh, und das WLAN-Passwort ist bond$carelli19.«

Und damit geht er aus dem Raum – oder, besser gesagt, aus seinem riesigen Schrank.

36

Emma

ICH RUFE MEINE GROSSELTERN NICHT AN.

Nicht um 11.30 Uhr zumindest. Es dauert mehrere Minuten, bis ich meine Handtasche in Marcus' riesigem Schlafzimmer gefunden habe – sie hing versteckt an der Rückseite der Tür –, und als ich endlich mein Handy herausfische, ist es schon 11.37 Uhr und ich habe eine besorgte Nachricht von Oma.

Normalerweise bin ich nie zu spät zu unseren zweiwöchigen Skype-Sitzungen.

Autsch. Jetzt kann ich es nicht mehr *nicht* erklären. Wenn ich einfach zurückschreibe, um den Termin zu verschieben, wird sie denken, dass etwas nicht stimmt.

Mit dem Telefon in der Hand schaue ich mich um. Das Schlafzimmer ist so wunderschön wie der Rest des

Penthouses, und es gibt eine Ecke mit einem schlanken Lounge-Sessel, wo ich skypen kann. Aber ich fühle mich wirklich nicht wohl dabei, mit meinen Großeltern neben dem Bett zu reden, wo Marcus mir das Gehirn herausgefickt hat. *Wiederholt.* Es ist schon schlimm genug, dass ich in einem geliehenen Bademantel dasitzen werde.

Dann lieber in der Bibliothek.

Ich eile hinüber und platziere meinen Hintern auf einem der Stühle am Kamin. Dann verbinde ich mein Handy mit dem WLAN, drücke auf *Videoanruf* und warte.

»Emma, Liebling!« Omas rundes Gesicht und Opas Ohr daneben füllen den kleinen Bildschirm. »Was ist passiert? Ist alles in Ordnung?«

»Ja, ich bin nur spät aufgewacht. Es tut mir so leid. Wie geht es euch beiden?«

»Oh, uns geht es gut. Ich bereite bereits alles für Donnerstag vor«, sagt Oma und strahlt, während Opa sich ganz in die Kamera bewegt. Ich brauche einen Moment, um zu verstehen, dass sie über Thanksgiving redet – was bedeutet, dass ich diesen Mittwoch nach Florida fliege, da ich die Flugtickets letztes Jahr als Riesenschnapper ergattert habe.

»Deine Großmutter hat bereits den Truthahn«, sagt Opa so stolz, als wäre das sein Verdienst. »Und sie hat online ein neues Rezept für eine Füllung gefunden.« Er starrt mich an, und seine Nase wächst, als er sich näher zur Kamera beugt. »Warte mal. Du bist nicht zu Hause.«

»Ähm, nein.« Mist, ich bin so was von nicht bereit dafür. Wenn ich mich daran erinnert hätte, dass Thanksgiving – mit endlosen Möglichkeiten zum Verhör – diese kommende Woche ist, hätte ich den Anruf definitiv nicht von hier aus gemacht. »Ich bin bei einem … Freund zu Hause.«

Großmutter blinzelt. »Wirklich? Bei wem? Kendall oder Janie?« Sie beugt sich auch näher zur Kamera. »Dieser Kamin sieht gut aus. Und sind das alles Bücherregale?«

»Ja.« Seufzend drehe ich mein Telefon um und bewege es in einem langsamen Halbkreis, damit sie den ganzen Raum sehen können – denn sie hätten mich sowieso dazu gedrängt. »Hier gibt es viele Bücher.«

»Dein Freund muss wirklich gerne lesen«, sagt Opa beeindruckt. »Habt ihr euch über deine Arbeit kennengelernt?«

»Also bist du *nicht* bei Kendall oder Janie«, sagt Großmutter und erklärt damit das Offensichtliche.

Ich drehe das Telefon zurück zu mir. »Nein, es ist jemand anderes.« Verdammt, warum habe ich mich von Marcus dazu bringen lassen? Abgesehen von einer kompletten Lüge wird alles, was ich sage, diese Sache zwischen uns viel ernster klingen lassen, als sie ist. Nicht, dass ich wüsste, auf welchem Grad an Ernsthaftigkeit wir uns befinden. Es ist kein One-Night-Stand, da wir schon ein paar Dates hatten, bevor wir zusammen waren. Ein Wochenend-Stand vielleicht? Ein Ab-und-an-Dating?

Es ist sicherlich nicht der Beginn einer echten

Beziehung – nicht, wenn er darauf aus ist, jemanden wie Emmeline zu heiraten.

Meine Großeltern starren mich erwartungsvoll an, und ich weiß, dass ich ihnen *etwas* sagen muss. Seufzend reibe ich mir den Nasenrücken. »Es ist niemand, den ihr kennt – nur ein Typ, den ich vor ein paar Wochen getroffen habe, okay?«

Wäre dies ein Film gewesen, wäre der Ton an dieser Stelle abrupt abgebrochen. Die Stille ist ohrenbetäubend, und beide starren mich mit hängenden Kinnladen an.

Schließlich spricht mein Großvater. »Ein Typ?« Er klingt ungläubig. »Ein fester Freund?«

Ich zucke zusammen. »Wir sind noch nicht ganz da, Opa, aber ja, jemand, mit dem ich mich treffe.« Ich hoffe, ich muss ihm die Nuancen der modernen Partnersuche nicht erklären, denn ich bin mir nicht sicher, ob ich sie selbst verstehe – besonders angesichts von Marcus' bizarrer Bereitschaft, meine Großeltern zu treffen.

Ich hätte schwören können, dass lockere Verbindungen und Familie nicht zusammenpassen.

»Trägst du einen Bademantel?«, fragt Großmutter und schaut auf meine Schultern. »Es sieht aus wie ein Bademantel.«

Mist. Ich hatte gehofft, sie würden ihn nicht bemerken. »Meine Klamotten sind in der Wäsche«, erkläre ich und merke dann, dass ich es gerade so klingen ließ, als ob Marcus und ich zusammenleben würden. »Das heißt, die Kleidung, die ich letzte Nacht getragen habe – ich habe nichts anderes hier. Marcus hatte beschlossen, sie zu waschen, bevor ich aufgewacht bin, deshalb der Bademantel.«

Das sind wahrscheinlich zu viele Informationen – wie überhaupt über diese Sache zu reden –, aber meine Großeltern haben eindeutig kein Problem damit. Opa grinst, und Oma sieht besonders fröhlich aus, als sie fragt: »Marcus? Ist das sein Name?« Auf mein Nicken hin bohrt sie weiter: »Wie habt ihr zwei euch kennengelernt?«

»Oh, nur durch eine … du weißt schon, eine Dating-App.« Oder, genauer gesagt, durch eine Verwechslung im Zusammenhang mit einer Dating-App, aber das ist eine zu lange Geschichte.

»Wirklich?« Oma beugt sich nach vorne. »Wir wussten nicht, dass du Onlinedating machst«

»Ja, ich habe es nicht erwähnt, weil es keine große Sache war. Janie hat mich vor ein paar Monaten überredet, ein Profil zu erstellen, aber ich habe mich nur ein paarmal eingeloggt.«

»Was offensichtlich genug war, um Marcus zu treffen und bei ihm zu Hause zu landen. In einem Bademantel«, sagt Opa, und seine buschigen Augenbrauen zucken vor Aufregung.

Ich atme verzweifelt aus und wünsche mir ausnahmsweise einmal, dass meine Großeltern schwerfällig und konservativ wären, wie die meisten anderen ihrer Generation. Stattdessen sind sie im Alter von fast achtzig Jahren so aufgeschlossen wie jeder Millennial und haben die veränderte Lebensweise zusammen mit den Technologien wie E-Mail, Social Media, SMS und Skype problemlos angenommen.

Ich möchte ja nicht, dass Opa eine Schrotflinte oder so schwingt, aber trotzdem würde ein wenig katholische Missbilligung nicht schaden.

»Wir lernen uns gerade erst kennen, Opa. Das wird wahrscheinlich nirgendwohin führen«, sage ich, aber ich kann sagen, dass meine Warnung auf taube Ohren trifft. Mein Dating-Leben – oder seine Abwesenheit seit dem College – war eine Quelle der Sorge für meine Großeltern, bis zu dem Punkt, an dem mir während meines letzten Thanksgiving-Besuchs taktvoll gesagt wurde, dass es vollkommen in Ordnung sei, meinen Bedürfnisse und Neigungen nachzugehen, egal was sie sein mögen.

Übersetzung: Sie dachten, ich könnte lesbisch sein und es geheim halten.

»Also, wie alt ist er?«, fragt Großmutter und fällt in ihren patentierten Verhörmodus. »Woher kommt er? Was macht er beruflich? Wie viele Geschwister hat er, und wann können wir ihn treffen?«

Ich öffne den Mund, um zu antworten, aber dann ändere ich meine Meinung. »Weißt du was, Oma?«, antworte ich süß. »Warum trefft ihr Marcus nicht einfach? Er kann euch alles selbst beantworten.«

Und dann stehe ich auf und trage das Telefon zum Büro meines Gastgebers.

arcus

»Ich bin fünfunddreißig, ein Einzelkind, ursprünglich aus Staten Island, und ich leite einen Hedgefonds«, sage ich ruhig und stelle Emmas Telefon auf meinen Schreibtisch, während sie mit einem bösartigen kleinen Grinsen auf ihren Rosenknospenlippen vor mir steht. Sie erwartet eindeutig, dass ich von der Flut von Fragen ihrer Großmutter verärgert bin.

Zu schade für sie, dass ich meine Fähigkeiten durch Dutzende von Interviews im Live-TV verfeinert habe.

»Wirklich? Welche Art von Hedgefonds?« Es gibt großes Interesse auf Ted Walshs gealtertem Gesicht. »Ich verfolge CNBC.«

Ich lächele ihn an. »Wir konzentrieren uns auf die

Alpha-Generierung unter allen Marktbedingungen, also ist es ein Mix aus allem, von Rohstoffen über Long-Short-Aktien bis hin zu Quantenstrategien. In letzter Zeit haben wir uns auch mit einigen illiquiden Anlagen beschäftigt, darunter Immobilien und Private Equity.«

»Und wie lange seid ihr beiden schon zusammen?«, fragt Mary Walsh, und ihre grauen Augen sind so leuchtend und klar wie die ihrer Enkelin. Es ist offensichtlich, dass der ganze Finanzkram bei ihr in ein Ohr hinein- und aus dem anderen herausgerauscht ist und sie null Interesse an den Strategien meines Fonds hat. »Emma sagte, ihr habt euch durch eine Dating-App kennengelernt?«

Ich blicke über den Bildschirm hinweg auf Emma. Sie zuckt ungeschickt mit den Schultern, also antworte ich: »Das könnte man so sagen.« Ich schätze, sie hatte keine Lust, ihren Großeltern die ganze verworrene Geschichte zu erzählen. »Und was die Dauer unseres Zusammenseins betrifft: Unser erstes Date war Anfang dieses Monats.«

Maria schießt ihre nächste Ladung Fragen ab, und ich antworte ruhig und geduldig. Ja, ich habe mein ganzes Leben in New York City gelebt, außer als ich woanders studiert habe. Wo bin ich hingegangen? Cornell für den Bachelor – Hauptfach Finanzen – und Wharton für den MBA. Nein, ich habe keine Familie, der ich nahestehe, denn meine Eltern sind gestorben, als ich jung war. Ja, mir gehört meine Wohnung und ein paar andere Immobilien ebenfalls. Nein, ich habe keine Pläne, aus New York wegzuziehen, um Steuern zu sparen.

Aus irgendeinem Grund stört mich das Verhör nicht – genauso wenig wie die Tatsache, dass wir mit diesem Anruf gerade Monate einer typischen Beziehungsentwicklung übersprungen haben. Das Angebot, Emmas Großeltern zu treffen, war ein Impuls von meiner Seite, den ich aber nicht bereuen kann. Letzte Nacht hat meine Besessenheit mit Emma nicht angekratzt – wenn überhaupt, dann hat es sie stärker gemacht –, und meine Faszination von ihr wächst mit jeder Minute. Ich will alles über sie wissen, in ihren Kopf kriechen und die Welt aus dem Inneren ihres hübschen Kopfes sehen.

Zumindest möchte ich alle für sie wichtigen Personen treffen, damit ich herausfinden kann, wie ich einer dieser Menschen werden kann.

Schließlich scheinen Emmas Großeltern zufrieden zu sein, dass ich weder ein Obdachloser noch ein Serienmörder bin, und wir verabschieden uns bereits, wobei Emma neben mir steht, als Mary sagt: »Du fliegst in der kommenden Woche nicht mit unserer Emma mit, oder, Marcus? Denn wenn du mitkommst, muss ich etwas mehr Essen machen.«

Bevor ich etwas antworten kann, schüttelt Emma bereits den Kopf. »Natürlich nicht, Oma. Ich habe dir gesagt, dass wir uns gerade erst kennengelernt haben, und außerdem hat Marcus auf der Arbeit unglaublich viel zu tun.« Ihre Augen blicken auf mich. »Du hast eine verrückte Woche im Fonds, nicht wahr?«

»Ja.« Meine Stimme klingt nicht ganz nach meiner eigenen. »Ja, das habe ich. Eine mörderische Arbeitsbelastung die ganze Woche über.«

»Wir verstehen das.« Mary lächelt sanft. »Aber wenn du es schaffst, freizunehmen, bist du immer willkommen an unserem Thanksgiving-Tisch, Marcus. Es hat mich gefreut, dich kennenzulernen.«

»Ebenso«, sage ich und gebe Emma das Telefon, um den Anruf zu beenden.

Ich hatte nicht die Absicht, diese Woche nach Florida zu fliegen – selbst *ich* weiß, dass das so schnell ein zu großer Schritt ist – aber aus irgendeinem Grund sticht das Wissen, dass Emma mich dort nicht haben will, schlimmer als eine Portugiesische Galeere.

Emma

MARCUS IST UNGEWÖHNLICH RUHIG, FAST GRÜBLERISCH, als er mich zum Brunch nach unten führt. Ist er sauer, weil ich die Befragung erlaubt habe? Eigentlich hat er darum gebeten, geradezu darauf bestanden. Dennoch fühle ich mich ein wenig schlecht, weil ich zugelassen habe, dass meine Großeltern ihn in die Mangel nehmen.

Ich hätte ihn vor dem Schlimmsten bewahren sollen, so wie ich es immer mit Jim, meinem Freund vom College, gemacht hatte.

Na ja, jetzt ist es zu spät. Und Marcus hat sich behauptet, wie Jim es nie gekonnt hätte. Er hat respektvoll, aber gleichberechtigt mit meinen Großeltern gesprochen und ihre Fragen ohne den geringsten Hinweis auf Nervosität oder Unsicherheit beantwortet. Gleichzeitig hatte er nicht mit seinen Leistungen angegeben, sondern alle seine Antworten waren sachlich, aber haben wenig von dem eigentlichen Ausmaß seiner Macht und seines Reichtums enthüllt. Natürlich waren Opa und Oma trotzdem beeindruckt – und warum sollten sie es nicht sein?

Es sind nicht seine Milliarden, mit denen Marcus Carelli beeindruckt; es ist der stahlharte, unbezwingbare Kern des Mannes selbst. Ein paar Minuten in seiner Gesellschaft genügen, um zu wissen, dass er eine Naturgewalt ist, jemand, dem man sich nie in den Weg stellen möchte.

»Alles in Ordnung?«, frage ich leise, als wir uns dem Essbereich nähern und Marcus immer noch kein Wort gesagt hat. Die reichen, köstlichen Aromen, die aus der Küche kommen, lassen meinen Magen knurren, aber ich bin zu besorgt über seine seltsame Stimmung, um über Essen nachzudenken. »Es tut mir leid wegen meiner Großeltern. Sie sind nur …«

»Beschützend.« Er lächelt, und obwohl es seine Augen nicht ganz erreicht, verblasst die seltsame Spannung zwischen uns. »Sie scheinen nette Menschen zu sein. Dein Großvater erinnert mich ein wenig an Mr. Bond.«

Ich strahle ihn an. »Ja, sie sind toll. Und Opa *war* auch ein Lehrer. Er lehrte fast vierzig Jahre lang Englisch und Sozialwissenschaften, bevor er in den Ruhestand ging.«

Marcus' Lächeln erwärmt sich. »Wirklich? Was ist mit deiner Großmutter?«

»Sie war eine Krankenschwester, eine sehr erfahrene. Ich ging fast nie zum Arzt, als ich bei ihnen lebte. Großmutter kann außer einer größeren Operation alles selbst bewältigen.«

»Mr. Carelli?« Ein dünner Mann mit stocksteifer Haltung tritt in unseren Weg, als wir uns dem Tisch nähern. Mit einem deutlich britischen Akzent kündigt er an: »Ihr Essen ist fertig.«

»Ausgezeichnet, danke.« Marcus blickt mich an. »Emma, das ist Geoffrey, mein Butler. Geoffrey, das ist Emma, mein … Gast.«

Ich schaffe es, trotz der plötzlichen Beschleunigung meines Pulses, zu lächeln. Ich habe diesen Moment des Zögerns, bevor Marcus »Gast« sagte, diesen Bruchteil einer Sekunde der Unentschlossenheit, die für ihn so selten sein muss wie ein Hummeressen für mich, bemerkt. Was war er im Begriff zu sagen?

Mein Date?

Eine Freundin vielleicht?

Es ist unmöglich, dass er »meine Freundin« sagen *würde.*

»Es ist mir ein Vergnügen«, sagt Geoffrey und neigt seinen Kopf. »Bitte setzen Sie sich. Ich werde das Essen bringen.«

Er eilt weg, und Marcus führt mich zu dem Tisch – auf dem zwei Strohmatten liegen, die mit quadratischen weißen Tellern, eleganten modernen Gläsern und glänzendem Besteck neben Servietten aus weißem Stoff gedeckt sind. In der Mitte befindet sich eine Karaffe mit Wasser, in dem Zitrone, Minze und Gurke schwimmen, und daneben befindet sich das, was wie frisch gepresster Orangensaft aussieht, zusammen mit einem Krug mit einer dunkelgrünen Flüssigkeit.

Marcus zieht einen Stuhl für mich heraus, und ich setze mich hin und fühle mich wieder einmal überfordert. Dieser Brunch wirkt nicht nur ausgefallener als in jedem anderen Restaurant, sondern ich trage auch noch einen Bademantel. Nicht, dass es geholfen hätte, meine eigene Kleidung zu haben; ich bin mir ziemlich sicher, dass eine einzelne Gabel hier mehr kostet als mein ganzes Outfit.

Das Schlimmste daran ist, dass ich meine Portion dieser Mahlzeit nicht bezahlen kann – es sei denn, ich biete an, die Hälfte des Gehalts von Geoffrey an einem Morgen zusammen mit den Kosten für die Zutaten zu decken. Und selbst *ich* weiß, dass das lächerlich ist. Meine beste Möglichkeit, mich zu revanchieren, ist, Marcus eines Tages ein Essen bei mir zu Hause zuzubereiten, aber nachdem ich gesehen habe, wie er lebt, lässt mich die Idee, ihn in mein kleines Apartment zu bitten, erschaudern.

Ich könnte genauso gut Queen Elizabeth – die Monarchin, nicht meine Katze –, bitten, in einem Schrank zu Abend zu essen.

»Wasser, Orangensaft oder grünen Saft?«, fragt Marcus, und ich zwinge ein Lächeln auf meine Lippen.

»Grünen Saft, bitte.« Es gibt keinen Grund für ihn, zu wissen, dass ich das überteuerte Gesundheitselixier noch nie zuvor ausprobiert habe – oder dass ich mich dadurch wie ein Fisch außerhalb des Wassers fühle.

Marcus gießt die grüne Flüssigkeit in mein Glas, und ich nehme einen Schluck. Sie ist überraschend gut, herb und erfrischend statt bitter. Ich kann den Granny Smith unter dem grasigen Geschmack des Grüns herausschmecken und leere den Rest des Glases mit ein paar großen Schlucken.

»Mehr?«, fragt Marcus trocken, und ich nicke, denn … Warum nicht?

Es ist eine köstliche Möglichkeit, meine wöchentliche Quote an Obst und Gemüse an einem Morgen zu erreichen.

Während ich am zweiten Glas nippe, kommt Geoffrey mit einem mit einer silbernen Halbkugel abgedeckten Tablett heraus. Er stellt es auf den Tisch, nimmt den Deckel ab und enthüllt zwei Teller mit je einem perfekt gefalteten Omelett, zwei kleinen Schalen mit zerkleinertem Obst und einem Korb mit fluffigen Brötchen. Die Omeletts sind mit einer cremigen, orangefarbenen Soße bedeckt, auf der ein Zweig Petersilie liegt, und sie riechen absolut köstlich.

Definitiv ausgefallener als jeder Brunch im Restaurant, den ich je hatte.

»Shiitake- und Austernpilzomelett mit Krabben und Hummer, überzogen mit würziger Gorgonzolasoße«, kündigt Geoffrey an und stellt einen Teller vor mich und den anderen vor Marcus. Er macht dann dasselbe mit den Obstschalen, stellt den

Brötchenkorb zwischen uns und fügt eine Zange hinzu, um sie leichter zu greifen.

»Danke, Geoffrey. Es sieht fantastisch aus«, sagt Marcus, und ich denke dasselbe, wobei ich kaum in der Lage bin, den ganzen Speichel zu schlucken, der sich in meinem Mund sammelt. Wie ist es möglich, dass ich nur wenige Minuten zuvor an Hummer gedacht habe, und jetzt ein Hummeromelett vor mir liegt?

Nein, nochmal von vorn, *ein Shiitake- und Austernpilzomelett mit Krabben und Hummer* – alle Lebensmittel, die ich liebe und die ich mir selten in einem verrückten Gericht leisten kann?

Der Butler neigt den Kopf, bevor er wieder in der Küche verschwindet, und ich beginne mit dem Omelett, wobei meine Gabel vor Gier zittert. *Heilige. Scheiße.* Ich bekomme fast einen Orgasmus, als die würzige Vollmundigkeit der Gorgonzolasoße meine Zunge berührt, gefolgt von der köstlichen Textur der Meeresfrüchtestücke, die in ein Ei mit Pilzgeschmack eingewickelt sind.

Ich muss laut gestöhnt und meine Augen geschlossen haben, denn als ich sie öffne, sehe ich, dass Marcus mich anstarrt, als hätte ich mich gerade nackt ausgezogen. Sein Gesicht ist angespannt, und in seinen Augen brennt wilder Hunger, während sein Omelett unberührt vor ihm steht.

»Tut mir leid«, murmele ich, und mein Gesicht wird heiß, als ich merke, dass ich ausgesehen haben muss, als hätte ich buchstäblich einen Orgasmus gehabt. *Nochmal.* Bei dieser Geschwindigkeit wird er denken, dass ich einen Lebensmittelfetisch habe. »Es ist einfach wirklich, wirklich gut.«

»Eines Tages werde ich dich ficken, während ich dich füttere.« Seine Stimme ist ein tiefes, dunkles Knurren. »Ich werde dich auf diesen Tisch legen und eine Mahlzeit aus deiner süßen Muschi machen, während du isst.«

Oh Gott. Besagte Muschi zieht sich mit einem plötzlichen heftigen Verlangen zusammen und wird im Handumdrehen von warmer Feuchtigkeit überflutet. Ich kann mir genau vorstellen, was er beschreibt, und die hilflose Reaktion meines Körpers macht mich schwindelig, legt ein Band um meine Lungen, das einen vollen Atemzug verhindert.

»Ja, genau so.« Er beugt sich nach vorn, und seine blauen Augen glitzern, als er seine große Hand unter dem Tisch auf mein Knie legt. »Ich werde ein Festessen aus dir machen, genau hier, Kätzchen, und du wirst jede verdammte Sekunde lieben. Ich werde dich so sehr mit mir füllen, dass du nicht einmal an Essen denkst.«

Ich denke jetzt nicht ans Essen. Ich kann nicht – nicht, wenn mein Herz in meiner Brust hämmert und mein ganzer Körper brennt. Ich wusste nicht, dass Dirty Talk mich so anmachen kann, dass mich diese Worte mit einem so qualvollen Verlangen erfüllen können. Es ist nur das Wissen, dass Geoffrey hier ist und jeden Moment hereinkommen kann, dass mich dazu bringt, zu schlucken, meine Augen von den seinen abzuwenden und flach zu atmen, um das verrückte Dröhnen meines Pulses zu beenden.

Es gibt ein paar Augenblicke der Stille, Momente, die so spannungsgeladen sind, dass ich sie fast in der Luft schmecken kann. Dann nimmt Marcus seine Hand von meinem Knie, und ich höre das Schaben von Messer und Gabel auf dem Teller.

»Du hast recht. Das *ist* köstlich.« Seine Stimme ist wieder normal, und sein Tonfall gesprächig, aber ich lasse mich nicht täuschen.

Sobald wir mit dem Essen fertig sind, werden wir zurück ins Schlafzimmer gehen.

Und, verdammt, der Gedanke macht mich klatschnass.

arcus

»Diesmal meine ich es ernst. Ich muss nach Hause. Es ist schon nach vier Uhr; meine Katzen müssen hungrig sein, die armen Lieblinge. Außerdem ist heute Waschtag.« Emma weicht meiner ausgestreckten Hand aus, rollt sich vom Bett und läuft zu dem Kleiderhaufen auf dem Stuhl in der Ecke – ihre sauberen, akkurat gefalteten Klamotten, die Geoffrey nach oben gebracht hat, während wir gegessen haben. Sie ergreift sie, verschwindet im Badezimmer, und ich sitze im Bett und verkneife mir einen frustrierten Fluch.

Es ist nicht so, dass ich sie noch einmal ficken will – na ja, ich will es, mein Schwanz hat entschieden, dass ich wieder fünfzehn bin –, aber es ist so, dass ich den

Gedanken hasse, dass sie geht. Das, zusammen mit meinem unaufhörlichen Hunger nach ihren weichen Kurven, ist der Grund, warum ich sie immer wieder zurück ins Bett geschleppt und sie jedes Mal gnadenlos gefickt habe, wenn sie versucht hat, nach dem Brunch nach Hause zu gehen.

Scheiß auf ihre Katzen.

Ich brauche sie mehr als sie.

Es ist grenzwertig pathologisch, ich weiß, aber jetzt, wo ich sie in meiner Höhle habe, will ich sie hierbehalten. Dieselben primitiven Instinkte, die von mir verlangen, sie im Höhlenmenschenstil zu beanspruchen, möchten jetzt, dass ich sie an mein Bett kette und den Schlüssel wegwerfe.

Oder wenn das nicht möglich ist, sie an mich zu fesseln.

Zum Teil liegt es daran, dass ich immer noch sauer bin wegen Florida – sowohl wegen der Tatsache, dass sie geht, als auch, weil sie mich dort nicht haben will. Es bedeutet, dass ich sie von Mittwoch bis Sonntag nicht sehen werde, und das Wissen frisst mich auf und schärft mein Verlangen, bis es sich anfühlt wie eine Klinge, die durch meine Eingeweide schneidet.

Ich will sie mit einer Entschlossenheit, die mir Angst macht, und sie scheint nicht im Geringsten nachzulassen.

Wenn mein Verlangen nach ihr rein sexuell wäre, könnte ich damit umgehen. Niemand ist je an blauen Eiern gestorben, soweit ich das beurteilen kann. Aber ich fange an, *sie* zu wollen, alles von ihr, nicht nur ihren köstlichen kleinen Körper. Das Einschlafen mit Emma in meinen Armen gestern Abend hatte mir mehr gefallen als alles jemals zuvor – ich hatte ein Gefühl der Zufriedenheit bis in mein Knochenmark, eine Gewissheit, dass in meiner Welt alles in Ordnung ist.

Ich kann mich nicht erinnern, wann ich das letzte Mal so empfunden habe. Vielleicht habe ich das nie getan. Als ich ein Kind war, waren wir immer ein paar Tage von der Räumung entfernt und hatten ein Glas Mayo im leeren Kühlschrank. Ich wusste nie, wann meine betrunkene Mutter nachts hereinstolpern und welche Art von Arschloch sie mitbringen würde. Selbst als ich älter wurde und die Einnahmen aus meinen Teilzeitjobs nutzte, um die größten Löcher unserer Existenz unter der Armutsgrenze zu stopfen, ging die Angst vor der unsicheren Zukunft nie verloren.

Sie begleitete mich, als ich meine erste Million, dann meine erste Milliarde machte.

Sie ist immer noch bei mir, wenn ich die Augen schließe und nachts einschlafe.

Außer gestern Abend. Gestern Abend fühlte ich mich sicher. Dieser kleine, warme Körper in meinen Armen war alles, was ich brauchte … alles, was ich jemals brauchen würde.

Als wäre ich endlich zu Hause.

Und jetzt will sie gehen.

Drauf geschissen. Ich bin nicht bereit, sie gehen zu lassen.

»Ich komme mit dir mit«, lasse ich sie wissen, als sie voll bekleidet aus dem Badezimmer auftaucht.

Ich ignoriere ihre vor Schreck weit aufgerissenen Augen, stehe auf und gehe zu meinem Schrank, um mir selbst Kleidung zu holen.

40

Emma

ICH VERSTEHE NICHT, WAS LOS IST, WARUM ICH IN Marcus' Auto sitze – mit ihm auf dem Rücksitz neben mir – und zu meiner Wohnung fahre.

»Musst du nicht arbeiten?«, versuche ich es noch einmal. »Ich dachte, ihr Wall-Street-Typen arbeitet am Wochenende.«

Er hebt seine breiten Schultern für ein Schulterzucken. »Die Arbeit kann warten. Ich bin mein eigener Chef.«

Ich gebe es auf. Weil es anscheinend keine höfliche Art gibt, einen Mann zu fragen, warum er so entschlossen ist, einem beim Waschen und Kuscheln mit den Katzen zuzusehen. Besonders, wenn dieser Mann Marcus ist. Sobald er sich etwas in den Kopf gesetzt hat, kann man ihn nicht mehr aufhalten – das habe ich auf die harte Tour gelernt. Und ich meine *hart*.

Ich bin ziemlich wund von dem ganzen Ficken.

Eine Hitzeranke schlängelt sich bei der Erinnerung daran, wie ich so geworden bin, in mir nach oben, und ich werfe verstohlen einen Blick auf die Ursache dieser Wundheit – die mich mit einem dunklen, intensiven Blick anschaut.

Heilige Scheiße. Will er *wieder* Sex?

Weicht er deshalb nicht von meiner Seite?

Das muss es sein. Ich kann mir nicht vorstellen, warum er sonst in meine Schuhkartonwohnung in Brooklyn gekommen wäre, anstatt in seinem luxuriösen Penthouse zu bleiben. *Ich* würde diesen Ort sicherlich nicht verlassen, wenn ich er wäre.

Ich bin dabei, ihm mitzuteilen, dass ich mindestens ein paar Stunden lang keinen Sex haben kann, als mein Telefon mit einer eingehenden Nachricht klingelt.

Sie ist von Kendall.

Und? Noch mehr Geschenke von Mr. Wall Street?

Dann eine zweite: *Hast du ihm ein Dankeschön geschrieben, wie ich es dir gesagt habe?*

Oh, Mist. Kendall hat keine Ahnung, dass wir weit über Danksagungen hinaus sind, und warum sollte sie auch? Ich hatte keine freie Minute, um sie anzurufen, seit Marcus mich gestern Abend mit den Büchern, dem Sex, dem Dinner-Date und dann mehr Sex überfallen hat.

»Wer ist es?«, fragt Marcus, und ich schaue auf, und mein Gesicht ist verräterisch gerötet.

»Niemand. Ich meine, es ist nur meine Freundin – Kendall. Sie ist meine beste Freundin vom College und …« Ich höre auf, als ich merke, dass ich plappere. »Auf jeden Fall ist sie diejenige, die mir geschrieben hat.«

»Was will sie?«

Meint er das ernst?

Er sieht auf jeden Fall ernst aus, und seine dicken Augenbrauen sind erwartungsvoll hochgezogen, als wäre es eine Selbstverständlichkeit, dass ich antworten werde.

»Nur … etwas Belangloses.« Ich bin zu nervös, um mir eine clevere Lüge auszudenken. »Wie ich schon sagte, es ist nichts.«

Mein Handy empfängt eine dritte Nachricht, und ich kann nicht anders, als auf den Bildschirm zu schauen.

Ems! Schreib ihm eine Nachricht. Ich meine es ernst.

»Nichts? Wirklich? Lass mich mal sehen.« Und bevor ich reagieren kann, nimmt Marcus mir das Telefon aus der Hand, seine Augen schweifen blitzschnell über die Nachrichten.

»Nein! Was machst du da?«, keuche ich vor Entsetzen, aber es ist zu spät.

Ein breites Grinsen breitet sich bereits auf seinem schlanken, harten Gesicht aus. »Also weiß Kendall von mir, oder nicht?«

Meine Wangen brennen wie der Asphalt im Juli in Florida, und ich versuche, das Telefon zurückzuholen, aber er legt es in seine andere Hand und hält es außerhalb meiner Reichweite.

»Ja, das tut sie. Na und?«, fahre ich ihn an und lehne mich mit leeren Händen zurück. Um das Telefon zurückzubekommen, müsste ich mich über seinen Schoß lehnen, und ich werde mich nicht derart demütigen lassen. »Ich habe keine Vertraulichkeitsvereinbarung unterschrieben.«

»Vertraulichkeitsvereinbarung?« Er lacht jetzt, zeigt seine Zähne, und seine Wangen werden von diesen sexy Einbuchtungen halbiert. »Was hast du gelesen, Kätzchen? *Fifty Shades of Grey?*«

Meine Röte intensiviert sich unglaublicherweise, und ich versuche erneut, das Telefon zu bekommen – erfolglos. Er hält mich immer noch lachend mit einem Arm fest, und ich sehe, wie der Daumen seiner anderen Hand auf dem kleinen Telefonsymbol neben Kendalls Namen landet.

»Oh mein Gott, du rufst sie gerade an. Leg auf!« Ich mache noch einen vergeblichen Versuch, nach dem Telefon zu greifen. »Marcus, leg sofort auf!«

Er blickt auf das Telefon, genau als Kendalls dünne Stimme aus dem Lautsprecher sagt: »Hallo? Emma, bist du das?«

Ich erwarte, dass er dann auflegt oder zumindest das Telefon an mich übergibt, aber ich habe unterschätzt, was für ein Arschloch er ist. Er hebt das Telefon an sein Ohr und sagt mit einem bösen Lächeln: »Nein, tut mir leid, Kendall. Hier ist Marcus mit Emmas Handy.«

Es gibt einen Moment der Totenstille, in dem ich versuche zu entscheiden, ob ich ihm den Schädel einschlagen oder ihn in Brand stecken soll, und dann ein ungläubiges *»Was?«*.

»Gib es mir«, zische ich, während ich mich sogar über seinen Schoß lege, um das Telefon zu erreichen, und diesmal lässt er es mich greifen, wobei der Schalk in seinen Augen tanzt, als ich zurück auf meinem Sitz klettere und meinen Hauptgewinn fest umklammere.

»… machst du mit Emmas Telefon?«, fragt Kendall vorsichtig, als ich das Telefon an mein Ohr hebe.

»Ich bin's, hi. Sorry deswegen. Marcus war nur ein Arschloch.« Ich starre ihn böse an, während ich das sage, aber anstatt beleidigt zu sein, fängt er wieder an zu lachen, wobei seine starken Schultern zittern.

»Sprichst du von Marcus *Carelli*?« Kendall klingt, als hätte ich gerade über den Papst im Vatikan gelästert. *»Den* Marcus Carelli? Er ist gerade bei dir?«

»Ja.« Ich drehe ihm eingeschnappt den Rücken zu. »Wir sitzen in einem Auto auf dem Weg nach Brooklyn.«

»Warte, was? Von wo? Fang von vorne an«, verlangt Kendall, und ich knirsche mit den Zähnen und werfe Marcus einen wütenden Blick über meine Schulter zu.

Er hat schon aufgehört zu lachen, aber er grinst immer noch, der Bastard.

»Ich kann gerade nicht wirklich reden«, sage ich Kendall und schaue woandershin, damit ich ihn nicht mit dem Telefon schlage. »Ich rufe dich später an, okay?«

»Warte! Sag mir nur, ob ihr Sex gehabt habt.«

»Kendall …«

»Nur ein Ja oder Nein, schnell.«

»Ja, okay? Es ist ein Ja.« Ich lege auf, drehe mich um und sehe Marcus' amüsierten – und kein bisschen schuldbewussten – Blick.

Mein Temperament kocht über. »Du hattest kein Recht, das zu tun. Das ist *mein* Telefon und *meine* Freundin und …«

»Du hast recht.« Er fasst die Hand, mit der ich herumfuchtele – diejenige, die immer noch das Telefon umklammert – führt sie zu seinen Lippen und küsst die Knöchel ehrfürchtig. »Ich hätte das nicht tun sollen, Kätzchen. Es tut mir leid. Aber falls es dich interessiert, du bist sehr süß, wenn du wütend bist. Das habe ich von unserem ersten Treffen an gedacht.«

»Oh, wir erfüllen jetzt Klischees, oder was? Was kommt als Nächstes? Du wusstest von dem Moment an, als du mich ansahst, dass ich die Richtige bin?« Zu meiner Erleichterung höre ich mich immer noch angepisst an, und nicht zähflüssig und geschmolzen wie mein Inneres. Der Verräter ist durch die zarte Geste *und* das beschissene Kompliment zu Brei geworden.

»Nein«, sagt Marcus, und alle Spuren von Belustigung sind verschwunden. »Das habe ich nicht.«

Autsch. Ich blinzele und versuche zu lächeln, als ob das ganze schmelzende Gefühl nicht im Handumdrehen verschwunden und mein Magen zu einem harten Klumpen geschrumpft wäre.

Offensichtlich bin ich nicht die Richtige für ihn – das wäre Emmeline oder jemand wie sie –, aber musste er das so offen sagen? Ich habe das als Beispiel für ein Klischee verwendet, und nicht, um einen Heiratsantrag zu bekommen.

Dennoch muss mich etwas an meiner Reaktion verraten haben, denn Marcus' Gesicht verdunkelt sich, und seine Hand verstärkt ihren Griff um meine. »Emma, was ich meinte, war …«

»Mach es einfach nicht noch einmal.« Irgendwie gelingt es mir, verspielt zu klingen und tatsächlich ein Lächeln auf meinen Lippen erscheinen zu lassen. »Das ist *mein* Handy«, ich reiße meine Hand aus seinem Griff, »und du kannst es dir nicht einfach schnappen und meine Nachrichten ansehen, egal wie viele klischeehafte Komplimente du mir danach machst.«

»Was ist mit den unklischeehaften?«, fragt er heiser, während ein Hauch von Belustigung zu seinen Blick zurückkehrt. Ich muss eine bessere Schauspielerin sein, als ich dachte. »Kann ich es dann nehmen?«

»Nein«, sage ich mit übertriebener Entschlossenheit, als ob man mit einem Kind oder einem Hund spricht. »Mein Telefon ist tabu.« Ich mache eine Show daraus, indem ich es in meine Handtasche stecke und den Reißverschluss betont schließe.

Er schiebt seine Unterlippe zu einem Schmollmund heraus, genau wie ein enttäuschtes Kleinkind, und ich kann nicht anders, als wirklich zu lachen, und ein Teil des Schmelzgefühls kommt zurück, zusammen mit dem anhaltenden Schmerz durch seine Worte.

Denn in diesem Schmollmund, so komisch er ihn auch gemeint hat, sehe ich den verletzlichen kleinen Jungen, der er einmal war, und ich kann nicht anders, als mir das Unmögliche zu wünschen.

Ich kann nicht anders, als zu wollen, dass das hier – wir zusammen – echt ist.

arcus

ICH STARRE DEN KATER AUF DEM BETT AN, UND ER reagiert mit einem verächtlichen Blick, wobei die Spitze seines Schwanzes als stumme Drohung hin und her schwingt.

»Das ist richtig«, sagen meine Augen zu ihm. »Ich habe sie die ganze Nacht lang gefickt, und ich werde es immer wieder tun. Du gewöhnst dich besser daran. Sie gehört jetzt mir.«

»Ich werde dich zerstören«, antwortet der grüne Blick der Schlitzaugen. »Du wirst einen langsamen und schmerzhaften Tod unter meinen Pfoten sterben, genau wie eine Maus. Nicht, dass ich schon einmal eine echte Maus gesehen hätte, aber trotzdem. Wenn ich jemals eine in die Pfoten bekomme, ist sie gefickt – und du auch.«

»Puffs, runter von der sauberen Wäsche«, sagt Emma, als sie wieder aus dem Badezimmer auftaucht, und ich sehe mit grimmiger Befriedigung zu, wie sie die pelzige Kreatur von der Wäsche jagt, die sie auf dem Bett zusammenlegt – eine Aufgabe, bei der ich ihr helfe.

Sie war überrascht, als ich es ihr angeboten habe, aber das hätte sie nicht sein sollen.

Es war unmöglich, dass ich eine Chance verpassen würde, ihre Höschen in die Finger zu bekommen.

Wo wir gerade davon sprechen … sie braucht neue. Generell braucht sie neue Klamotten. Fast alles, was sie besitzt, ist abgenutzt oder von schlechter Qualität. Es juckt mir praktisch in den Fingern, mein Telefon zu nehmen und eine Bestellung bei Saks aufzugeben, aber ich widerstehe diesem Drang. Sie würde noch keine Kleidung von mir annehmen, und ich habe größere Schlachten zu schlagen.

Zum Beispiel, dass sie heute Abend mit zu mir nach Hause kommt.

»Ich mache das«, sagt sie und nimmt einen Stapel gefalteter T-Shirts von mir. Sie eilt zum Schrank und stopft alles hinein, bevor sie zurückkommt, um einen Haufen Socken zu holen. Ich lasse sie alle gefalteten Sachen wegräumen, während ich ihre BHs sortiere, und bald sind wir fertig mit der ganzen Wäsche.

»Wow, das war schnell«, sagt Emma und sieht sich um, als ob sie erwartet, dass eine verirrte Socke auf sie zukommt. »Ich kann nicht glauben, dass wir das so schnell geschafft haben. Wenn ich es alleine mache, brauche ich *Stunden*.«

»Was soll ich sagen? Ich bin gut mit meinen Händen«, sage ich mit einem ernsten Gesicht, und sie schenkt mir ein Grinsen mit Grübchen.

»Das bist du. Danke für deine Hilfe.«

»Es war mir ein Vergnügen.« Ich meine es auch so – und habe es nicht nur gesagt, damit ich bei ihrer Unterwäsche mit anfassen konnte, ohne wie ein Perverser auszusehen. Sie hat keine Waschmaschine und keinen Trockner in ihrem Apartment, und der Waschsalon, den sie benutzt, ist drei lange Blöcke entfernt. Ich habe keine Ahnung, wie sie ihre Sachen immer allein dorthin geschleppt hat, aber ich bin froh, dass ich heute hier war, um den schweren Sack für sie zu tragen.

Ich muss sicherstellen, dass ich immer bei ihr bin, wenn sie in Zukunft wäscht, oder besser noch, Geoffrey soll es für sie tun.

Bei mir zu Hause.

Wo ich sie die ganze Zeit haben will.

Ich bin noch nicht ganz bereit, diesen Wunsch zuzulassen, aber er ist definitiv da, und je mehr ich mich in ihrer engen Wohnung umsehe, desto stärker wird er.

Ich will sie nicht hierhaben.

Sie gehört zu mir nach Hause.

»Hast du Hunger?«, frage ich, als sie einen Kater hochhebt – den mittelgroßen, Cottonball – und sich auf das Bett setzt, um ihn zu streicheln. »Wir könnten hier essen gehen, bevor wir zurückkehren, oder irgendwo in Manhattan. Alternativ, wenn du nicht in der Stimmung bist, auswärts zu essen, kann ich Geoffrey bitten, uns etwas zu machen.«

Sie schaut mich an, als die kleinste Katze, Queen Elizabeth, auf das Bett springt und sich ihrem schnurrenden Bruder auf Emmas Schoß anschließt. »Zurückkehren? Zu dir nach Hause? Wir beide?«

»Natürlich. Dieses Bett ist zu klein für uns beide, findest du nicht auch?« Ganz zu schweigen davon, dass es von Katzen überfüllt ist – und die dritte davon schließt sich ihr ebenfalls an, während ich spreche. »Du kannst eine Übernachtungstasche mitbringen, wenn du möchtest, so dass du nicht warten musst, bis Geoffrey morgens die Wäsche macht. Vielleicht lassen wir den Katzen auch noch etwas zu essen da, damit wir morgen gar nicht erst hierher zurückkommen müssen. Du kannst am Montag direkt von meiner Wohnung aus zur Arbeit gehen; ich lasse dich von Wilson dorthin fahren.«

Ihre Augen werden mit jedem Wort aus meinem Mund größer, und ich weiß – ich weiß es ganz genau –, dass ich meine Karten aufdecke, aber es ist zu spät, um zu versuchen, unverfänglich und subtil zu sein. Nicht, dass ich das jemals mit ihr hinbekommen hätte. Wenn es um Emma geht, sind meine Instinkte so primitiv, wie es nur geht, da mein Bedürfnis, sie zu beanspruchen, zu stark ist, um es zu leugnen.

Ich will sie in meinem Zuhause, an meiner Seite, und ich kann nicht so tun, als sei das nicht der Fall.

»Ich glaube nicht, dass ich das kann …« Sie schluckt. »Ich kann meine Katzen nicht so lange allein lassen.« Sie streichelt die pelzigen Bestien, während sie das sagt, und ich spüre wieder einen seltsamen Stich der Eifersucht.

Ich will, dass sie mich *berührt*.

Sich um *mich* sorgt.

»Gut«, sage ich fest und unterdrücke den irrationalen Wunsch. »Dann kommst du morgen wieder hierher zurück. Ich bin sicher, dass es ihnen bis dahin gut gehen wird. Du hast sie gefüttert, das Katzenklo gereinigt, mit ihnen gespielt … Was brauchen sie noch?«

Drei Paar grüne Augen verengen sich auf mich, so als ob die Katzen wüssten, was ich sage, und Emma schaut auf sie herab und streichelt sie nacheinander.

»Komm her«, sagt sie leise und schaut nach oben. »Setz dich neben mich.«

Ich runzele verwirrt die Stirn, nähere mich aber dem Bett.

»Setz dich.« Sie blickt auf die Stelle rechts von ihr.

Ich folge ihrer Bitte zögerlich, da ich weder Schwanz noch Pfote zerquetschen möchte. Ich mag ihre Haustiere vielleicht nicht, aber ich will sie trotzdem nicht verletzen.

»Hier.« Sie hebt Cottonball hoch und setzt ihn auf meinen Schoß. »Streichle ihn so.« Sie demonstriert es mit ihrer eigenen Hand, wobei ihre kurzen, gepflegten

Nägel leicht das Fell kraulen, während sie ihre Handfläche von der Oberseite seines Kopfes bis zu seinem Schwanzansatz bewegt.

Ich starre den Kater an, unfähig, zu glauben, dass er nicht weggesprungen ist oder mich gekratzt hat. Stattdessen starrt er mich an, als ob er darauf wartet, zu sehen, was ich tun werde.

Vorsichtig berühre ich ihn, wie Emma es mir gezeigt hat, und fahre mit meiner Hand über seinen Rücken. Das Fell ist unglaublich weich, und ich spüre seine tierische Wärme darunter. Es ist, als hätte ich ein Heizkissen auf meinem Schoß, nur ein extrem flauschiges.

Ich versuche, mich zu erinnern, ob ich jemals eine Katze auf meinem Schoß hatte, aber vergeblich. Sicherlich gab es in meiner Kindheit keine Haustiere – außer ich zähle die streunenden Katzen mit, die die Mülltonnen in der Wohnanlage, in der wir lebten, als ich sechs war, durchforstet haben. Für ein paar Monate gab ich ihnen alle Abfälle, die ich in unserer Küche finden konnte, aber dann wurden wir vertrieben, und ich sah die Katzen nie wieder. Auf jeden Fall waren sie wild und zu verängstigt vor Menschen, als dass ich sie streicheln konnte.

Danach gab es den Hund eines Nachbarn – einen kleinen, eine Art Straßenköter. Er war freundlich, und ich habe ihn definitiv gestreichelt und ein paarmal mit ihm gespielt. Tatsächlich mochte ich ihn so sehr, dass ich meine Mutter bat, einen Welpen zu meinem siebten Geburtstag zu bekommen. Sie lachte und kotzte prompt in die halbgekochten Nudeln, die unser Abendessen sein sollten, und das war's. Ich erkannte bald, welch große Verantwortung ein Welpe sein würde, dass er Futter benötigte und Geld kostete, das wir nicht übrig hatten, und ich hörte auf, einen haben zu wollen. Ich habe auch aufgehört, streunende Katzen zu füttern.

»Er mag dich.« Emmas Grübchen werden sichtbar, als sie mich anstrahlt, und zu meiner Überraschung merke ich, dass die Kreatur auf meinem Schoß schnurrt.

Lautstark.

Sein ganzer Körper vibriert mit ihm, und seine Augen sind in offensichtlicher Glückseligkeit geschlossen.

Okay, dann ist es eben so. Ich schätze, ich habe noch *nie zuvor* eine Katze auf meinem Schoß gehabt, denn das ist definitiv ein unvergessliches Erlebnis. Ich muss mindestens eine Katze vor dieser gestreichelt haben – ich erinnere mich vage an einen scheuen Siamesen im Haus eines Freundes im College – aber das hier ist etwas ganz anderes.

Dieses Tier *vertraut* mir.

Emma zufolge mag es mich.

Vorsichtig intensiviere ich den Druck, streichele den Kater fester, und das Schnurren wird lauter, während die Vibration zunimmt, bis ich das Gefühl habe, eine Miniatur-Kettensäge zu halten. Er genießt eindeutig, was ich tue, und ich kann nicht leugnen, dass es sich gut anfühlt, mit der Handfläche über sein weiches Fell zu fahren. Mit dem Schnurren und der Wärme ist das Gefühl seltsam beruhigend … fast hypnotisch. Mein Telefon summt in meiner Tasche, aber ich ignoriere es, da es mir seltsamerweise widerstrebt, die Arbeit eindringen zu lassen.

»Liebe.«

Mein Kopf schnellt nach oben, und mein ganzer Körper erstarrt, als ich Emma anstarre. »Was hast du gerade gesagt?«

»Du hast gefragt, was sie noch brauchen«, sagt sie leise, und ihre grauen Augen sind auf mein Gesicht gerichtet, als sie weiter die beiden Haustiere auf ihrem Schoß streichelt. »Und ich antworte dir, dass sie Liebe brauchen. Aufmerksamkeit. Mitgefühl. Genauso wie die Menschen.«

Richtig. Natürlich.

Sie redet von den Katzen, nicht von uns.

»Also nehme ich an, dass du nicht mit mir nach Hause kommst«, sage ich mit erzwungener Leichtigkeit, und sie schüttelt den Kopf.

»Ich will, aber ich kann nicht. Es tut mir leid, Marcus. Ich kann sie nicht zwei Nächte hintereinander allein lassen, besonders deshalb nicht, weil ich am Mittwoch nach Florida fliege. Meine Vermieterin wird sich um sie kümmern, aber sie werden immer noch durch meine Abwesenheit traumatisiert sein.« Sie hält inne und fügt dann zögernd hinzu: »Vielleicht kannst du hier bei mir bleiben?«

»In Ordnung.« Die Worte entkommen meinem

Mund, bevor ich bewusst die Entscheidung treffe. »In diesem Fall werde ich es tun.«

Und während die Katze auf meinem Schoß lauter schnurrt, nehme ich mein Handy aus der Tasche und schreibe Geoffrey, dass ich zum Frühstück nicht zu Hause sein werde.

42

DEN GANZEN ABEND LANG HABE ICH DEN DRANG verspürt, mich selbst zu kneifen, um sicherzugehen, dass ich wach bin, denn wie hoch ist die Wahrscheinlichkeit, dass mich meine Milliardärsaffäre nach Brooklyn begleitet, mir bei meiner Wäsche hilft und zustimmt, die Nacht in meinem winzigen Apartment zu verbringen, bevor wir eine Pizza im Papa Mario's essen?

Beinahe null, hätte ich vor dem heutigen Tag gesagt.

Und doch sind wir hier, vollgestopft mit Pizza, und ich tue mein Bestes, damit meine alten Laken halbwegs anständig aussehen und frei von Katzenhaaren sind, indem ich sie mit meinen Handflächen glätte, während

Marcus in meinem winzigen Badezimmer duscht, bevor er sich mir in genau diesem Bett anschließt.

Mein Telefon klingelt von eingehenden Nachrichten, und dann einem Anruf, und als ich es mir schnappe, bin ich nicht im Geringsten überrascht, zu sehen, dass es Kendall ist.

»Also?«, platzt es aus ihr heraus, sobald ich drangehe. »Du hast nicht zurückgerufen. Was ist los mit dir und Mr. Milliarden? Spuck es aus. Jetzt.«

Ich schaue auf die Badezimmertür, die noch geschlossen ist, während das Wasser noch läuft.

»Ich habe nicht viel Zeit«, sage ich mit leiser Stimme. »Marcus wird jeden Moment aus der Dusche kommen, also hör zu und unterbrich nicht, okay?«

»Dusche? Wo? Heilige Scheiße, Ems!«

»Kendall …«

»Okay, okay, ich werde die Klappe halten. Mach schon. Erzähl mir alles.«

Und das tue ich, angefangen bei den Büchern, die er mir Freitagabend geschickt hat, bis hin zu unserer aktuellen Situation. Den einzigen Teil, den ich auslasse, ist das Gespräch mit meinen Großeltern, denn ich will nicht, dass Kendall einen falschen Eindruck bekommt.

Für sie ist das Treffen mit der Familie eine so große Sache, dass sie überzeugt sein wird, dass wir bald heiraten werden.

»Also lass mich das klarstellen.« Meine Freundin klingt, als wäre sie kurz vor einem Aneurysma. »Ihr beide habt die letzten vierundzwanzig Stunden zusammen verbracht – buchstäblich die ganzen vierundzwanzig Stunden – und er will bei dir übernachten? Also er ist wirklich gewillt, in deinem winzigen Sarg eines Bettes zu schlafen?«

»Es ist eine normale Twin-Size…«

»Was auch immer. Ich bin mir sicher, *sein* Schlafzimmer ist das eines modernen Prinzen.«

»Nun …«

»Oh mein Gott. Ich bin gerade so verdammt eifersüchtig auf dich, du hinterhältige kleine Schlampe. Sag mir, dass er wenigstens einen kleinen Schwanz hat. Er *ist* klein, oder? Total schief und verschrumpelt und so?«

Ich bekämpfe ein hysterisches Kichern. »Nein, tut mir leid. Er ist eigentlich …« Ich höre auf, denn darüber rede ich nicht, nicht einmal mit Kendall.

»Ach, halt verdammt nochmal die Klappe! Als Nächstes wirst du mir sagen, dass er dir bereits ein halbes Dutzend Orgasmen verschafft hat.«

Weit *über* ein Dutzend, aber wer zählt die schon? Ich versuche, mir eine entsprechend diskrete Antwort auszudenken, aber mein Schweigen muss für sich selbst sprechen, denn Kendall stöhnt, und ich höre knallende Geräusche im Hintergrund.

»Alles in Ordnung?«, frage ich besorgt.

»Ja.« Ihre Stimme ist seltsam gedämpft. »Ich schlage nur meinen Kopf gegen die Wand, weil ich nicht auf Janie gehört habe und mich mit dir bei der Dating-App angemeldet habe. Vielleicht würde ich dann jetzt auch

Sommer in den Hamptons und Weihnachtsferien in den Alpen planen.«

Ich verdrehe die Augen. »Viel zu früh! Wir haben gerade erst angefangen mit … was auch immer das ist. Außerdem bin ich mir sicher, dass er bald von mir gelangweilt sein und mit seinem Plan fortfahren wird, eine wunderschöne Frau aus der High Society zu heiraten. Wir haben nur Spaß, wie du es mir gesagt hast – und nein, bevor du fragst, ich werde das nicht für einen Job im Verlagswesen ausnutzen.«

»Das ist deine Entscheidung, Hauptsache du nutzt es für eine ordentliche Anzahl an Orgasmen – und es klingt so, als tätest du das. Aber im Ernst, Ems, du liegst so falsch mit seinen Absichten. Du hast ja nicht gerade viel Erfahrung mit diesem ganzen Dating-Business, also fällt dir das vielleicht nicht auf, aber ein Kerl, der sein ganzes Wochenende mit dir verbringen will, *nachdem* er dich gefickt hat? Das ist seltener als Milliardäre in Bay Ridge. Und über Nacht bei dir zu Hause bleiben, weil du deine Katzen nicht zurücklassen willst? Da kannst du genauso gut nächste Woche einen Heiratsantrag erwarten. Er ist in dich verknallt, ganz groß. Merk dir meine Worte, bald schon …«

»Ich muss los«, zische ich ins Telefon, und mein Herzschlag rast, weil das Geräusch von fließendem Wasser aufgehört hat. »Er kommt aus der Dusche. Wir reden später, okay?«

»Alles klar. Viel Spaß mit Mr. Magic Penis.« Und

mit dieser anzüglichen Bemerkung legt sie auf und lässt mich rot und nervös zurück.

Und hoffnungsvoll.

Viel zu hoffnungsvoll.

So hoffnungsvoll, dass es fast unvermeidlich ist, dass ich bald böse verletzt werde.

43

Emma

ICH WACHE MIT EINEM SCHAUER AUF, ALS WARME LIPPEN meinen Nacken berühren, deren Weichheit im Gegensatz zu der sengenden Hitze des nach Minze duftenden Atems und der Rauheit der morgendlichen Stoppeln steht, die über meine Haut streifen.

Ich liege auf dem Bauch, und Marcus küsst meinen Hals, bemerke ich schlaftrunken, und obwohl ich gerne wieder in den Schlaf sinken würde, sind die Empfindungen zu köstlich, als dass ich sie mir entgehen lassen würde. Er massiert mich jetzt auch, seine starken Hände kneten die Muskeln meiner Schultern, meiner Arme, meines Rückens, meines Hinterns … Oh, ja, er konzentriert sich definitiv auf meine Gesäßmuskeln, und ich hatte keine Ahnung, wie sehr diese Muskeln das Kneten brauchten. Seine Lippen folgen seinen Händen über meinen Körper, wandern über meine Wirbelsäule und lassen meine Haut prickeln.

Er richtet seine Aufmerksamkeit auf meine Beine, und ich stöhne mit geschlossenen Augen in das Kissen, als er den Muskelkater von den Innenseiten meiner Oberschenkel und den Kniesehnen massiert – Bereiche, die das dringend brauchen, nachdem sie zwei Nächte in Folge überdehnt wurden. Er hat mich gestern Abend an einem Punkt praktisch zusammengeklappt, als meine Füße auf seinen breiten Schultern lagen und er mit einem vor Lust angespannten Gesicht in mich gestoßen hat. Es war jenseits von intensiv, und ich kam heftig, aber danach fühlte ich mich noch wunder – sowohl innen als auch außen.

Ich werde ernsthaft darauf bestehen, dass wir heute keinen Sex haben, zumindest keinen harten. Oral ist immer gut, genau wie das, was er gerade mit mir macht. Eigentlich, wenn ich es mir genau überlege …

»Oh fuck«, keuche ich, und meine Hände greifen nach der Decke, während seine Zunge zwischen meine Backen taucht und mit meiner anderen Öffnung spielt. Niemand hat mich dort jemals zuvor berührt, und das Gefühl ist mehr als seltsam, angenehm und doch so schmutzig, dass ich überall erröte. Zugegeben, ich habe gestern Abend nach dem Sex geduscht, aber es ist immer noch falsch, dass er mich dort leckt – falsch und pervers heiß. Ich kann fühlen, wie ich nass werde, meine Klitoris vor Erregung anschwillt, als seine Zunge tiefer geht und auf den engen Muskelring drückt. Währenddessen ergreifen seine Hände mein Gesäß und ziehen es auseinander, um mich weit zu öffnen.

»Dein Poloch ist so verdammt hübsch«, knurrt er, hebt den Kopf, und mit einer brennenden Welle der Demütigung merke ich, dass er direkt in meinen Po schaut, *hinein* sozusagen. Mir ist das so extrem peinlich, dass ich das Gefühl habe, in Flammen aufzugehen, und gleichzeitig bin ich so angetörnt, dass meine Erregung über meine Oberschenkel läuft.

»Ich werde dein enges kleines Loch ficken. Bald«, verspricht er heiser, und bevor ich reagieren kann, senkt er den Kopf und drückt seine Zunge in mich hinein, wobei meine gespreizten Backen verhindern, dass ich mich zusammenziehe, um seinem Eintritt zu widerstehen. Seine Zunge dringt in mich ein, dick und rutschig und seltsam muskulös, und als sie tief eindringt, fühle ich mich, als könnte ich vor Scham explodieren … und wegen der dunklen, dunklen Lust, die durch meinen Körper fließt.

Ich fühle keinen Schmerz, aber ich fühle eine beunruhigende Fülle, ein Gefühl der Falschheit, das die perverse Erotik des Ganzen nur noch verstärkt. Ich stöhne in das Kissen, drücke meine Hüften in die Decke und muss dringend meine pochende Klitoris an etwas reiben … irgendetwas. Schon der geringste Druck würde mich kommen lassen und diese aufreibende, köstliche Spannung aufheben. Seine

Zunge bewegt sich hinein und heraus, fickt mich wie ein Schwanz, und es ist zu viel und doch nicht annähernd genug. Ich sterbe, verbrenne vor dem demütigenden Bedürfnis, und es ist fast eine Erleichterung, als sich die rutschige Zunge zurückzieht und stattdessen ein großer, rauer Finger eindringt und die hinterlassene Feuchtigkeit nutzt.

Er ist nicht so dick wie seine Zunge, aber länger, und ich spüre das Entsetzen, den sofortigen Widerstand meines Körpers gegen das Eindringen eines Fremdkörpers. Mein Inneres verkrampft sich, und obwohl meine Backen gespreizt werden, graben sich die harten Kanten des Nagels in das zarte Gewebe, wodurch meine Nervenenden vor Schmerzen singen. Aber ich fühle nicht nur Schmerz – sondern irgendwie auch Lust –, und ich schreie, als die Anspannung ins Unerträgliche wächst und alle meine Muskeln sich mit einem immer stärker werdenden Verlangen anspannen.

»Ja, genau so ...« Marcus' Stimme ist eine tiefe, dunkle Reibe, als sein Finger sich in mir krümmt. »Komm für mich, Kätzchen.« Und als er meine Backen loslässt, um in meine schmerzende Klitoris zu kneifen, explodiere ich, und mein ganzer Körper spannt sich mit der quälenden Lust der Entladung an. Sie ist so intensiv, dass meine Sicht für einen dunklen Moment verschwimmt, und als ich zu mir komme, höre ich ihn hinter mir stöhnen und spüre die heißen Spritzer seines Samens auf meinem Po.

ICH ERRÖTE IMMER NOCH WÄHREND DES FRÜHSTÜCKS – vor allem, weil ich nicht auf Marcus' Mund schauen kann, ohne darüber nachzudenken, wo seine Zunge war. Wir stehen in meiner Küche und essen Haferflocken mit Nüssen und Beeren, und jedes Mal, wenn Marcus in eine Erdbeere beißt und den Saft von seinen Lippen leckt, fühle ich die Hitze, die in meine Wangen kriecht.

Es hilft nicht, dass alle drei meiner Katzen mich mit verurteilenden Blicken anstarren – so wie schon den ganzen Morgen.

»Was?«, fahre ich Mr. Puffs an, als ich es nicht mehr ertragen kann, und er schwingt seinen Schwanz und streift davon – und lässt seine verbliebenen Geschwister mir die ordentliche Dosis Schlampen-Shaming verpassen.

»Sie sind es nicht gewohnt, dass du vor ihnen Sex hast, oder?«, fragt Marcus trocken, und ich lache und merke, dass ich nicht die Einzige bin, der heute Morgen das Gewicht des Urteils der Katze spürt.

»Das sind sie nicht«, gebe ich zu und grinse. »Tatsächlich ist dies erst ihre zweite Begegnung mit menschlichem Sex – die erste war Freitagabend.«

»Gut. Das freut mich.« Seine Stimme wird heiser, als er seine leere Schale auf die Theke stellt. »Ich möchte nicht, dass sie traumatisiert werden, indem sie sehen, wie man es unsachgemäß macht.«

Ich fühle, wie ich erneut erröte, aber ich ziehe

meine Augenbrauen in die Höhe, entschlossen, mich cool zu verhalten. »Wer sagt, dass es falsch gemacht worden wäre? Ich hatte auch davor schon mal guten Sex.« Oder was ich *dachte*, dass es guter Sex war, bevor ich Marcus traf, aber ich werde sein Ego nicht weiter aufblasen.

Es entspricht bereits der Größe seines »magischen« Anhängsels.

»Oh, wirklich?« Seine blauen Augen verengen sich. »Erzähl mir davon.«

Ich stelle meine Schüssel ab und verschränke die Arme vor meiner Brust. »Du zuerst.« Nicht, dass ich eigentlich von all den Hunderten von schönen Frauen wissen will, mit denen er geschlafen hat, aber ich spreche nicht von meiner elend kurzen sexuellen Vergangenheit, ohne ihn zumindest ein wenig zu quälen.

Zu meiner Überraschung lacht er nicht über meine Forderung und antwortet nicht mit etwas Überheblichem. Auch sieht er bei dem Thema nicht im Geringsten unangenehm berührt aus. »Seit ich mit fünfzehn meine Jungfräulichkeit verloren habe, hatte ich Sex mit einer Reihe von weiblichen Partnern«, sagt er ruhig und nimmt seinen Kaffee in die Hand. »Meistens im Zusammenhang mit lockeren Beziehungen, aber es gab auch einige One-Night-Stands. Meine ernsthafteste Beziehung bis heute war im College, wo ich mit demselben Mädchen zweieinhalb Jahre lang zusammen war. Wir trennten uns nach dem Abschluss, da ich zurück nach New York zog und sie in L. A. leben wollte. Danach war ich zu sehr auf meine Karriere fokussiert, um viel Zeit für Dating aufzuwenden, also waren meine darauffolgenden Beziehungen oberflächlich und kurzlebig und reichten von ein paar Wochen bis zu ein paar Monaten.« Er nimmt einen Schluck vom Kaffee und fügt dann mit glitzernden Augen hinzu: »Und ja, in den meisten Fällen war der Sex gut, obwohl er nicht mit dem hier hätte mithalten können.

Meine Arme fallen an meinen Seiten herab, und mein Herz – das zu einem winzigen Nadelkissen geschrumpft war, als ich ihn mir mit anderen Frauen vorgestellt habe – verfällt in einen erschrockenen Galopp. »Konnte er nicht?«

»Nein.« Er stellt seinen Kaffee ab, seine Augen brennen sich in mich hinein. »Ob du es glaubst oder nicht, normalerweise will ich nicht fünfmal am Tag ficken.«

»Oh.« Meine Kehle wird trocken, als er auf mich zukommt. »Ich … ich verstehe.«

»Was ist mit dir?« Er legt seine Hände auf beiden Seiten von mir auf die Theke und hält mich mit seinem großen Körper an Ort und Stelle. Er erwidert meinen Blick und sagt leise: »Erzähl mir von deinen *Sexkapaden*, Kätzchen.«

Ich schlucke und fühle mich unwohl wie eine gefangene Beute. »Ähm … es gab nicht wirklich viele. Nur ein paar. Ein Freund auf dem College, und einer auf der Highschool. Und ein paar weitere Dates, die zu nichts führten. Ich war noch nie wirklich begehrt.«

Ich erschaudere innerlich, wie erbärmlich das klingt, aber Marcus' Augen verengen sich wieder, seine Nasenlöcher flackern, als er sich zu mir beugt. »Und sie waren gut im Bett, deine beiden Freunde?« Da ist etwas Dunkles und Gefährliches in seiner Stimme, fast bedrohlich.

Wenn ich es nicht besser wüsste, würde ich ihn für eifersüchtig halten.

Unabhängig davon bin ich versucht, die Lüge aufrechtzuerhalten, damit ich weniger wie ein Loser wirke. Aber als ich meinen Mund öffne, kommt stattdessen die Wahrheit heraus. »Nein, waren sie nicht«, gebe ich zu und schaue ihm dabei in die Augen. »Arthur war siebzehn und wusste nicht, was er tat, und Jim … na ja, Jim war okay, schätze ich. Aber bei ihm war es nicht so. Nicht so, wie es bei dir und mir ist.«

Entgegen meinen Erwartungen beruhigt das Geständnis Marcus nicht. Wenn überhaupt, wird sein Gesicht noch dunkler. Er beugt seinen Kopf so weit nach unten, dass seine Lippen mein Ohr streicheln, und dann sagt er mit leiser, rauer Stimme: »Ich bin froh, dass du nicht beliebt warst, Kätzchen … denn wenn du es gewesen wärst, müsste ich jetzt eine Menge verdammter Jims und Arthurs zerstören.«

Und während ich diese bizarre Erklärung verarbeite, hebt er mich auf die Theke und nimmt meinen Mund in einen tiefen, dunkel besitzergreifenden Kuss.

44

Marcus

»NEIN, NICHT MEHR. ICH BIN SO WUND«, STÖHNT EMMA und rollt vom Bett, als ich ihre Brust in meine Hand nehme, und ich lasse sie zögernd gehen, obwohl ich gerne eine zweite Runde hätte. Oder eine dritte, je nachdem, ob es zählt, heute Morgen auf ihrem Arsch gekommen zu sein.

Fuck, kein Wunder, dass sie um Gnade bettelt. In ihrer Nähe verliere ich völlig die Kontrolle. Und von ihren Ex-Freunden zu hören hat auch nicht gerade geholfen. Ich habe fast die Beherrschung verloren, als ich sie mir mit diesen pickeligen Idioten vorgestellt habe – und deshalb sind wir trotz meiner besten Absichten wieder im Bett gelandet.

Eigentlich wollte ich ein Gentleman sein und bis heute Abend meine Hände von ihr lassen.

Das wollte ich wirklich.

Sie hat sich weise entschieden, die Versuchung zu beseitigen, indem sie im Badezimmer verschwunden ist, also stehe ich auf, ziehe mich an und ignoriere die verächtlichen Blicke der Katzen. Nun, zwei der Katzen. Cottonball scheint sich ein wenig für mich erwärmt zu haben, und *seine* grünen Augen blicken mich nur tadelnd an.

Wie seine Geschwister denkt er, dass ich ein sexbesessenes Tier bin.

»Komm her, Kumpel«, murmele ich, setze mich auf den einzigen Stuhl und klopfe auf meine Knie, während Emma sich ihre Zeit im Badezimmer nimmt. »Ich brauche eine Ablenkung, damit ich nicht wieder über deine hübsche Besitzerin herfalle.«

Der Kater sieht mich zweifelnd an, kommt dann aber herüber und springt auf meinen Schoß. Ich schüttele den Kopf und beginne, ihn zu streicheln, wobei ich immer noch erstaunt bin, dass er mir genug vertraut, um auf meinen Schoß zu springen. Sollten Tiere nicht erkennen können, wann Menschen sie mögen? Nicht, dass ich diesen speziellen Kater nicht mag; er scheint netter zu sein als die meisten anderen.

Als Emma in ihrem kurzen rosa Bademantel aus dem Badezimmer kommt, schnurrt Cottonball laut genug, um die Nachbarschaft zu wecken, und ich kann nicht leugnen, dass es mir Spaß macht. Theoretisch sollte ich das alles hassen – die Katzen, die schäbige

Wohnung, das alte Bett, das fünfzehn Zentimeter zu kurz für mich ist – aber stattdessen fühle ich mich gut, viel zu gut, wenn man bedenkt, wie wenig Schlaf ich letzte Nacht bekommen habe und wie viel Arbeit wahrscheinlich im Büro auf mich wartet. Normalerweise würde ich einen guten Teil meines Wochenendes damit verbringen, über den Berichten meiner Analysten zu brüten und unsere größten Positionen zu überprüfen, aber alles, was ich in den letzten zwei Tagen getan habe, ist, Zeit mit Emma zu verbringen … und das ist alles, was ich tun möchte. Ich habe heute kaum meine E-Mails überprüft. Tatsächlich ist dies vielleicht der entspannendste Sonntag, den ich seit … nun, seit der Grundschule hatte.

Ich fing im College an, Geld zu verwalten – meines und das meiner Klassenkameraden –, und seitdem war ich nicht mehr so ruhig gewesen.

Wie auf ein Zeichen hin fängt mein Handy an, in meiner Hosentasche zu vibrieren. Für einen Moment bin ich versucht, die Mailbox antworten zu lassen, aber dann setzt sich mein Verantwortungsbewusstsein durch. Es stehen Milliarden von Dollar und Hunderte von Arbeitsplätzen auf dem Spiel. Ich kann das nicht ignorieren, nur weil ich den Rest des Tages mit Emma verbringen will.

Ich setze die schnurrende Katze auf den Boden und ziehe das Telefon heraus.

Es ist tatsächlich Jarrod, der mich nur am Wochenende anruft, wenn es große Probleme gibt.

»Was?«, fahre ich ihn an, und mein Adrenalinspiegel steigt bereits.

Ich habe kein gutes Gefühl dabei.

Mein CIO redet nicht um den heißen Brei herum. »Es ist übel. Das Gemeindeteam hat mich gerade angerufen. Erinnerst du dich an die Hochrisikoanleihe, die wir vor ein paar Wochen gekauft haben? Nun, die Kapitalbeschaffung der Gemeinde ist gerade gescheitert – wegen eines Lokalpolitikers, der mit den Händen in der Kasse erwischt wurde. Es kommt gerade in den Nachrichten.«

Verdammt. Ich springe auf. »Wie tief stecken wir drin?«

»Jetzt gerade? Dreihundert Millionen, aber Gerüchte besagen, dass sie am Montag Konkurs anmelden werden.«

Das macht unsere gesamte 700-Millionen-Dollar-Investition wertlos.

Motherfucker. Wir sind dabei, unseren ersten Minus-Monat in diesem Jahr zu haben – und zwar direkt vor der Alpha Zone.

»Sag ihnen, sie sollen liquidieren, was sie können«, befehle ich, während mein Verstand bereits nach Lösungen sucht. »Und berufen Sie eine Notsitzung der PMs ein – wir brauchen kurzfristig umsetzbare Ideen.«

»Schon dabei«, antwortet Jarrod und legt auf.

Emma steht jetzt vor mir und runzelt besorgt die Stirn, als sie mich sieht. »Was ist los? Ist etwas bei deinem Fonds passiert?«

Ich nicke und schnappe mir meinen Mantel von der Rückseite des Stuhls. »Ein Handel ist schiefgelaufen. Ich muss ins Büro.« Ich weiß, dass ich schroff klinge, aber ich kann nicht anders.

Wir sind dabei, 700 Millionen Dollar zu verlieren, und ich bin beinahe nicht ans Telefon gegangen, da ich zu sehr in ihrem Zauber gefangen bin, um klar denken zu können. Verdammt, was rede ich da? Ich hätte die Investition am Samstag mit einem fein gezinkten Kamm durchgehen sollen, wie ich es geplant hatte, bevor Emma in meinem Bett landete. Der PM meiner Gemeinde ist gut, aber ich kann das Gesamtbild besser sehen. Ich hätte vielleicht eine rote Flagge bezüglich des Politikers entdeckt, und wir hätten gestern liquidieren können, bevor die Nachricht von der Veruntreuung eintrat. Aber nein. Ich war mit meiner rothaarigen Besessenheit zusammen, und konnte mich nicht von ihr losreißen. In einem kurzen Wochenende bin ich so süchtig nach ihr geworden, dass ich den Blick für das Wesentliche verloren habe. Selbst jetzt, da ich weiß, dass der Fonds in Schwierigkeiten steckt, will ein Teil von mir bei Emma bleiben, anstatt ins Büro zu eilen, und lieber meine Sorgen wegficken, anstatt mich mit den Folgen meines Fehlers zu befassen.

Ich lag falsch. Sie ist nicht Schokolade und Netflix.

Sie ist verdammtes Heroin, und ich sterbe für einen Schuss.

»Oh, das ist nicht gut, das tut mir leid«, sagt sie mit mitfühlenden grauen Augen, und selbst jetzt bin ich versucht, mir einen Kuss zu erschleichen, als ich auf dem Weg nach draußen um sie herum gehe.

»Ich rufe dich später an«, sage ich stattdessen kurz, eile hinaus und schlage die Tür zu, bevor die Katzen entkommen können.

Ich muss etwas Abstand zwischen mich und Emma bringen.

Ich muss entgiften, bevor ich zu tief drinstecke.

mma

ER IST SO SCHNELL GEGANGEN, DASS ES SICH FAST SO anfühlt, als hätte ich mir nur eingebildet, dass er hier gewesen ist. Nur die zerknitterten Bettlaken zeugen von seiner jüngsten Anwesenheit – und die anhaltende Wundheit zwischen meinen Beinen. Irgendwie hatten wir nach dem Frühstück noch einmal Sex, und jetzt bin ich *wirklich* wund.

Also, ja, es ist wahrscheinlich das Beste, dass er so plötzlich gegangen ist. Nun, nicht das Beste – ich fühle mich schlecht, dass bei seinem Fonds etwas schiefgelaufen ist – aber ich sollte mich sicherlich nicht verlassen fühlen oder so. Und was bedeutet es, dass er mich nicht zum Abschied geküsst hat? Wir sind nicht zusammen. Er wird wahrscheinlich auftauchen, wenn er im Büro fertig ist, und wir werden wieder unglaublich viel Sex haben.

Das heißt, vorausgesetzt, er will mich noch. Dafür gibt es keine Garantie.

Der Gedanke ist seltsam deprimierend. Allein wenn ich mir die Möglichkeit vorstelle, Marcus vielleicht nie wiederzusehen, fühlt sich meine Brust eng und schwer an, als würde sie in einem Schraubstock stecken.

»Er wird zurückkommen, oder?«, frage ich Queen Elisabeth, und sie gibt mir das Katzenäquivalent eines Schulterzuckens – ein leerer Blick, gefolgt von einem kleinen Schwanzwedeln.

Ich seufze und gehe zu meinem Schreibtisch. Ich bilde mir das ein, da bin ich mir sicher, aber für einen Moment schien es, als wäre Marcus verärgert über mich gewesen … so als ob ich etwas falsch gemacht hätte. Aber das ist albern. Er hat schlechte Nachrichten von der Arbeit bekommen, das ist alles. Was auch immer bei seinem Fonds vor sich geht, hat nichts mit mir zu tun. Das Einzige, was mir einfällt, was *ich* getan haben könnte, ist, ihm zu sagen, dass ich zu wund bin, um noch mehr Sex zu haben.

Moment mal.

Ist es das?

Habe ich ihn beleidigt, indem ich seine Annäherungsversuche abgelehnt habe?

Nein, das passt auch irgendwie nicht. Marcus ist zu selbstsicher, zu männlich, um ein so zerbrechliches Ego zu haben. Es ist jedoch möglich, dass er mit der

Aussicht, keinen Sex mehr zu haben, keinen Sinn darin sah, zu bleiben.

Nein. Es gab diesen Anruf. Er hat ihn sich nicht ausgedacht. Ich sah sein Gesicht; die Nachrichten, die er bekommen hat, waren wirklich schlecht. Es könnten Hunderttausende oder sogar Millionen von Dollar auf dem Spiel stehen. Es ist lächerlich, anzunehmen, dass er in einer so kritischen Zeit überhaupt an mich denken würde; höchstwahrscheinlich war er kurz angebunden, weil er sich Sorgen um den schiefgelaufenen Handel gemacht hat.

Auf jeden Fall sagte er, dass er später anrufen wird, also bin ich sicher, dass ich heute Abend von ihm hören werde. Oder wenn nicht heute Abend, dann morgen.

In der Zwischenzeit sollte ich diese Gelegenheit nutzen, um mit meinen Lektorenaufträgen weiterzumachen.

Ich bin schon ein Wochenende im Rückstand.

46

MIT TRÜBEN AUGEN REIBE ICH MEINE HANDFLÄCHE über mein Gesicht und schaue auf die Uhr.

3.05 Uhr morgens.

Wir sind seit über zwölf Stunden dabei.

Ich stehe auf, werfe meinen Einweg-Kaffeebecher in den Müll und schaue mich im glasverkleideten Konferenzraum um. Jarrod und alle meine Portfoliomanager sind hier und sitzen um den langen rechteckigen Tisch herum, umgeben von einer Menge Berichte. Wie ich sind sie die Investitionsideen, die die Analysten eingebracht haben, durchgegangen und haben versucht, herauszufinden, wie wir einen Verlust von 700 Millionen Dollar während einer durch einen Feiertag verkürzten Arbeitswoche ausgleichen können.

Wenn wir am 30. November noch in den Miesen sind, werden wir an der Underperformance dieses Monats hängen bleiben, und es wird ein dauerhaftes schwarzes Mal an dem Fonds kleben – ganz zu schweigen von der Peinlichkeit bei der bevorstehenden Alpha-Zone-Konferenz.

Bislang gibt es eine Reihe vielversprechender kurzfristiger Ideen, aber nichts, was groß genug ist, um ein 700-Millionen-Dollar-Loch zu stopfen. Und die Chancen stehen gut, dass wir dieses Juwel heute Nacht nicht finden werden.

Ich schlage meine Handfläche auf den Tisch, und ziehe die Aufmerksamkeit aller auf mich.

»Genug«, sage ich. »Gehen Sie alle nach Hause. Wir werden das morgen früh gleich wieder aufnehmen.«

Ich will nicht, dass ihr Urteilsvermögen durch Schlafmangel beeinträchtigt wird.

Es ist schon schlimm genug, dass ich meinen Schwanz das Denken für mich übernehmen lassen habe.

»Wir sehen uns um sieben wieder hier?«, fragt Jarrod, als er an mir vorbeigeht, und ich nicke. Es würde nicht schaden, meinen CIO zu treffen, bevor die PMs auftauchen. Er ist erst 27 Jahre alt, aber er hat ein Händchen dafür, das große Ganze zu sehen, genau wie ich. Eines Tages wird er allein zuschlagen, aber bis dahin habe ich sein kluges Gehirn, um Ideen auszutauschen.

Alle verlassen den Konferenzraum, und ich folge mit Spannungskopfschmerzen, die meine Schläfen zusammendrücken, während ich die Tür hinter uns schließe. Im Erdgeschoss sind die Analysten über ihre Computer gebeugt, betrachten Zahlen und sortieren Daten, suchen nach etwas, was sie ihren PMs bringen können.

Ich bin versucht, sie auch nach Hause zu schicken, aber da sie keine Entscheidungen treffen, ist es für sie weniger wichtig, einen klaren Kopf zu haben. Ich beschließe, es den einzelnen PMs zu überlassen und mich auf den Weg zu machen, wobei sich meine Kopfschmerzen mit jedem Schritt verschlimmern.

Es dauert weniger als zwanzig Minuten, bis der Heimweg um diese Zeit vorbei ist – und als ich ins Bett falle, denke ich zum fünfzigsten Mal heute Abend an Emma. Sie schläft wahrscheinlich schon lange. Ich kann mir vorstellen, wie sie sich mit ihren Katzen in ihrem kurzen, schmalen Bett zusammengerollt hat, wie ihre wilden roten Locken sich über das Kissen verteilt haben und wie ihr üppiger kleiner Körper kaum vom Höschen und einem Tanktop bedeckt ist, das sie anstelle von Pyjamas trägt. Sogar mit den Kopfschmerzen, die an mir nagen, pumpt das Bild Blut in meine Leiste, und Wärme breitet sich in meiner Brust aus.

Ich würde alles geben, um sie jetzt im Arm zu halten.

Alles.

Meine Hand greift bereits nach meinem Handy, als ich merke, was ich tue. Ich fluche leise vor mich hin und ziehe sie wütend auf mich selbst zurück. Dies ist das zehnte Mal, dass ich sie heute Abend fast angerufen oder ihr eine SMS geschickt hätte, trotz meines Beschlusses, eine Emma-Entgiftung durchzuführen.

Sie nicht zu sehen oder an sie zu denken – das ist das Ziel, das ich mir gesetzt habe. Und das bedeutet keine Anrufe oder SMS. Ich muss diese Sucht unter Kontrolle haben, um mir selbst zu beweisen, dass ich zumindest für einige Zeit ohne meinen Schuss leben kann.

Dass ich bei der Arbeit und anderswo auch mit dieser Besessenheit funktionieren kann.

Mit geschlossenen Augen versuche ich, mich auf die Anlageideen zu konzentrieren, so dass mein Gehirn während des Schlafes alle Informationen verarbeiten kann, die ich in den letzten zwölf Stunden hineingezwängt habe. Es ist oft der beste Weg, das zu tun, einfach zurückzutreten und die Verbindungen von selbst entstehen zu lassen, ohne den Prozess zu erzwingen. Doch während ich in den Schlaf treibe, beschäftigen mich nicht die Verschuldungsquoten und Volatilitätsabsicherungen.

Sie ist es.

Emma.

Das Verlangen, das ich nicht auslöschen kann.

47

Emma

MARCUS KONTAKTIERT MICH FÜR DEN REST DES Sonntags nicht mehr, aber ich mache mir keine Sorgen. Schließlich ist er wahrscheinlich mit seinem Notfall beschäftigt. Bis Montagnachmittag überprüfe ich jedoch alle fünf Minuten mein Telefon, aus Angst, dass ich irgendwie einen Anruf oder eine Nachricht verpasst habe.

Es gibt jedoch nichts.

Nicht einmal ein schnelles »Hey«.

Zum Abendessen klingelt mein Telefon endlich. Ich ergreife es hektisch, und mein Puls rast vor Aufregung, aber es ist nur Kendall, die zweifellos anruft, um all die schmutzigen Details über meine Affäre zu erfahren. Ich schlucke meine Enttäuschung herunter und will gerade den Anruf annehmen, als ich ihn in letzter Sekunde auf der Mailbox landen lasse.

Ich will nicht mit ihr über Marcus sprechen – nicht, bevor ich weiß, was zwischen uns los ist.

Vorausgesetzt, es ist noch etwas los.

Ich denke darüber nach, mich bei ihm zu melden, ihm eine kurze Nachricht zu schicken, um zu sehen, wie es ihm geht, aber ich entscheide mich dagegen. Er könnte sich ärgern, dass ich ihn mitten in seinem Notfall belästige, oder schlimmer noch, er könnte nicht reagieren, und dann würde ich mich *wirklich* schrecklich fühlen. Auf jeden Fall ist Marcus kein unsicherer College-Neuling, der dazu angehalten werden muss, ein Mädchen zu kontaktieren, das er mag. Die Tatsache, dass ich nichts von ihm gehört habe, bedeutet, dass er nicht mit mir reden will.

So einfach ist das.

Ich verbringe Montagnacht damit, mich hin und her zu werfen und zu drehen, ohne eine angenehme Schlafposition zu finden. Sogar mit meinen Katzen neben mir fühlt sich mein Bett leer und kalt an, und meine Decke zu dünn, um die Winterkälte abzuwehren, die durch das schlecht isolierte Fenster eindringt. Mein Chef hat mir erzählt, dass morgen Abend ein großer Schneesturm kommt, und es fühlt sich so an, als ob der Wind bereits zunimmt und die Temperaturen zu sinken beginnen.

Ich hoffe, ich kann am Mittwoch fliegen. Es wäre mies, wenn die Fluggesellschaft meinen Flug streichen würde.

Nach zwei Uhr treibe ich endlich in den Schlaf, und als mein Wecker um sieben Uhr losgeht, greife ich sofort nach meinem Handy.

Immer noch nichts.

Keine Anrufe, keine SMS.

Mein Magen zieht sich zusammen, und die schwere Enge kehrt in meine Brust zurück. Es ist möglich, dass Marcus immer noch wahnsinnig beschäftigt ist, aber etwas nach dem Motto »Hey, denke an dich« zu schreiben, würde weniger als drei Sekunden dauern. Es sei denn, er denkt überhaupt nicht an mich – was immer wahrscheinlicher wird.

Er hatte vielleicht genug Sex mit mir und macht jetzt mit seinem Leben weiter, und in diesem Fall höre ich vielleicht nie wieder von ihm.

Ich versuche, nicht darüber nachzudenken, aber bis Dienstagnachmittag kann ich die Möglichkeit nicht mehr ausschließen. Vielleicht hätte ein zweitägiges Verschwinden bei einem anderen Kerl nicht viel bedeutet, aber Marcus hat sich noch nie an die Regeln des modernen Werbens gehalten, Lass-sie-zappeln-Spiele eingeschlossen. Von Anfang an war er sich über seine Absichten im Klaren und verfolgte das, was er wollte – mich in seinem Bett –, mit der gleichen Intensität, die auf alle Bereiche seines Lebens zutrifft. Tägliche Verabredungen, übertriebene Geschenke, Treffen mit meinen Großeltern auf Skype, die meiste Zeit des Wochenendes mit mir verbringen – er hat sich wie ein Bulldozer den Weg in meinen Körper und mein Leben geebnet. Ich hatte keine Chance, als er mich im Visier hatte … und vielleicht ist das das Problem.

Vielleicht war es die Herausforderung, die er die ganze Zeit wollte, und da ich aufgehört habe, das zu sein, ist er zu etwas – oder zu jemand – Aufregenderem übergegangen.

Gegen vier Uhr ruft mich Kendall erneut an, und ich schicke sie wieder auf die Mailbox. Ich kann mir vorstellen, wie aufgeregt und sprudelnd sie klingen wird, da sie alles über meine Affäre mit einem Milliardär hören will, und mir ist gerade nicht danach, Marcus' Handlungen mit ihr zu sezieren. Vielleicht liegt es daran, dass ich vergangene Nacht so wenig geschlafen habe, aber ich fühle mich völlig ausgelaugt, so lustlos, als ob ich die Grippe bekommen würde.

Und vielleicht bekomme ich die auch.

Vielleicht ist es das, worum es bei diesem erstickenden Schmerz in meiner Brust geht.

»Du solltest früh nach Hause gehen«, rät Mr. Smithson mir, als ich damit fertig bin, die Wochenlieferung der Romane in die Regale einzuordnen. »Es fängt schon an zu schneien.«

»Oh, richtig. Ich hatte den Sturm fast vergessen.« Ich blicke nach draußen, wo der heulende Wind erste Schneeschauer in wirbelsturmähnlichen Mustern vorantreibt. »Ich muss meinen Flug überprüfen.«

Mein Boss zieht eine Grimasse. »Es sieht nicht gut aus, Emma, tut mir leid. Sie haben in den Nachrichten gesagt, dass die Fluggesellschaften bereits begonnen haben, Flüge zu streichen.«

Großartig. Einfach großartig. Meine Augen brennen, und ich muss mich abwenden und schnell blinzeln, um den plötzlichen Tränenansturm in Schach zu halten. Ich wusste bis jetzt nicht, wie sehr ich mich auf diese Reise gefreut hatte – sowohl, weil ich meine Großeltern sehr vermisse, aber auch weil ich hier dringend wegmuss.

Ich will unbedingt diesem schrecklichen Wetter entkommen … und dem wachsenden Schmerz der Erkenntnis, dass ich Marcus vielleicht nie wiedersehen werde.

ICH SCHAFFE ES NACH HAUSE, BEVOR DER SCHLIMMSTE Schnee fällt, und mein Hals ist kuschelig warm, dank des Schals, den Marcus mir geschenkt hat. Ich wollte ihn heute Morgen nicht umbinden, aber der Wind war zu beißend, um ihn nicht zu nehmen.

Deprimiert ziehe ich ihn aus und lege ihn in einen Schuhkarton, um ihn vor Mr. Puffs zu schützen. Dann hänge ich meinen Mantel auf und gebe den Katzen ihr Abendessen, bevor ich mich zu meinem Laptop schleppe, um meinen Flug zu überprüfen.

Zu meiner Erleichterung hat meine Fluggesellschaft bisher nur die Flüge von heute Abend und morgen früh storniert. Sie müssen damit rechnen, dass sich das Wetter bis morgen Nachmittag bessert.

»Na, das ist doch schon mal etwas«, sage ich den Katzen und kehre in die Küche zurück, um mein eigenes Abendessen zuzubereiten. »Vielleicht schaffe ich es doch noch nach Florida.« Aber selbst für meine eigenen Ohren klingt meine Stimme flach und ohne auch nur einen leichten Hauch von Aufregung.

Denn so sehr ich auch meine Großeltern sehen und mich in der Sonne Floridas sonnen möchte, weiß ich tief in mir, dass nichts davon die sich in mir ausbreitende Leere vertreiben wird.

Die wachsende Überzeugung, dass das Kapitel Marcus und ich beendet ist.

arcus

Bis zum Marktschluss am Dienstag ist der gesamte Fonds vor Erschöpfung wie betrunken, aber wir haben 580 Millionen Dollar durch eine Kombination verschiedener Trades verdient, darunter eine eintägige 100-Millionen-Dollar-Option auf die türkische Lira. Das Transportteam hat auch die Short-Positions seiner Fluggesellschaft eingelöst; sie hatten seit Wochen darauf gewartet, dass das frühe Winterwetter diese Aktien hart treffen würde, und mit dem Aufkommen des heutigen Sturms hat der Rest des Marktes endlich zugestimmt.

Alles in allem können wir, abgesehen von größeren Katastrophen in den nächsten Handelstagen, einen anständigen November haben. Nicht gerade ein großartiger, aber gut genug, um unseren Investoren keinen Minus-Monat erklären zu müssen. Oder den Teilnehmern der Alpha Zone – diese Arschlöcher wären gnadenlos gewesen.

Es sollte sich gut anfühlen, der Niederlage diesen Sieg aus dem Rachen zu reißen, aber ich kann nur daran denken, dass ich Emma seit Sonntag nicht mehr gesehen habe. Und morgen Abend reist sie nach Florida, was bedeutet, dass ich sie für den Rest der Woche nicht mehr sehen werde.

Zum x-ten Mal greife ich nach meinem Telefon, nur um meine Hand mit einer herkuleswürdigen Willenskraft zurückzuziehen. Das Verlangen ist immer noch da, stärker denn je, und ich weiß, wenn ich ihm jetzt nachgebe, wird es kein Zurück mehr geben.

Diese Besessenheit wird wachsen, bis sie mich verzehrt.

Nicht, dass ich vorhabe, Emma noch viel länger fernzubleiben. Zum einen bin ich mir nicht sicher, ob ich das könnte, aber ich will es auch nicht. So gefährlich meine Sucht nach ihr auch ist, es ist das Aufregendste, das ich seit Jahren erlebt habe. Ich hatte noch nie diese Art von sexueller Chemie mit einer Frau, wollte – und genoss – noch nie eine so intensiv. Ich möchte neben ihren leuchtendroten Locken auf meinem Kissen aufwachen und ihr Lächeln mit den Grübchen sehen, wenn ich von der Arbeit nach Hause komme, um meinen Schwanz jede Nacht und so oft wie möglich in ihrem süßen, üppigen Körper zu vergraben, wie sie es mir erlaubt.

Ich will sie, und ich werde sie haben – aber zuerst muss ich wissen, dass ich stärker bin als meine Sucht.

Ich muss diese Woche ohne sie durchstehen, um mir selbst zu beweisen, dass ich die Kontrolle habe.

Emma

DA MEIN FLUG ERST UM 18.25 UHR IST, HATTE ICH geplant, am Mittwoch für einen halben Tag zur Arbeit zu gehen. Während ich jedoch das wütende Heulen des Sturms durch mein schmales Fenster beobachte, weiß ich, dass es nicht passieren wird – und höchstwahrscheinlich auch nicht mein Flug.

Es ist schon Mitternacht, aber ich kann nicht schlafen, weil mein Bett wieder unangenehm kalt und leer ist. Und klumpig. Warum habe ich nie bemerkt, wie klumpig meine Matratze ist? Sie ist nicht annähernd so wie die kuschelige Schaumstoffmatratze von Marcus' Kingsize-Bett. Das war so bequem, so weich und warm, besonders mit seinem großen, kraftvollen Körper, der sich um mich gelegt hatte ...

Nein. Aufhören. Ich kneife die Augen zusammen, um die Erinnerungen fernzuhalten, aber sie strömen trotzdem herein und verstärken den hohlen Schmerz in meiner Brust. Ich vermisse ihn. Ich vermisse ihn wirklich, wirklich sehr. Wir haben nur zwei Nächte zusammen verbracht, aber es hatte sich eher wie ein Monat angefühlt, wie ein Dutzend Dates, die in einem lebensverändernden, erstaunlichen Wochenende zusammengepfercht waren. Ich stelle mir immer wieder seine Augen, sein Lächeln, sein Lachen vor … das stille Staunen auf seinem Gesicht, als ich Cottonball auf seinen Schoß gelegt habe. Er hatte die Katze so vorsichtig behandelt wie ein Neugeborenes, seine großen Hände waren außerordentlich sanft auf seinem Fell. Als ich ihn dabei beobachtet habe, habe ich mein Herz anschwellen und ein wenig brechen gespürt, gespürt, wie sich eine haarrissfeine Öffnung gebildet hat, um ihn hereinzulassen.

Gott, warum hat er mir das angetan? Warum war er so entschlossen hinter mir her, hat mich denken lassen, dass es zwischen uns etwas Echtes geben könnte, nur um mich so grausam fallenzulassen?

Ich habe das natürlich erwartet, habe mir gesagt, dass das passieren würde, aber das macht es nicht weniger schmerzhaft. Wenn überhaupt, dann fühle ich mich besonders dumm. Ich hätte nicht zustimmen sollen, ihn zu sehen, als er mir diese Geschenke geschickt hat.

Nein, das ist es nicht. Ich hätte nicht zustimmen sollen, überhaupt mit ihm auszugehen. Die ganze Zeit wusste ich, dass ich mit dem Feuer spiele, und tat es trotzdem.

Ich ließ ihn eine Verbrennung dritten Grades in meinem Herzen hinterlassen.

Der Sturm draußen scheint nun eher ein Hurrikan zu sein, der Wind brüllt und der Schnee türmt sich vor meinem einzigen Fenster auf und blockiert das kleine bisschen Licht der Straßenlaternen, das hereinschien. Und als ich in die Dunkelheit starre, und meine Augen mit unvergossenen Tränen brennen, gebe ich mir ein Versprechen.

Ich werde nie wieder mit einem Mann außerhalb meiner Liga ausgehen.

arcus

D ER STURM WÜTET IMMER NOCH DRAUSSEN, ALS MEIN Wecker um 5.30 Uhr klingelt, also schicke ich eine E-Mail, in der ich alle Mitarbeiter des Fonds anweise, von zu Hause aus zu arbeiten, bevor ich aufstehe, um dasselbe zu tun. Geoffrey hat den Tag frei, aber er hat die heutigen Mahlzeiten vorbereitet, und es dauert nur wenige Minuten, um die von ihm zubereitete Quiche zu erwärmen und sie mit einer Tasse Kaffee dazu zu essen, bevor ich in mein Büro gehe.

Während ich E-Mails beantworte und Forschungsberichte durchsehe, denke ich wieder an Emma. Sie sagten in den Nachrichten, dass in einigen Gebieten von Queens und Brooklyn der Strom ausgefallen ist. Könnte das in ihrer Nachbarschaft passiert sein? Überhaupt, wie geht es ihr wohl in ihrer Kellerwohnung? Etwa dreißig Zentimeter Schnee sind bereits gefallen, genug, um das kurz über dem Boden liegende Fenster in ihrer Wohnung zu versperren.

Könnte sie dort im Dunkeln festsitzen, ohne Strom und Wärme?

Nein, das ist lächerlich. Sie ist in Brooklyn, nicht in einer Hütte in den Bergen, und es ist ein früher Wintersturm, nicht Armageddon. Ich bin mir sicher, dass es ihr gut geht. Sie schläft höchstwahrscheinlich und genießt einen spontanen freien Tag wie die meisten in der Stadt. Oder wenn sie wach ist, packt sie vielleicht für ihren Flug nach Florida heute Abend. Apropos …

Ich ziehe mein Handy heraus und überprüfe ihren Flugstatus, wie ich es alle paar Stunden seit dem Sturm getan habe.

Immer noch nicht abgesagt.

Verdammt.

Ich habe nicht vor, sie diese Woche zu sehen, also weiß ich nicht, warum mich das stört, aber genau das tut es. Vielleicht liegt es daran, dass ich nicht will, dass sie bei diesem Wetter fliegt. Der Schneefall soll bis zum Mittag aufhören, aber Eis auf den Flügeln der Flugzeuge könnte für eine Weile ein Problem sein. Nicht, dass die Fluggesellschaften fliegen werden, wenn sie nicht glauben, dass es sicher ist, aber trotzdem.

Ich will nicht, dass sie in das Flugzeug steigt.

Das will ich wirklich nicht.

Als ich merke, dass ich wieder von ihr besessen bin, lenke ich meine Aufmerksamkeit zurück auf den Computerbildschirm und schaffe es, mich für ein paar Stunden zu konzentrieren. Dann überprüfe ich ihren Flug noch einmal.

Immer noch aktiv. Nicht einmal eine Verzögerung.

Fluchend stehe auf und gehe in meinen Fitnessraum. Ich wünschte fast, ihre Flugnummer wäre nicht im Bericht des Detektivs enthalten gewesen. Wenn ich sie nicht wüsste, würde ich die Airline-App nicht mit der Frequenz einer Schülerin überprüfen, die ihren Instagram-Feed aktualisiert. Hoffentlich wird ein gutes, hartes Training meinen Kopf befreien. Mit der wahnsinnigen Arbeitsbelastung der letzten Tage habe ich vor dem Frühstück schnelle Läufe eingelegt, aber ich habe seit Samstagmorgen, als Emma in meinem Bett schlief, keine Gewichte mehr gehoben.

Verdammt, ich denke wieder an sie.

Mit Mühe konzentriere ich mich auf mein Trainingsprogramm und bringe mich mit jedem Gerät bis an die Grenzen. Als ich fertig bin, bin ich schweißgebadet, und meine Muskeln zittern vor Erschöpfung. Aber ich bin immer noch unruhig, und meine Finger zucken mit dem Drang, nach meinem Telefon zu greifen und ihren Flug zu überprüfen.

Und mich vielleicht nach ihr zu erkundigen.

Nur eine kurze Nachricht, um sicherzustellen, dass es ihr in diesem Sturm gut geht.

Aber nein. Das wird seltsam aussehen, da ich sie seit Sonntag nicht mehr kontaktiert habe. An dieser Stelle schulde ich ihr eine Erklärung, wenn nicht sogar eine Entschuldigung für mein Verschwinden. Nicht, dass ich ihr von der privaten Schlacht erzählen würde, die ich gekämpft habe; die Arbeit wird als Entschuldigung ausreichen. Und um die zerzausteren Federn weiter zu glätten, werde ich sie noch am selben Abend zum Abendessen einladen, damit wir dort weitermachen können, wo wir aufgehört haben.

All das, sobald sie aus Florida zurückkehrt, natürlich. Ich muss mindestens eine Woche ohne sie auskommen, um sicher zu sein, dass ich das kann.

Um mich davon abzuhalten, etwas Dummes zu tun, springe ich in meinen Pool und schwimme drei Dutzend Runden. Dann dusche ich und gehe in meine Küche, um zu Mittag zu essen, und bemerke beim Vorbeigehen am Fenster, dass der Schneefall aufgehört hat und die Schneepflüge in vollem Einsatz sind.

Das ist gut. Hoffentlich bedeutet das, dass sie den Strom in den Gebieten, in denen er ausgefallen ist, wiederherstellen. Besonders, wenn Emma …

Aufhören. Denk verdammt nochmal nicht an sie.

Ich öffne den Kühlschrank, nehme ein Thunfischsalat-Sandwich heraus und setze mich an die Bar, um es zu essen. Während ich kaue, schaue ich auf die Mikrowellenuhr.

11.43 Uhr.

Emma ist jetzt definitiv wach.

Verdammt. Ich kann mich wirklich nicht beherrschen, oder? Wenn ich so viel Zeit damit verbringe, über sie nachzudenken, kann ich genauso gut bei ihr sein.

Ich halte mit meinem halb gegessenen Sandwich in der Hand inne, während ich diesen Gedanken verarbeite. Vielleicht bin ich das alles falsch angegangen. Vielleicht habe ich durch den Versuch, nicht an Emma zu denken, dafür gesorgt, dass sie mein alles beherrschender Gedanke ist. Es ist wie das klassische Nicht-an-den-Elefanten-denken-Experiment im Psychologieunterricht: Wenn Ihnen gesagt wird, dass Sie für einen bestimmten Zeitraum nicht an einen rosa Elefanten denken sollen, wird es das Einzige sein, was Ihre Gedanken beschäftigt.

Ja, natürlich, das ist es. Ich hätte es früher sehen sollen.

Emma ist mein rosa Elefant.

Indem ich versucht habe, mich meiner Sucht nach ihr zu widersetzen, habe ich die Abhängigkeit unendlich schlimmer gemacht.

Was ich brauche, ist der völlig entgegengesetzte Ansatz – ich muss mich an ihr sattessen. Nicht so, wie ich es an diesem Wochenende gemacht habe, bis hin zur Vernachlässigung meiner Arbeit, aber auf eine kontrolliertere Weise. Und ich weiß genau, wie ich das umsetzen kann.

Ich muss sie dazu bringen, bei mir einzuziehen.

Die Lösung ist so offensichtlich, dass ich nicht weiß, warum sie mir nicht früher eingefallen ist. Es ist so ziemlich Economics 101. Das Problem im Moment ist, dass Emma eine knappe Ressource ist. Da sie in

Brooklyn lebt und ihre Katzen nicht lange allein lassen will, kann ich in der begrenzten Zeit, die wir zusammen sind, einfach nicht genug von ihr bekommen. Kein Wunder, dass ich am vergangenen Wochenende meinen Arbeitspflichten nicht nachgekommen bin: Als ich von der Reise erfuhr und sie sich weigerte, zwei Nächte hintereinander bei mir zu verbringen, war es fast unvermeidlich, dass ich mich auf sie allein konzentrieren würde.

Denn so funktioniert Ressourcenknappheit.

Es macht den knappen Gegenstand besonders begehrenswert … praktisch unwiderstehlich.

Natürlich ist das Zusammenleben eine große Verpflichtung – und das ist wahrscheinlich auch der Grund, warum ich noch nie daran gedacht habe. Eigentlich, nein, das habe ich sogar auf gewisse Weise. Mein Wunsch, dass sie die ganze Zeit in meinem Zuhause sein sollte, war wahrscheinlich mein Unterbewusstsein, das genau diese Lösung vorschlug. Und je mehr ich darüber nachdenke, desto mehr gefällt sie mir.

All die Dinge, die ich will – sie jede Nacht bei mir zu haben, sie zu sehen, sobald ich von der Arbeit nach Hause komme –, werden so viel einfacher sein, wenn sie in meinem Penthouse lebt. Und das Problem der festen Bindung ist für mich nicht so groß wie für die meisten Menschen. Teilweise ist es die gesamte Finanzlogistik, die das Zusammenleben zu einem großen Schritt macht. Ein datendes Paar muss oft eine neue Wohnung mieten oder kaufen, plus die

Umzugskosten für eine oder beide Personen decken. Mein Penthouse ist jedoch groß genug für eine Familie, geschweige denn nur für uns beide, und ich kann Emmas Umzugskosten mit links bezahlen. Ich kann auch eine andere Wohnung für sie mieten, wenn wir in Zukunft getrennte Wege gehen sollten.

Der einzige Nachteil, soweit ich sehen kann, ist, dass die Katzen auch einziehen werden, aber es ist ein kleiner Preis, für eine so saubere Lösung.

Ja, das ist es, entscheide ich, und mein Herzschlag beschleunigt sich mit dunkler Erwartung. Ich werde mein Mittagessen beenden und sie dann anrufen, um mich für mein Verschwinden zu entschuldigen. Sobald die Straßen geräumt sind, lasse ich mich von Wilson zu ihrer Wohnung fahren, und wir reden, bevor sie zu ihrem Flug aufbricht – oder vielleicht tun wir das, während ich sie zum Flughafen fahre, falls sie früher dort sein will. Der kniffligste Teil wird sein, Emma davon zu überzeugen, ihre Schwierigkeiten den Finanzaspekt betreffend zu überwinden, aber ich habe einige Ideen in dieser Hinsicht.

Wenn alles gut geht, wird sie nächste Woche um diese Zeit sicher in meinem Penthouse untergebracht sein, und ich werde genau das haben, was ich will.

Emma immer in Reichweite.

Emma

MEIN TELEFON KLINGELT, ALS ICH AUF DEM BODEN sitze und mit dem Reißverschluss des Koffers kämpfe. Da ich denke, dass es meine Großeltern sind, schnappe ich mir das Telefon ohne hinzuschauen vom Bett und drücke *Akzeptieren* – nur um vor Unglauben zu erstarren, als ich auf den Namen auf dem Bildschirm blicke.

Es ist Marcus.

Er ruft mich an.

Jetzt.

»Emma?« Seine Stimme ist voll und tief, vernehmbar auch ohne eingeschalteten Lautsprecher. »Emma, Kätzchen, kannst du mich hören?«

Ich springe auf und beende den Anruf. Mein Finger

drückt ohne meine bewusste Entscheidung auf den roten Knopf auf dem Display.

Dann starre ich auf das Telefon in meiner Hand, und mein Blut trommelt in meinen Schläfen.

Habe ich mir das eingebildet, oder ist das wirklich passiert?

Das Telefon klingelt wieder, und Marcus' Name erscheint auf dem Bildschirm.

Ich drücke wieder auf *Ablehnen*, und mein Herz schlägt so schnell, dass ich kaum denken kann.

Was will er von mir?

Warum mich jetzt anrufen, nachdem er tagelang verschwunden war?

Ich habe gestern Nacht geweint. Um drei Uhr morgens, als ich immer noch nicht schlafen konnte, habe ich geweint, weil es so wehtat, weil ich wusste, dass ich diese Stimme nie wieder hören würde. Und jetzt ruft er an und nennt mich *Kätzchen*, als wäre nichts passiert.

Es sei denn … es sei denn, es ist etwas passiert.

In meinen Adern bilden sich Eiskristalle, und mein Magen zieht sich mit einer schrecklichen Angst zusammen, als mir einfällt, dass mangelndes Interesse nicht der einzige Grund ist, warum jemand verschwinden könnte.

Was ist, wenn Marcus einen Unfall hatte?

Was, wenn er im Krankenhaus ist, so schwer verletzt, dass er nicht schreiben oder reden konnte?

Ich drücke bereits den Knopf, um ihn

zurückzurufen, als sein Name zum dritten Mal erscheint.

»Marcus?« Ich klinge halb hysterisch, aber ich kann nicht anders. Der Gedanke daran, dass sein starker Körper verletzt und blutüberströmt sein könnte … »Marcus, geht es dir gut?«

»Mir?« Zu meiner Erleichterung scheint er erschrocken zu sein. »Ja, natürlich. Ich arbeite heute von zu Hause aus, und es gab keinen Stromausfall in Manhattan. Was ist mit dir? Hast du Strom und Heizung?«

Einen Moment lang habe ich keine Ahnung, wovon er spricht, aber dann erinnere ich mich an den Sturm.

Ist das gerade alles echt?

Ich habe gestern Nacht seinetwegen geweint, und wir reden über das verdammte *Wetter*?

»Also bist du nicht verletzt?«, frage ich mit angespannter Stimme nach. »Du warst nicht im Krankenhaus oder Gefängnis oder wurdest anderweitig festgehalten?«

»Nein, natürlich nicht.« Es gibt jetzt eine vorsichtige Note in seiner Stimme. »Aber ich hatte ein paar verrückte Tage bei der Arbeit. Ich werde dir alles darüber erzählen, wenn ich dich sehe. Wo wir gerade davon sprechen …«

»Hast du es in Ordnung gebracht?«, unterbreche ich ihn. »Den geplatzten Deal, meine ich?«

Er atmet hörbar ein. »Ja, größtenteils. Hör zu, Emma, es tut mir leid, dass ich …«

»Okay, das freut mich für dich. Mach's gut.« Ich lege auf, bevor meine Stimme brechen kann. Ich zittere vor einem Übermaß an Adrenalin, und meine große Erleichterung, dass er in Ordnung ist, vermischt sich mit Schmerzen und wachsender Wut. Ich war bis eben nicht wütend auf ihn – nur auf mich selbst, weil ich dumm genug war, mit Feuer zu spielen –, aber jetzt bin ich es.

Es ist eine Sache, in mein Leben einzudringen, mit meinen Gefühlen zu spielen und zu verschwinden, aber eine andere, fröhlich eine Wiederholung desselben zu erwarten.

Das Telefon klingelt wieder, und ich schicke den Anruf mit einem ruckartigen Streichen über den Bildschirm zur Mailbox. Mein Puls rast so schnell, dass mir schwindlig wird, meine Atmung ist gehetzt und abgehackt, als ich das Telefon auf das Bett lege und anfange, hin und her zu laufen.

Warum hat er angerufen? Warum jetzt?

Warum gerade jetzt wieder auftauchen, wenn ich überzeugt bin, dass er es nicht tun wird?

Nicht, dass es wichtig wäre.

Was auch immer seine Gründe sind, ich kann das einfach nicht tun. Vielleicht können andere Frauen mit Liebhabern umgehen, die wankelmütig sind, aber ich kann es nicht. Ich bin nicht für diese Spiele geeignet. Kendall hatte recht: Marcus ist nicht wie die harmlosen Jungs, mit denen ich sonst ausgegangen bin. Ich kenne ihn erst seit kurzem, und er hat mich bereits auf den Kopf gestellt. Ich habe noch nie wegen einem meiner Freunde geweint –

oder, wenn ich darüber nachdenke, wegen irgendeines Mannes.

Und das ist das Entscheidende daran, merke ich mit einem verdrehten Schmerz.

Marcus ist nicht wie irgendein Mann, den ich kenne. Mit meinen Ex-Freunden war es mir gelungen, einen gewissen Abstand zu halten, einen Teil von mir selbst zu geben und gleichzeitig den Rest zurückzuhalten. Aber nicht mit ihm. Mit nur ein paar Dates und einem unglaublichen Wochenende hat er alle meine Verteidigungsanlagen ausgeschaltet und mich direkt in mein Herz getroffen.

Selbst mit dem Wissen, dass das, was wir hatten, etwas Vorübergehendes war, habe ich mich in ihn verliebt – und bin tief gefallen.

Diese Erkenntnis ist wie eine Abrissbirne in meinen Bauch.

Ich bin in ihn verliebt.

In Marcus.

Deshalb tut es so sehr weh.

Erschüttert setze ich mich auf das Bett und lasse Cottonball auf meinen Schoß klettern, während ich mit leerem Blick auf mein Handy starre.

Ich bin in Marcus verliebt. Nicht in den gutaussehenden Milliardär, der mir mehr Orgasmen gab, als ich zählen kann, sondern ören Mann, der mit ehrlicher Dankbarkeit über seinen Lehrer der zweiten Klasse sprach und die Fragen meiner Großeltern ruhig, geduldig und respektvoll beantwortete.

Der Mann, der mir gesagt hat, dass ich nicht wie

meine Mutter bin, bevor er von seiner eigenen schmerzhaften Vergangenheit erzählt hat.

Mein Telefon klingelt dreimal, und der Bildschirm leuchtet mit eingehenden Nachrichten auf.

Was meinst du mit »Mach's gut«?

Hast du aufgelegt?

Emma, ruf mich zurück, sofort. Ich kann alles erklären.

Jedes Wort ist wie eine Klinge, die meine Lungen durchbohrt und mir bei jedem Stich den Atem raubt.

Weil ich ihn zurückrufen will.

Ich will es mehr als alles andere.

Aber wenn ich das tue – wenn ich wieder nachgebe –, werde ich das nächste Mal, wenn er weggeht, zerstört zurückbleiben.

Und es wird ein nächstes Mal geben … denn ich bin keine Emmeline.

Ich bin nicht die perfekte Frau, die er braucht.

 Marcus

ICH STARRE AUF MEIN TELEFON, UND MEIN HERZ hämmert vor Ärger und Wut.

Sie hat aufgelegt.

Hat meine Entschuldigung mit einem »Mach's gut« unterbrochen und aufgelegt.

Ich rufe zurück, falls es eine schlechte Verbindung war, aber ich lande sofort auf der Mailbox.

Ich fluche leise, schicke ihr schnell drei Nachrichten und warte.

Nichts.

Keine beweglichen Punkte, die mir sagen, dass sie gerade reagiert, nichts, was einen Hinweis auf ihre Absicht gibt.

Ich sammele meine letzte Geduld zusammen und rufe sie erneut an.

Mailbox.

Direkt auf die verdammte Mailbox.

Sie hat entweder ihr Telefon ausgeschaltet – oder sie lehnt meine Anrufe ab.

Das Telefon in meiner Hand fühlt sich an wie eine Bombe, die bereit ist, zu explodieren – oder vielleicht ist das der Wutklumpen in meiner Brust. Zweimal hat sie mir das jetzt schon angetan.

Zweimal hat sie versucht, mich zum Verschwinden zu bringen.

Und beim letzten Mal bin ich gegangen. Wie ein verdammter Idiot ging ich weg und ließ sie beinahe das ruinieren, was wir haben.

Nun, diesmal nicht.

Sie steigt nicht ins Flugzeug, bis sie dieses verfickte »Mach's gut« zurücknimmt.

ICH HABE MICH ETWAS ABGEKÜHLT, ALS WILSON MICH durch die frisch gepflügten Straßen nach Brooklyn fährt. Im Nachhinein war es vielleicht nicht so nett von mir gewesen, Emma seit Sonntag nicht zu kontaktieren. Es mögen nur drei Tage gewesen sein, aber wenn sie unsere Verbindung so intensiv empfindet wie ich, hätte es sich unendlich länger angefühlt.

Ich bin immer noch sauer, dass sie aufgelegt hat, aber ich kann sie verstehen.

Auf jeden Fall bin ich, als das Auto bei den Schneehaufen anhält, die der Schneepflug am Bordstein hinterlassen hat, bestens vorbereitet, vor ihr zu kriechen. Zusätzlich zur Erklärung, wie verrückt die Dinge bei der Arbeit waren, werde ich mich aufrichtig entschuldigen und schwören, sie nie wieder zu ignorieren. Nicht, dass ich das getan hätte – ich hielt mich nur etwas damit zurück, sie zu kontaktieren –, aber so muss sie es wahrgenommen haben.

Das ist die einzige Erklärung für dieses aus dem Nichts kommende »Mach's gut«.

Ich trage meine wasserdichten Stiefel, aber Schnee dringt von oben ein, als ich auf dem Weg zu Emmas Tür durch die oberschenkelhohen Haufen wate. Ich ignoriere die eisige Nässe, die meine Füße durchweicht, und klingele an der Tür.

Nichts.

Keine Antwort.

Ich gebe ihr ein paar Minuten, dann klingele ich wieder.

Immer noch nichts.

Frustriert gehe ich zum Kellerfenster um die Ecke. Wie erwartet, ist es mit Schnee bedeckt, also beuge ich mich nach unten und beginne, es mit meinen bloßen Händen freizulegen.

Sie wird mich nicht so leicht erfrieren lassen können.

Ich werde ihr nicht die Gelegenheit geben.

»Entschuldigung. Was machen Sie da?«

Erschrocken von der schrillen Stimme schaue ich nach oben.

Eine dünne ältere Frau in einer wattierten Jacke, deren graublonde Dauerwelle einen krausen Heiligenschein um ihren Kopf bildet, steht ein paar Meter von mir entfernt.

»Nun?«, fordert sie mit finsterem Blick. »Sie sind auf meinem Grundstück. Erklären Sie mir, was Sie wollen, oder ich rufe die Polizei.«

Sie muss Emmas Vermieterin sein.

Ich stehe auf und streiche den Schnee von meinen Handflächen an meinem Mantel ab. »Tut mir leid. Ich suche Emma. Sie macht aus irgendeinem Grund nicht auf.«

Sie blinzelt mich an, und ihr Stirnrunzeln verschwindet. »Sie suchen nach Emma?«

»Ja. Wissen Sie, wo sie ist? Ich kann sie nicht erreichen.«

»Oh, ich verstehe.« Sie betrachtet mich eindringlich von oben bis unten, und ihr Blick verweilt auf meinem italienischen Mantel, so als ob sie versucht, seinen Preis zu schätzen. »Sind Sie ihr Freund oder so was?«

Mein Geduldsfaden wird immer dünner. »Ja, bin ich. Wissen Sie, warum sie nicht an die Tür geht?«

»Nun, natürlich, mein Lieber. Sie ist extra früh zum Flughafen aufgebrochen, wegen des ganzen Schnees auf den Straßen.«

Verdammt. »Wann ist sie losgefahren?«

»Ich bin mir nicht sicher. Vor einer halben Stunde?

Zwanzig Minuten, vielleicht?« Sie neigt ihren Kopf. »Wie lange seid ihr schon zusammen? Ich kümmere mich um ihre Katzen, und Emma hat keinen Freund erwähnt …«

»Es ist noch ganz frisch«, unterbreche ich sie und eile zurück zum Auto, bevor die Frau ein Verhör beginnen kann.

Ich habe keine Zeit zu verlieren.

Ich muss eine hartnäckige Rothaarige abfangen, bevor sie ins Flugzeug steigt.

DER VERKEHR ZUM FLUGHAFEN IST SCHRECKLICH, SO schlimm, dass selbst Wilsons Fahrkünste nicht helfen. Nach zweieinhalb Stunden quasi Schrittgeschwindigkeit sehe ich endlich die Ursache des Staus: einen Unfall auf der linken Spur. Sobald wir ihn passiert haben, beginnt der Verkehr sich schneller zu bewegen, aber das hilft jetzt auch nicht mehr viel.

Das Boarding für Emmas Flug soll planmäßig in etwa einer halben Stunde beginnen.

Ich atme tief durch, um meine Frustration zu bekämpfen, und versuche erneut, sie anzurufen.

Mailbox. Genau wie die anderen fünf Male, als ich es versucht habe.

Ich schreibe ihr noch einmal eine SMS.

Nichts. Keine Antwort.

Im Kampf gegen den Drang, das Telefon gegen das Fenster zu schlagen, überprüfe ich die Airline-App.

Der verdammte Flug ist pünktlich, und das Boarding beginnt in dreiundzwanzig Minuten.

Selbst wenn ich gerade am Flughafen wäre, bräuchte ich länger als das, um durch die Sicherheitskontrollen zu kommen.

Sie wird ins Flugzeug steigen, ohne dass unser riesiges verficktes Problem gelöst ist.

Es sei denn ...

Ohne es mir zweimal zu überlegen, rufe ich meinen Transport-PM an.

»Richard, hier ist Carelli«, sage ich, sobald er abhebt. »Sie müssen den CEO von United Airlines dazu bringen, mich sofort anzurufen. Es ist dringend.«

Ich weiß, dass der Portfoliomanager vor Neugier nach dem Warum sterben muss – Airline-Aktien sind sein Zuständigkeitsbereich –, aber er versteht das Konzept der Dringlichkeit.

Fünf Minuten später habe ich den CEO von United Airlines am Telefon. Sechs Minuten später, als ich auflege und die App noch einmal überprüfe, verspätet sich der Flug um eine Stunde – und ich habe versprochen, sechs Monate lang auf eine Kürzung von UAL-Aktien zu verzichten, um dem CEO zu ersparen, seinem Vorstand erklären zu müssen, warum ein riesiger Hedgefonds gegen sie setzt.

Der Verkehr wird noch schneller, als wir uns dem Flughafen nähern, und ich fühle mich fast schlecht, weil ich das Flugzeug um eine Stunde aufgehalten habe. Eine halbe Stunde hätte reichen können. Als ich jedoch den Flughafen betrete, freue ich mich über den zusätzlichen Puffer.

Der Ort ist überfüllt mit hektischen Urlaubsreisenden und verärgerten Fluggästen, die durch den Sturm hier gestrandet sind. Es ist so schlimm, dass, bis ich durch die kilometerlange Schlange des Sicherheitschecks komme, das Boarding für First Class und Priority für Emmas Flug bereits begonnen hat.

Ich fange an, mich durch die Menge zu schieben, die sich am Tor versammelt hat, und suche nach ihrem leuchtendem Haar.

Dort. Eine kleine, kurvige Gestalt an der Spitze der Schlange der Economy Class. Sie trägt Jeans und einen weißem Kapuzenpulli und hält in der einen Hand eine Bordkarte und in der anderen den Griff eines kleinen, abgenutzt aussehenden Koffers.

Mein Puls nimmt zu, und meine Haut prickelt vor wilder Hitze.

Verdammt, ich habe sie so sehr vermisst.

Ich war ein Idiot, mich von ihr fernzuhalten.

Ich fühle mich wie ein Jäger, der sich auf seine Beute stürzt, als ich zu ihr eile. Andere Menschen müssen meine grimmige Entschlossenheit spüren, denn sie gehen mir aus dem Weg. Sie blickt geradeaus, also wird sie mich nicht sehen, bis ich neben ihr stehe.

Und dann ist es zu spät.

»Emma.« Ich strecke meine Hand in dem Moment aus, um ihr Handgelenk zu umschließen, als ihr Blick auf mein Gesicht fällt, und ihre grauen Augen weiten sich vor Schreck. »Wir müssen reden.«

Sie ist so fassungslos, dass sie sich ohne zu protestieren von mir aus der Menge herausziehen lässt. Erst als wir neben den leeren Sitzen in der Ecke stehen, findet sie ihre Sprache wieder. »Was machst du hier?« Ihre Stimme ist höher als normal. »Wie bist du durch die Sicherheitskontrolle gekommen?«

Ich lasse ihr Handgelenk los, um eine Bordkarte aus meiner Tasche zu ziehen. »Ich habe das auf der Fahrt gekauft.« Es ist für einen Flug nach Omaha, der einzige, der heute einen Platz frei hatte. Ich stecke sie wieder in meine Tasche und sage: »Hör zu, wir müssen darüber reden …«

»Nein, müssen wir nicht.« Sie versucht, um mich herumzugehen, aber ich trete vor sie und versperre ihr den Weg.

»Doch, das müssen wir.«

Ihr Gesicht errötet vor Wut. »Mein Flug boardet …«

»Sie haben gerade erst angefangen. Du hast Zeit.«

Offensichtlich bemerkt sie, dass ich mich nicht bewegen werde, weil sie den Griff ihres Koffers loslässt und ihre Arme vor der Brust verschränkt. »Gut. Rede.«

Trotz des Ernstes der Situation lache ich fast über den finsteren Blick, den sie auf mich richtet. Mit all den abstehenden Locken sieht sie wirklich unglaublich süß aus, wenn sie wütend ist. Bezaubernd sogar. Natürlich sieht sie auch bezaubernd aus, wenn sie lächelt und wenn sie errötet und wenn sie in meinem

Bett liegt, warm und schläfrig und zufrieden … Mist, ich konzentriere mich besser.

»Es tut mir leid, Emma«, sage ich so aufrichtig wie möglich. »Ich hätte dich früher anrufen sollen. Ich *habe* rund um die Uhr gearbeitet, aber das ist keine Entschuldigung. Ich verspreche dir, es wird nicht wieder vorkommen.« Ich bin dabei, an dieser Stelle aufzuhören, aber ein Dämon treibt mich an und zieht mir die Worte aus dem Mund. »Die Wahrheit ist, dass ich das Gefühl hatte, dass wir uns zu schnell zu nahekamen und habe den Notfall im Fonds genutzt, um ein wenig Abstand zwischen uns zu schaffen. Aber das war ein Fehler. Das ist mir jetzt klar. Ich *will*, dass wir weitergehen.« Ich atme tief durch. »Um genau zu sein, möchte ich, dass du, wenn du von dieser Reise zurückkommst, bei mir einziehst.«

Ihre Arme fallen an ihren Seiten nach unten, als der Schock alle anderen Gesichtsausdrücke auslöscht. »Du willst *was*?« Ihre Stimme ist kaum lauter als ein Flüstern.

»Ich möchte, dass du bei mir einziehst«, wiederhole ich und nehme ihre kleinen Hände in meine. »Ich möchte, dass du bei mir lebst – du und deine drei Katzen. Ich weiß, dass das schnell zu sein scheint, aber ich habe meinen Lebensunterhalt damit verdient, kalkulierte Risiken einzugehen, und glaub mir, dieses Risiko hier lohnt sich. Wenn du deine Wohnung vorerst behalten willst, habe ich nichts dagegen, aber ich will dich jede Nacht bei mir haben.«

Ihre Hände sind eisig in meinem Griff, während sie mich anstarrt. »Warum?«

»Weil ich dich will, und du mich auch.« Ist das nicht offensichtlich für sie? »Die Verbindung, die wir haben, ist selten, Kätzchen. So selten, dass ich sie noch nie zuvor erlebt habe. Ich will dich die ganze Zeit, bis zum Punkt der Besessenheit. Ich habe dagegen angekämpft, versucht, zu widerstehen, aber es ist sinnlos. Ich will dich – und ich will nicht, dass die Brücken und Tunnel unserer gemeinsamen Zeit im Weg stehen. Zieh bei mir ein, Emma. Das macht so viel Sinn.«

Aus dem Augenwinkel sehe ich zwei Männer in Anzügen, die etwa drei Meter von uns entfernt miteinander flüstern, und eine Frau, die ein Telefon hinter ihnen auf mich richtet. Sie haben mich wahrscheinlich von CNBC oder sonst wo erkannt. Normalerweise würde ich mich ärgern und weggehen, aber das hier ist zu wichtig, um mich ablenken zu lassen.

»Zieh bei mir ein«, sage ich noch einmal, als Emma schweigt und mich in stummem Schock anstarrt. »Es wird gut werden, das weißt du. Ich kümmere mich um die gesamte Umzugslogistik. Alles, was du tun musst, ist, Ja zu sagen.« Und um sie daran zu erinnern, wie gut es sein wird, lege ich meine Handfläche über ihren Kiefer und neige meinen Kopf, um sie zu küssen.

Ich wollte, dass es ein leichter, zwangloser Kuss wird, etwas, was dem öffentlichen Raum angemessen ist, aber in dem Moment, in dem sich unsere Lippen berühren, packt mich ein gewaltiger Hunger. Drei Tage habe ich sie nicht gekostet, drei Nächte habe ich mich ferngehalten. Ich vergesse die Menschen um uns herum, die uns beobachten. Ich lege meinen Arm um ihre Taille, ziehe sie näher an mich heran, schiebe meine andere Hand in ihr Haar und umklammere die Locken, um sie an Ort und Stelle zu halten, während meine Zunge in ihren Mund eindringt. Sie schmeckt nach Kaugummi und leckerer Hitze, wie in all meinen Träumen, verpackt in einer süßen kleinen Verpackung. Mein Blut ist wie Lava in meinen Adern, und mein Schwanz pocht in meiner Jeans, sucht verzweifelt nach ihrer feuchten Wärme. Ich kann nicht genug von ihr bekommen, werde nie genug von ihr bekommen, und zum ersten Mal macht mir das keine Angst.

Ich werde sie, alles an ihr, so lange genießen, wie es dauert.

Ein leises Stöhnen entweicht ihren Lippen und verstärkt den dunklen Hunger, der mich überkommt, und ich vertiefe den Kuss, verschlinge sie, teile ihren Atem. Ich spüre, wie ihre kleinen Hände meine Schultern berühren, kann ihre Erregung spüren, wie sie sich gegen mich wölbt, und …

»Letzter Aufruf. Letzter Aufruf für den United-Flug 1528 nach Orlando. Alle Passagiere bitte zum Gate.«

Die schrille Stimme des Ansagers ist wie ein Schneeball, der in meinem Gesicht landet. Aus der Trance gerissen, hebe ich den Kopf und lasse Emma los, da ich mich an die Zuschauer erinnere. Sie tritt zitternd zurück und drückt die Finger auf ihre geschwollenen Lippen.

Wir atmen schwer und starren uns an. Dann fährt ihre linke Hand ruckartig durch die Luft und landet auf dem Griff ihres Koffers.

»Ich kann nicht«, sagt sie abgehackt. »Marcus, es tut mir leid, aber ich kann nicht.«

Ein dunkler Nebel verschleiert meine Sicht, als ein stumpfes Klingeln in meinen Ohren beginnt. Ich muss mich verhört haben. »Was zum Teufel meinst du damit, du kannst nicht?« Meine Stimme ist leise und angespannt, jede Silbe eine Warnung.

Ihr Gesicht verzieht sich, und ihre Augen glitzern schmerzhaft hell. »Ich kann das nicht. Ich kann nicht … kann nicht bei dir einziehen. Es tut mir leid, Marcus. Was ich vorhin sagte, meinte ich ernst. Es ist vorbei. Ich will dich nie wiedersehen.«

Und als ich von dem herzzerreißenden Schlag zurücktaumele, eilt sie um mich herum und zieht ihren Koffer zum Gate.

ICH WEISS NICHT, WIE LANGE ICH AM GATE SITZE UND blind auf die Tür starre, durch die sie verschwunden ist. Mein ganzes Leben lang habe ich mir Ziele gesetzt und diese erreicht, da ich mich geweigert habe, Scheitern als Option zu akzeptieren. Ich bin mit Entschlossenheit und Rücksichtslosigkeit dem nachgegangen, was ich will, und es hat immer zu Ergebnissen geführt.

Außer bei Emma.

Ich habe für sie gekämpft, wie ich es für keine andere Frau getan habe, für nichts.

Ich habe ihr alles angeboten, und sie hat es mir ins Gesicht zurückgeworfen.

Der Schmerz der Ablehnung raubt mir den Atem, so als hätte mir jemand die Lunge herausgerissen. Als sie mir nach der kaputten Tür gesagt hat, dass ich gehen soll, hatte ich sie kaum gekannt, und alles, was ich wollte, war Sex. Es hatte trotzdem geschmerzt, nach diesen brennenden heißen Küssen weggeschickt zu werden, aber es war nichts im Vergleich zu der inneren Verwüstung, die ich jetzt fühle.

Ich war mir so sicher, dass sie meinen Vorschlag, zu mir zu ziehen, akzeptieren würde, dass ich nie über eine Alternative nachgedacht habe, geschweige denn, dass sie sich weigern würde, mich überhaupt zu sehen.

Während der Schock ihrer Worte nachlässt, verschärft sich der Schmerz, und mit ihm kommt die Wut. Dunkel und heiß baut sie sich in mir auf, bis ich das Gefühl habe, dass sie mich lebendig kocht. Ich will sie verletzen, damit sie etwas von dem Schmerz spürt, den sie mir zugefügt hat, und gleichzeitig will ich sie einfach nur haben.

Ich vermisse sie so sehr, dass ich töten würde, um sie noch eine Nacht in meinen Armen zu halten.

Ich schließe meine Augen, atme tief ein und versuche, an dem brodelnden Kessel der verworrenen Gefühle vorbei zu denken, um diese Situation zu analysieren, wie ich es bei jeder anderen Investition tun würde.

Warum? Warum hat sie das getan?

Ich weiß, dass ich sie nicht falsch verstanden habe, ihre Antwort nicht falsch aufgenommen habe.

Sie will mich so sehr, wie ich sie will.

Sie gab sich mir hin, nur um ihre Meinung zu ändern und wegzulaufen.

Es muss einen Grund für ihre Handlungen geben, etwas anderes als meinen dummen Fehler, mich von ihr fernzuhalten. Die Emma, die ich kenne, ist weder oberflächlich noch unbeständig, und ich bin ihr mit Sicherheit nicht gleichgültig.

Zwischen Sonntag und jetzt ist etwas passiert, etwas, was sie erschreckt hat.

Ja, das ist es. Das fühlt sich richtig an. Etwas ist passiert, was sie dazu gebracht hat, Nein zu sagen – und ich gebe nicht auf, bis ich der Sache auf den Grund gegangen bin.

Nein, scheiß drauf.

Ich gebe nicht auf, bis ich es in Ordnung gebracht habe.

Ich will Emma, und ich akzeptiere keine Niederlage.

Entschlossen stehe ich auf, gehe los und ziehe währenddessen mein Handy hervor.

»Machen Sie den Jet bereit«, befehle ich meinem Piloten. »Sie haben eine Stunde Zeit. Wir fliegen heute Abend nach Orlando.«

Und als ich auflege, lächele ich dunkel.

Wenn Emma denkt, dass ich sie so einfach gehen lasse, kennt sie mich überhaupt nicht.

Sie kann rennen, aber sie wird nicht weit kommen. Ich werde sie nicht gehen lassen.

Emma, Kätzchen, du gehörst mir. Und ich verfolge dich mit allem, was ich habe.

ENDE

Vielen Dank, dass Sie dieses Buch gelesen haben! Wenn Sie eine Bewertung hinterlassen würden, wäre das sehr hilfreich. Die Geschichte von Marcus und Emma geht in *Die Sucht des Titanen* weiter. Bitte besuchen Sie https://www.annazaires.com/book-series/deutsch/, um mehr zu erfahren.

Lieben Sie die dunkle Seite von Liebesromanen? Dann werfen Sie einen Blick in die heißen Serien von Anna Zaires:

- *Verschleppt: Die komplette Trilogie* – ein epischer Liebesroman über eine Entführung mit Nora und Julian
- *Ergreife Mich: Die komplette Trilogie* – Lucas und Yulias fesselnde Liebesgeschichte, in der aus Feinden Liebhaber werden
- *Mein Peiniger* – Peter und Saras

Liebesgeschichte über Besessenheit und
Rache

Bereit für meine anderen knisternden Geschichten?
Dann stöbern Sie hier:

- *Mia & Korum: Die komplette Krinar Chroniken
  Trilogie* – Ein dunkler Science-Fiction-
  Liebesroman
- *Die Gefangene des Krinar* – Ein
  abgeschlossener dunkler Science-Fiction-
  Liebesroman
- *Das Krinar-Exposé* – meine glühend heiße
  Zusammenarbeit mit Hettie Ivers, über Amy
  und Vair – und ihre Sexklubspielchen.

Bevorzugen Sie Action, Fantasy und Science-
Fiction? Schauen Sie sich diese Kooperationen mit
meinem Ehemann Dima Zales an:

- *Das Mädchen, das sieht* – die spannende
  Geschichte von Sasha Urban, einer
  Bühnenillusionistin, die unerwartete
  geheime Kräfte entdeckt.
- *Gedankendimensionen 0, 1 und 2* – die
  actiongeladenen Urban-Fantasy-Abenteuer
  von Darren, der die Zeit anhalten und
  Gedanken lesen kann.
- *Die letzten Menschen: Die komplette Trilogie* –
  die futuristische, dystopische Science-

Fiction-Geschichte von Theo, der in einer Welt lebt, in der nichts so ist, wie es zu sein scheint.

- *Mensch++* – der atemberaubende Technothriller mit dem Risikokapitalgeber Mike Cohen, dessen Brainozytentechnologie die Welt für immer verändern wird.
- *Der Zaubercode* – die epischen Fantasy-Abenteuer des Zauberers Blaise und seiner Schöpfung, der schönen und mächtigen Gala.

Und jetzt blättern Sie bitte für einen kleinen Vorgeschmack auf *Twist Me - Verschleppt* und *The Krinar Captive – Die Gefangene des Krinar* um.

Entführt und auf eine einsame Insel verschleppt.

Ich hätte niemals gedacht, dass mir so etwas passiert. Ich hätte mir niemals vorstellen können, dass eine zufällige Begegnung kurz vor meinem achtzehnten Geburtstag mein Leben völlig umkrempeln würde.

Jetzt gehöre ich ihm. Julian. Dem Mann, der genauso rücksichtslos wie gutaussehend ist – dem Mann, dessen Berührungen mich brennen lassen. Ein Mann, dessen Zärtlichkeit ich verstörender finde, als seine Grausamkeit.

Mein Entführer ist ein Rätsel für mich. Ich weiß nicht, wer er ist, oder warum er mich verschleppt hat. In ihm ist eine Dunkelheit – eine Dunkelheit, die mir genauso Angst macht, wie sie mich anzieht.

Mein Name ist Nora Leston und das ist meine Geschichte.

~

Jetzt ist schon Abend. Mit jeder Minute, die vergeht, werde ich ängstlicher bei dem Gedanken daran, meinen Peiniger wiederzusehen.

Ich kann mich nicht länger auf den Roman konzentrieren, den ich gerade gelesen habe. Ich lege ihn weg und drehe Runden in dem Zimmer.

Ich habe die Sachen an, die Beth mir vorhin gegeben hat. Es ist keine Kleidung, die ich mir selber ausgesucht hätte, aber sie ist besser als ein Bademantel. Ein sexy Spitzenhöschen und einen dazu passenden BH als Unterwäsche. Ein hübsches blaues Sommerkleid zum vorne zuknöpfen. Alles passt mir verdächtig gut. Hat er mich schon eine ganze Weile verfolgt? Hat er alles über mich herausgefunden, einschließlich meiner Kleidergröße?

Mir wird schlecht bei dem Gedanken daran.

Ich versuche, nicht darüber nachzudenken, was noch alles passieren kann, aber das ist unmöglich. Ich weiß nicht warum ich mir so sicher bin, dass er heute Nacht zu mir kommen wird. Es ist natürlich möglich, dass er einen ganzen Harem voller Frauen hier auf dieser Insel festhält und jede nur einmal die Woche besucht, wie das die Sultane damals taten.

Und trotzdem weiß ich irgendwie, dass er bald hier sein würde. Die letzte Nacht hatte lediglich seinen

Appetit angeregt. Ich weiß, dass er noch nicht mit mir fertig ist, noch lange nicht.

Endlich geht die Tür auf.

Er kommt herein, als würde ihm dies alles hier gehören. Was es natürlich auch tut.

Und wieder bin ich von seiner männlichen Schönheit beeindruckt. Mit so einem Gesicht hätte er ein Model oder ein Filmstar sein können. Wenn es auf dieser Welt Gerechtigkeit gäbe, wäre er klein oder hätte einen anderen Makel, der von seinem Gesicht ablenken würde.

Hat er aber nicht. Sein Körper ist groß und muskulös, mit perfekten Proportionen. Ich erinnere mich daran, wie es ist, ihn in mir zu haben und fühle ein unwillkommenes Aufflackern von Erregung.

Er trägt wieder Jeans und T-Shirt. Diesmal ein graues. Er scheint eine Vorliebe für schlichte Kleidung zu haben und das ist clever von ihm. So kommt sein Aussehen am besten zur Geltung.

Er lächelt mich an. Mit diesem Lächeln, dass ihn wie einen gefallenen Engel aussehen lässt – dunkel und verführerisch. »Hallo Nora.«

Ich weiß nicht, was ich ihm sagen soll, also platze ich mit dem ersten heraus, das mir in den Sinn kommt. »Wie lange wirst du mich hier fest halten?«

Er legt seinen Kopf leicht zur Seite. »Hier in diesem Raum? Oder auf der Insel?«

»Beides«

»Beth wird dir morgen die Umgebung zeigen und mit dir schwimmen gehen, falls du Lust dazu hast«, sagt er und kommt dabei immer näher. »Du wirst nicht mehr eingesperrt sein, außer du machst Dummheiten.«

»Wie zum Beispiel?« frage ich und mein Herz klopft, als er neben mir stehen bleibt und seine Hand hebt, um mein Haar zu berühren.

»Versuchen, dir oder Beth etwas anzutun.« Seine Stimme war sanft und sein Blick hypnotisierend als er zu mir hinunter sieht. Die Art und Weise, wie er mein Haar berührt, war sonderbar entspannend.

Ich zwinkere, um seinen Zauber zu brechen. »Und was ist mit der Insel? Wie lange wirst du mich hier festhalten?«

Seine Hand streichelt jetzt mein Gesicht und fährt an meiner Wange entlang. Ich erwische mich dabei, wie ich mich seiner Berührung hingebe, wie eine Katze, die gekrault wird, und versteife augenblicklich.

Seine Lippen verziehen sich zu einem wissenden Lächeln. Dieser Bastard weiß genau welche Wirkung er auf mich hat. »Eine lange Zeit, hoffe ich«, sagt er.

Aus irgendeinem Grund bin ich nicht überrascht. Er würde sich nicht die Umstände gemacht haben, mich bis hierherzubringen, wenn er mich nur einige Male ficken wollte. Ich habe Angst, aber bin nicht wirklich verwundert.

Ich nehme all meinen Mut zusammen und frage die nächste logische Frage. »Warum hast du mich entführt?«

Das Lächeln verschwindet aus seinem Gesicht. Er antwortet nicht, sondern schaut mich nur mit einem undurchschaubaren melancholischen Blick an.

Ich fange an zu zittern. »Wirst du mich töten?«

»Nein, Nora, ich werde dich nicht töten.«

Seine Verneinung beruhigt mich, auch wenn er mich gerade anlügen könnte. Ich bin ein kleines bisschen ruhiger, aber es gibt da noch eine weitere Sache, die ich unbedingt wissen muss. »Wirst du mir wehtun?«

Einen Moment lang antwortet er wieder nicht. Etwas Dunkles flackert kurz in seinen Augen auf. »Wahrscheinlich«, sagt er ruhig.

Und dann beugt er sich hinunter und küsst mich, mit seinen warmen Lippen weich und zärtlich auf meine.

Eine Sekunde lang stehe ich stocksteif da, ohne irgendeine Reaktion. Ich glaube ihm. Ich weiß, dass er mir die Wahrheit sagt, wenn er behauptet, dass er mir wehtun wird. Er hat etwas an sich, das mir Angst Macht – das mir schon von Anfang an Angst gemacht hat.

Er ist überhaupt nicht wie die Jungs, mit denen ich Verabredungen hatte. Er ist zu allem fähig.

Und ich bin ihm völlig ausgeliefert.

Ich denke darüber nach, mich zu wehren. Das wäre das Normale, was man in meiner Situation machen würde. Das wäre mutig.

Und trotzdem mache ich es nicht.

Ich kann die dunklen Abgründe in ihm fühlen. Irgendetwas stimmt mit ihm nicht. Seine äußere Schönheit verbirgt etwas Grauenvolles im Inneren.

Ich möchte diese Dunkelheit nicht entfesseln. Ich weiß nicht, was passieren wird, wenn ich es tue.

Also stehe ich bewegungslos in seiner Umarmung und lasse mich von ihm küssen. Und als er mich aufhebt und zum Bett trägt, versuche ich überhaupt nicht, etwas dagegen zu machen.

Stattdessen schließe ich meine Augen und gebe mich den Empfindungen hin.

Alle drei Bücher der Trilogie *Verschleppt* sind jetzt erhältlich. Um mehr darüber zu erfahren, besuchen Sie bitte meine Seite www.annazaires.com/book-series/deutsch/ und tragen Sie sich für meinen Newsletter zu Neuerscheinungen ein.

AUSZUG AUS THE KRINAR CAPTIVE – GEFANGENE DES KRINAR

Anmerkungen der Autorin: *The Krinar Captive – Die Gefangene des Krinar* ist ein abgeschlossener Roman, der ungefähr fünf Jahre vor der Trilogie *Die Krinar Chroniken* spielt.

~

Emily Ross hatte in keinem Moment erwartet, ihren tödlichen Absturz im costa-ricanischen Dschungel zu überleben, und mit Sicherheit hatte sie nicht damit gerechnet, in einer eigenartig futuristischen Unterkunft aufzuwachen und von dem schönsten Mann gefangen gehalten zu werden, den sie jemals gesehen hatte. Einem Mann, der mehr als menschlich zu sein scheint …

Zaron befindet sich auf der Erde, um die krinarische Invasion vorzubereiten – und die schreckliche

Tragödie zu vergessen, die sein Leben zerstört hat. Als er den verletzten Körper des menschlichen Mädchens findet, ändert sich allerdings alles. Zum ersten Mal seit Jahren fühlt er mehr als nur Wut und Trauer, und Emily ist der Grund dafür. Sie gehen zu lassen, würde seine Vorhaben verraten, aber sie zu behalten, könnte ihn erneut zerstören.

Ich will nicht sterben. Ich will nicht sterben. Bitte, bitte, bitte, ich will nicht sterben.

Diese Worte wiederholten sich in ihrem Kopf, ein hoffnungsloses Gebet, das nie erhört werden würde. Ihre Finger rutschten weitere Zentimeter auf dem hölzernen Brett entlang, und ihre Nägel brachen ab, als sie versuchte, nicht den Halt zu verlieren.

Emily Ross krallte sich – im wahrsten Sinne des Wortes – an einer kaputten, alten Brücke fest. Hunderte Meter unter ihr rauschte das Wasser über die Felsen, da der Gebirgsbach durch die jüngsten Regenfälle angeschwollen war.

Diese Regenfälle waren zum Teil verantwortlich für ihre derzeitige Notlage. Wäre das Holz auf der Brücke trocken gewesen, wäre sie vielleicht nicht ausgerutscht und hätte sich auch nicht den Fuß dabei verdreht. Und sie wäre mit Sicherheit nicht auf das Brückengeländer gefallen, das unter ihrem Gewicht zerbrochen war.

Allein ihr verzweifeltes Zugreifen in der letzten Sekunde hatte verhindert, dass Emily nach unten in den Tod stürzte. Während des Fallens hatte ihre rechte Hand einen kleinen Vorsprung an der Seite der Brücke zu fassen bekommen, so dass sie jetzt einige hundert Meter über den harten Steinen in der Luft hing.

Ich will nicht sterben. Ich will nicht sterben. Bitte, bitte, bitte, ich will nicht sterben.

Das war nicht fair. Das hätte nicht passieren dürfen. Das waren ihre Ferien, ihre Zeit, wieder zu sich zu finden. Wie konnte sie jetzt sterben? Sie hatte noch nicht einmal begonnen zu leben.

Bilder der letzten zwei Jahre gingen Emily durch den Kopf, wie die PowerPoint-Präsentationen, mit deren Erstellung sie so viele Stunden verbracht hatte. Jedes Arbeiten bis spät in die Nacht, jedes Wochenende, das sie im Büro verbracht hatte – das alles war umsonst gewesen. Sie hatte ihren Job während der letzten Entlassungswelle verloren, und jetzt war sie kurz davor, ihr Leben zu verlieren.

Nein, nein!

Emily ruderte mit den Beinen und grub ihre Nägel tiefer in das Holz. Sie hob den anderen Arm in die Höhe und streckte ihn nach oben zur Brücke aus. Das würde nicht geschehen. Das würde sie nicht zulassen. Sie hatte zu hart gearbeitet, um sich von einem blöden Dschungel alles kaputtmachen zu lassen.

Blut lief an ihrem Arm hinunter, als sie sich an dem rauen Holz die Haut ihrer Finger abschürfte. Ihre einzige Hoffnung, doch noch zu überleben, war, zu versuchen, mit ihrer linken Hand die andere Seite der Brücke zu ergreifen, damit sie sich wieder hochziehen konnte. Es gab hier niemanden, der ihr helfen konnte, niemanden, der sie retten konnte, wenn sie sich nicht selbst rettete.

Die Möglichkeit, dass sie allein im Regenwald sterben könnte, war ihr nicht in den Sinn gekommen, als sie diese Reise angetreten hatte. Sie ging häufig wandern und zelten. Und trotz der Hölle, die ihr Leben in den letzten zwei Jahren gewesen war, war sie immer noch gut in Form, kräftig und durchtrainiert vom Laufen und den ganzen anderen Sportarten, die sie an der Highschool und an der Uni ausgeübt hatte. Costa Rica wurde durch seine niedrige Kriminalitätsrate und seine touristenfreundliche Bevölkerung als ein sicheres Reiseziel angesehen. Und ein billiges – ein wichtiger Aspekt bei ihrem schnell schwindenden Sparguthaben.

Sie hatte diese Reise schon vorher gebucht. Bevor die Börse erneut eingebrochen war, bevor eine neue Entlassungswelle kam, die Tausende von Menschen, die an der Wall Street arbeiteten, ihre Jobs gekostet hatte. Bevor Emily am Montag zur Arbeit gegangen war, übernächtigt von der ganzen Wochenendarbeit, nur um am gleichen Tag das Büro mit einem kleinen Karton zu verlassen, in dem sich alle ihre privaten Habseligkeiten befanden.

Bevor ihre Beziehung nach vier Jahren zerbrochen war.

Ihr erster Urlaub in zwei Jahren, und sie war kurz davor, zu sterben.

Nein, das darfst du nicht denken. Das wird nicht passieren.

Aber Emily wusste, dass sie sich selbst belog. Sie konnte spüren, wie ihre Finger weiter abrutschten und ihr rechter Arm und ihre Schulter von der Anstrengung brannten, das Gewicht ihres ganzen Körpers halten zu müssen. Ihre linke Hand war nur noch einige Zentimeter davon entfernt, die andere Seite der Brücke zu erreichen, aber diese Zentimeter hätten genauso gut Meter sein können. Ihr Halt war nicht stark genug, um sich mit nur einem Arm hochzuziehen.

Tu es, Emily! Denk nicht lange darüber nach, tu es einfach!

Sie nahm ihre ganze Kraft zusammen, schwang ihre Beine in die Luft und nutzte die Schwungkraft, um ihren Körper für den Bruchteil einer Sekunde etwas in die Höhe zu ziehen. Ihre linke Hand ergriff das hervorstehende Brett, hielt sich daran fest … und das schwache Holzstück zerbrach. Die überraschte Emily schrie entsetzt auf.

Ihr letzter Gedanke, bevor ihr Körper auf dem Boden aufschlug, war, dass sie hoffentlich augenblicklich tot sein würde.

Der vollmundige und kräftige Geruch der Dschungelvegetation umspielte Zarons Nase. Er atmete tief ein, damit die feuchte Luft seine Lunge füllen konnte. Dieses winzige Fleckchen Erde hier war so sauber, so unverschmutzt wie sein Heimatplanet.

Genau das brauchte er gerade. Er brauchte die frische Luft, die Isolation. In den letzten sechs Monaten hatte er versucht, vor seinen Gedanken wegzulaufen, nur den Augenblick zu leben, aber das war ihm nicht gelungen. Selbst Blut und Sex reichten ihm nicht mehr. Er konnte sich zwar während des Fickens ablenken, aber der Schmerz kam danach sofort zurück, genauso stark wie immer.

Schließlich war ihm das alles zu viel geworden: der Schmutz, die Menschenmengen, ihr Gestank. Sobald er nicht von einem Nebel der Ekstase umgeben war, wurden seine Sinne von der vielen Zeit, die er in menschlichen Städten verbrachte, überreizt. Hier, wo er Luft holen konnte, ohne Gift einzuatmen, wo er Leben anstatt Chemikalien riechen konnte, war es besser. In einigen Jahren würde alles anders sein, und er könnte vielleicht erneut versuchen, in einer menschlichen Stadt zu leben, aber jetzt noch nicht.

Nicht, bis sie sich nicht vollständig hier niedergelassen hatten.

Das war Zarons Aufgabe: die Niederlassung zu überwachen. Er hatte jahrzehntelang Nachforschungen über die Flora und Fauna der Erde durchgeführt, und als der Rat ihn um seine Hilfe bei der anstehenden Kolonisation gebeten hatte, hatte er nicht gezögert. Alles war besser als zu Hause zu sein, wo die Erinnerungen an Laritas Gegenwart überall waren.

Hier gab es keine Erinnerungen. Trotz seiner Ähnlichkeiten mit Krina war dieser Planet fremd und exotisch. Sieben Milliarden Menschen auf der Erde – eine unglaubliche Anzahl –, und sie pflanzten sich mit einer schwindelerregenden Geschwindigkeit fort. Wegen ihrer kurzen Lebensspanne fehlte ihnen allerdings ein gewisses Langzeitdenken, und sie verbrauchten die Ressourcen ihres Planeten, ohne auch nur das kleinste bisschen an die Zukunft zu denken. Auf eine gewisse Weise erinnerten sie ihn an die Schistocerca gregaria – eine Spezies der Grashüpfer, die er vor einigen Jahren untersucht hatte.

Natürlich waren die Menschen intelligenter als Insekten. Einige Individuen wie Einstein ähnelten den Krinar in einigen ihrer Denkweisen sogar. Das überraschte Zaron nicht besonders; er hatte immer angenommen, dass das die Absicht des großen Experiments der Ältesten gewesen war.

Während er durch den costa-ricanischen Wald lief, dachte er über seine Aufgabe nach. Dieser Teil des Planeten war vielversprechend; er konnte sich leicht vorstellen, dass essbare Pflanzen von Krina hier gedeihen würden. Er hatte den Boden ausgiebigen Tests unterzogen, und jetzt hatte er einige Ideen, wie er ihn für die krinarische Flora noch verbessern könnte.

Der Wald um ihn herum war saftig und grün, roch nach blühenden Helikonien, und Zaron konnte das Rauschen der Blätter und das Gezwitscher der einheimischen Vögel hören. In einiger Entfernung ertönte der Schrei eines Alouatta palliata, eines in Costa Rica heimischen Mantelbrüllaffen, und etwas anderes.

Zaron runzelte seine Stirn und hörte genauer hin, aber das Geräusch wiederholte sich nicht.

Neugierig eilte er in die Richtung, aus der es gekommen war, da seine Jagdinstinkte in Alarmbereitschaft versetzt worden waren. Eine Sekunde lang hatte das Geräusch ihn an den Schrei einer Frau erinnert.

Zaron, der mit Leichtigkeit die dichte Vegetation des Dschungels durchdrang, begann zu rennen, wobei er über einen kleinen Bach und einige Büsche sprang, die sich in seinem Weg befanden. Hier draußen, weit entfernt von menschlichen Augen, konnte er sich wie ein Krinar bewegen, ohne sich Sorgen machen zu müssen, dabei gesehen zu werden. Nach einigen wenigen Minuten nahm er einen durchdringenden, metallischen Geruch wahr, durch den sein Mund wässrig und sein Schwanz steif wurde.

Blut.

Menschliches Blut.

Als er sein Ziel erreichte, blieb Zaron stehen und starrte auf den Anblick vor ihm.

Vor ihm befand sich ein Bach, ein Gebirgsbach, der wegen der jüngsten Regenfälle angeschwollen war. Und auf den großen schwarzen Steinen in der Mitte, unter einer alten Holzbrücke, die über den Bach führte, befand sich ein Körper.

Der gebrochene und verdrehte Körper eines menschlichen Mädchens.

～

The Krinar Captive – Die Gefangene des Krinar wir in Kürze erhältlich sein. Bitte besuchen Sie meine Homepage www.annazaires.com/book-series/deutsch/, um mehr zu erfahren und sich für meinen Newsletter zu Neuerscheinungen einzutragen.

Anna Zaires ist eine *New York Times, USA Today* und Internationale Nr.1 Bestseller Autorin. Anna Zaires hat sich schon im zarten Alter von fünf Jahren in Bücher verliebt, in dem ihr ihre Großmutter das Lesen beibrachte. Kurz darauf schrieb sie auch schon ihre erste Geschichte. Seitdem lebt Anna neben der realen Welt auch ständig in einer Phantasiewelt, in der ihr nur ihre eigene Vorstellungskraft Grenzen setzen kann. Zurzeit lebt die verheiratete Autorin in Florida, zusammen mit ihrem Traummann, dem Sience-Fiction und Fantasy Romanautoren Dima Zales, der auch eng mit ihr zusammenarbeitet.

Bitte besuchen Sie www.annazaires.com/book-series/deutsch/ um mehr zu erfahren.